마왕님, 리트라이!

Maousama Retry!

칸자키 쿠로네
Kurone Kanzaki

[ill] 이이노 마코토
Makoto Iino

10 장 　밤의　지배자

변화와 결단 ⋯⋯⋯⋯⋯⋯⋯⋯⋯⋯ 6

독재자가 사라진 마을 ⋯⋯⋯⋯⋯ 40

마왕 살해자 ⋯⋯⋯⋯⋯⋯⋯⋯⋯ 70

나비 효과 ⋯⋯⋯⋯⋯⋯⋯⋯⋯⋯ 96

민족 대이동 ⋯⋯⋯⋯⋯⋯⋯⋯⋯ 136

허허실실의 싸움 ⋯⋯⋯⋯⋯⋯⋯⋯ 168

칸자키 쿠로네 Kurone Kanzaki
[글] 이이노 마코토 Makoto Iino
8
마왕님, 리트라이!
Maousama Retry!

마왕님,
리트라이!
8

캐서린
고르곤

아케치 미츠히데
쿠나이 하쿠토

이글

인형사 ······················· 208

정상회담 ······················· 236

진정한 이세계 ······················· 264

무대 뒤의 연기자들 ················· 286

재강림의 밤 ······················· 322

후기 ······················· 354

마왕님, 리트라이! 8

Maousama
Retry!
마왕님,
리트라이!

10장

밤의 지배자

변화와 결단

국내 세력 싸움이 격화되는 가운데 이 마을만은 환상처럼 평화로웠다.

이제는 완전히 아침을 상징하는 광경이 된 라디오 체조, 아니, 대제국 체조로 시작하는 하루는 참으로 떠들썩하고 독특한 풍경이다. 콘도가 스피커를 써서 마을 전체에 음악을 틀어놓는다.

여기저기 광장에서는 한발 먼저 체조를 외운 사람이 솔선해 몸을 움직인다.

지도자로 선발된 사람에게는 일급에 동화 5닢이 추가되기 때문에 다들 진지한 얼굴로 체조하고 있었다.

실제로 이 체조가 크게 효과를 봐서 사고나 부상이 줄어들고 있었다. 눈을 뜨고 바로 전신을 움직이는 건 상당한 운동이긴 하나 다들 무척 성실하게 임했다.

"큭……, ……더 크게, 쭉쭉 뻗어야지."

"그래, 총감독님 눈에 띄어야 하니까!"

동화 5닢은 500엔 정도밖에 안 되지만 이 세계의 주민들에게는 도저히 무시할 수 있는 금액이 아니다. 열흘만 지나도 5,000엔이나 차이가 나기 때문이다.

다들 눈에 불을 켜고 진지하게 체조하는 것도 당연했다. 이러한 일련의 흐름은 마을에서 일하는 노동자들의 의식에 커다란 변혁을 주고 있었다.

——진지하게, **성실하게 임한다**는 방향으로.

그냥 들으면 당연한 이야기이지만 여태까지 정규직이 아니었던 사람이나 하루 벌어 하루 먹고 사는 생활을 해 오던 모험가들이 갑자기 근로 의식에 눈을 뜰 리 없었다.

타하라는 노동자들의 의식을 바꾸기 위해 다양한 시도를 도입했다.

하나 예를 들자면 **금일봉** 제도다.

라비 마을은 현재 각 작업을 지휘하는 작업반장이 무수히 많은데, 그날 일을 가장 잘한 사람에게 대중들 앞에서 대동화 5닢을 수여 하도록 지시했다.

작업이 끝난 뒤 선택받은 사람들은 부러워하는 시선 속에서 앞으로 나와 금일봉을 받고 커다란 박수를 듣게 된다는 시스템이다.

이렇게 되면 다음은 자기가 받고 싶어 하는 게 인간의 심리다.

이제는 적당히 힘을 빼고 하는 사람, 게으름피우는 사람은 눈에 띄게 감소하고 있었다.

일반구획에 즐비한 가게들에도 각종 식자재가 분주히 들어가 닭고기, 돼지고기, 야채 등을 굽는 냄새가 퍼지며 아침부터 대단히 소란스럽다.

노동자들은 자리에 앉을 새도 없이 부리나케 음식을 입에 쑤셔 넣고 저 가게의 맛은 이렇다는 둥, 이 가게의 맛은 어떻다는 둥 야단이다. 이런 가게도 인기 없는 가게는 가차 없이 다른 가게로 바뀌었다.

그런 떠들썩한 마을 풍경을 보며 망국의 왕녀 케이크는 혀를 내둘렀다.

'마치 **악마의 소굴**이야………… 여기는………….'

철두철미하게 실리로 사람을 움직이고, 모으고, 작업효율을 올린다.

강압적인 수준의 의식개혁이지만 성실하게 일하면 보답받는 다는 개념이 정착되면 그 **물결**은 커다란 힘을 낳게 될 것이다.

이 성광국에서는—— 아니, 다른 나라에서도, 아무리 열심히 일해봤자 그 성과는 귀족이나 권력자들이 빼앗아 갈 뿐이었기 때문이다.

'교묘한 방식이야……. 보통은 백성이 힘을 너무 갖게 되니까 도저히 채용할 수 없는데.'

왕족이었던 케이크는 백성에게 힘을 과하게 줘서 좋을 게 없다는 독자적인 시점을 지니고 있다. 실제로 역사를 돌아보면 힘을 가진 민중에 혁명을 일으켜 왕조를 파괴한 사례는 일일히 셀 수도 없을 정도다.

'하지만 이 마을의 정점에 있는 게 악마들의 **우두머리**라면 사정이 달라지지…….'

물론 케이크가 말하는 악마들의 우두머리는 마왕이다.

본인이 들으면 분개할 테지만 그녀의 상사인 유우만 해도 악마도 줄행랑칠 법한 여자이니 아무리 부정해봤자 설득력은 전혀 없었다.

케이크는 다리에 힘이 약한 노귀족을 부축하며 산책 겸 《치유의 숲》으로 유도했다.

"케이크야, 항상 미안하구나…………."

"아뇨, 적어도 이 정도는 돕게 해 주세요!"

그 모습은 참으로 헌신적이며 천사와도 같았지만 생각하는 건 전혀 달랐다. 지금도 마을 한구석에 생긴 인파에 시선을 주며 속으로 신음하고 있었다.

놀랍게도 여기서는 **마인**이 소금을 나눠준다.

"트론, 오늘에야말로 내가 1등상을 받아올게!"

"소금 줄게. 이제 가."

"크으, 소금처럼 짭짤한 반응! 막 이래!"

"…………썰렁해."

아침마다 노동자들에게 소금을 배급하는 이상한 광경이었다. 후한 대접이라는 수준을 넘어섰다. 하물며 그걸 마인이 배급하고 있다니 대체 어떻게 된 일일까.

라이트 황국의 인간이 이 광경을 본다면 입에서 거품을 물고 기절할지도 모른다.

"트론! 나한테도 소금 줘!"

"트론의 소금물 줘! 소금물!"

"짭짤한 액체가 뺨을 타고 뚝뚝…… 크으!"

"같은 말이어도 영혼이 추잡해. 유죄."

한심한 소란이긴 하지만 마인이라는 존재가 마을에 완전히 정착한 모습에 케이크는 내심 전율했다.

'적어도 마왕님이 지배하는 지역에선 마인이 박해받지 않아. 그리고………….'

케이크의 눈이 스윽 가늘어졌다. 그곳에는 마족령에 잡혀있던 사람들이 떠들썩하게 아침을 욱여넣는 모습이 있었기 때문이다.

처음에는 마을의 광경에 겁을 먹었는데 지금은 완전히 친숙해진 모양이었다. 무엇보다 매일 지급되는 급료가 그들의 마음을 안정시켜주었을 것이다.

그중에는 허겁지겁 빵을 먹는 해머의 모습도 있었다.

그들은 생활 기반이 갖춰질 때까지 호밀빵, 렌틸콩과 닭고기를 넣은 스튜, 달걀과 에일 등을 받는데 다들 만족스러운 얼굴이었다. 그곳에 익숙한 날라리가 등장했다.

"…………백수 아저씨, 빵 되게 빨리 먹네! 움직임은 굼뜨면서 남들보다 두 배는 빨리 먹다니~~."

"죄, 죄송합니다! 저는 몸집이 커서, 그게…………."

"일 못 하니까 이 삶은 달걀은 내가 먹어야지~!"

"아앗! 아껴먹으려고 일부러 남겼던 달걀을!"

"뭐야. 벌써 반이나 먹었는데 이거 먹고 싶어? 허접 백수였던 주제에 내가 입을 댄 걸 먹고 싶구나? 변태♡ 음흉 마인♡ 이력서 텅텅♡"

"으으윽…………."

여전히 날라리 소녀에게 신나게 조롱당하는 해머였지만 주변 남자들은 살짝 복잡한 시선으로 보고 있었다. 그녀의 성격은 끔찍했지만 얼굴만은 예쁘장했고, 무엇보다 매일 같이 해머에게 치대기 때문이었다.

그때 한층 더 성격이 더러운 케이크가 불에 기름을 부었다.

"해머 아저씨! 오늘도 열심히 하세요! 저 항상 응원하고 있으니까요!"

케이크가 파이팅 포즈를 취하고는 천사 같은 미소로 응원을 보냈다. 그걸 본 주변 남자들이 해머에게 보내는 시선이 한층 날카로워졌다.

왜 이 구질구질한 아저씨에게만 포상을 주냐는 불만이 담긴 듯했다.

해머는 움츠러들어 거듭 허리를 숙이는 통에 아침을 제대로 먹을 수 없게 되었다. 케이크는 내심 깔깔 웃으며 매일매일 변화하는 마을 풍경을 바라보았다.

'노예나 난민들도 여기서는 차별받지 않고 일할 수 있어⋯⋯.'

지금은 마을 교외에 남녀 따로 숙박 시설이 세워져서 자유롭게 사용할 수 있도록 체제가 잡혀가고 있다.

칸막이도 제대로 없이 한곳에 구겨져서 자야 하긴 하지만 노예 시장과 비교하면 천국일 것이다. 《치유의 숲》으로 가는 도중 케이크의 시야에 다른 인파가 들어왔다.

그곳에선 아쿠와 그녀의 좌우를 감싸듯 선 콘과 모모가 빵을 팔고 있었다.

"당근을 넣은 캐롯빵을 팔고 있습니다!"

귀중한 당근을 넉넉하게 사용한 영양 만점의 빵이다.

이런 호화로운 빵을 아침으로 먹을 수 있는 사람은 유복한 귀족 정도일 것이다. 하지만 이 마을에서는 노동자도 돈만 내면 먹을 수 있다.

이 대륙에서 당근은 무척이나 귀중한 물자이자 엄격한 가격 규제를 받고 있지만, 타하라는 바니들에게 마을 내에서는 마음 대로 팔도록 허락했다.

국내의 소란이 진정되면 타하라는 당근을 전략물자로 활용할 생각이었다.

"하루의 시작을 당근과 함께 뿅!"

"산다토깽. 먹는다토깽. 돈낸다토깽."

"여기 하나 줘!"

"나한테도! 아, 이 자식, 밀지 마!"

"나는 두 개 살 테니까 스마일도 줘!"

"바니들의 의상, 아침부터 끝내준다니까…………."

개당 대동화 1닢이라는 가격인데도 불구하고 날개 돋힌 듯 팔려나간다.

당근이 들어간 빵은 평생 한 번도 먹어보지 못한 채 죽는 서민이 대부분이니 이번 기회에 먹어보고 싶어 하는 사람이 많은 모양이었다.

매일 같이 매진되는 빵을 보며 케이크는 미소를 유지한 채 머리를 바삐 굴렸다.

'…………아인이라. 가운데에 있는 꼬맹이도 원래는 고아였다던데.'

인간에 마인, 노예와 난민에 더해 아인과 고아도 있다.

이들이 이 마을에서는 활기차게 일하면서 생활한다. 과거에 왕족이었던 케이크가 보기엔 믿기 힘든 광경이었다. 이런 혼돈의 도가니 같은 집단을 이끌고 통솔하는 건 어떤 왕이라고 해도 불가능할 것이다.

'그야말로 **마왕**쯤은 되어야⋯⋯.'

노귀족을 숲으로 데려간 후 케이크는 잰걸음으로 직장에 돌아갔다.

야전병원 앞에는 이미 긴 줄이 형성되어 있었지만 케이크는 진찰실에 들어가 차례차례 환자에게서 증상을 듣고 빠르게 대응했다.

진통제, 상처약, 소독약, 습포, 안약, 수면제, 안정제, 소화제, 비타민제——.

케이크는 타고난 두뇌로 순식간에 약 종류를 외우고 유우에게서 배운 대로 환자를 진찰해 적절한 약을 처방해나갔다.

그녀는 마족령에서 오랫동안 노예들의 건강관리를 담당했던 기반이 있었기 때문에 스펀지가 물을 빨아들이듯 지식을 흡수했다.

"미, 믿기지 않아⋯⋯. 나를 오랫동안 괴롭혔던 요통이 이런 천 조각 하나로⋯⋯⋯⋯."

"만약을 위해 습포를 한 장 더 내어드릴 테니까 내일 새로 붙여주세요."

"크으! 케이크야, 이거 아주 쓰라려!"

"참으셔야 해요. 금방 좋아질 테니까요. 아픈 거 다 날아가라~♪”

“윽, 영감! 아주 비겁하잖아! 케이크, 그거 나한테도 해줘!”

케이크는 간단한 증상에는 약을 처방하고, 시간이 필요한 환자는 숲으로 보냈다. 마지막으로 감당할 수 없는 환자라면 유우에게 알린다는 규칙을 따라 태엽 인형처럼 돌아다녔다.

겉으로는 착실한 미소를 지으면서 마음은 기계처럼. 어느 의미로 이상적인 간호사인 건지도 모른다.

오전 진찰이 끝나고 케이크는 지하에 있는 비품보관실 문을 노크했다. 돌아온 대답에 문을 열자 그곳에는 유우가 생글거리며 서 있었다.

“유우 님, 오전 진찰이 끝났습니다♪”

“그래, 고마워. 당신 덕분에 살았어. 자, 오늘도 이야기를 들려줘.”

유우는 웃으면서 손가락을 채찍처럼 변화시키더니 토양을 향해 내리쳤다. 흙 속에서 둔탁한 비명이 들렸지만 케이크는 아랑곳하지 않고 북방의 사정을 상세하게 전달했다.

유우는 그 내용에 귀를 기울이며 기계를 꺼내더니 흙 속으로 찔러넣었다. 주변이 확 밝아지면서 토양 속으로 어마어마한 전류가 퍼졌다.

다음 순간 흙 속에서 무수한 줄기가 솟아나더니 선명한 보라색 꽃이 하나둘씩 피었다.

“유우 님! 이게 전에 말씀하셨던 **보라번개 꽃**인가요?!”

“그래, 장관님께서 마음에 들어 하신 꽃이지. 여기서 더 품종을 개량하고 싶은데, 요즘 토양은 빈약해서 곤란하다니까…….”

“그건 심각한 사태로군요…………. 건강한 흙을 입수할 수 있다면………….”

타이밍이 좋은 건지 나쁜 건지 그곳에 겁에 질린 표정인 콘도가 들어왔다. 그 얼굴은 이미 창백하게 질려서 1초라도 빨리 이 장소에서 떨어지고 싶다고 외치고 있었다.

“키, 키리노 씨…………. 저, 저기, 가져왔는데요………….”

“어머나, 마침 잘 왔어. 분석할 테니까 거기에 놔.”

콘도는 질색하는 얼굴로 예비 가방을 열더니 그곳에 수납된 인간을 꺼냈다. 당연히 라비 마을에 악의를 품고 접근한 자들의 말로다.

이만큼 활기가 넘치고 자금 순환이 윤택하다고 소문난 마을이다. 성광국 동부에 창궐하는 산적이나 도적들이 내버려 둘 리 없었다.

도둑질이나 살인, 납치 등을 꾸미는 흉악범은 이렇게 남몰래 **행방불명**되었다.

“아주 신선하고 상태가 좋아. 타하라에게 맡기면 벌집을 만들어놔서 곤란했거든.”

유우는 물고기의 신선도라도 확인하는 듯한 말투로 생글생글 웃었다.

다들 몸에 화살이 하나 박혀 있으며 고통스러운 표정으로 꿈틀거렸다.

“이 나라는 치안이 너무 나빠요. 토끼딸 레이스를 돌릴 시간도 없잖아요."

"콘도, 당신 같은 쓰레기가 장관님 밑에서 일한다는 건 극상의 행복임을 가슴에 새기도록 해. 개미 한 마리라도 놓쳤다간…… 알지?"

"히익! 아, 알겠습니다! 일할 테니까 그 구더기를 보는 듯한 시선은 거둬주세요!"

"구더기에게 실례잖아. 구더기는 살균효과가 있는 분비물로 부패한 세포나 괴사한 세포를 먹——."

"이, 이만 가보겠습니다!"

콘도는 뒤도 돌아보지 않고 허둥지둥 도망쳤다. 방 안에는 불쌍한 악당만이 남아버렸다.

아니, 이 경우 어느 쪽을 악당이라고 정의해야 할까?

"자, 신선한 토양도 추가되었으니…… 다음 내용을 들려줘."

"그…… **손질**에 방해되지는 않나요?"

"아무 문제 없어. 안심하렴. 나에게 맡기면 당신에게 절대 나쁜 일은 없으니까."

"네, 제 길은 유우 님께 맡기겠습니다."

유우도 유우지만 유우를 상대하는 케이크도 대단했다.

눈앞의 광경을 보고도 눈썹 하나 까딱하지 않고 뻔뻔하게 유우에게 충성을 맹세하고 있으니까.

"그래, 귀여운 아이구나. 겸사겸사 그 아이에게도 연락해두기로 할까."

유우는 생글거리는 표정으로 오르간에게 《통신》을 날렸다.

廃課金

《나야. 그쪽 상황은 어때——?》

참으로 신기한 광경이었다.

렌과 아카네라는, 약자를 존중하는 기질을 지닌 두 사람이 소환되어 얼핏 유우에게는 불리한 상황이 만들어지고 있지만 그녀의 표정은 전혀 흔들리지 않았다.

망국의 왕녀 케이크만이 아니라 유우는 스타플레이어라고 불리는 오르간과도 지금은 친밀한 관계가 되었고, 아름다움과 건강이라는 분야에서도 마담과 깊이 이어져 있다.

이런 식으로 유우는 현지 권력자의 마음을 신기할 정도로 잘 사로잡으며 환자들에게서는 여신처럼 숭배받고 있다.

그 모습은 착실하게 실적을 쌓아 현지 인맥과 커넥션을 입수해나가는 커리어우먼 자체라고도 할 수 있으리라.

측근들, 아니, 여자의 싸움은 이제 막 시작되었다. 마왕의 미래를 생각하면 손을 가지런히 모아 합장할 수밖에 없는 상황이었다.

이렇게 라비 마을에서는 차례차례 선순환이라고도 할 수 있는 변화가 찾아왔지만, 그 마왕과 엮이는 바람에 커다란 결단을 내려야만 하게 된 자들도 있었다.

그것은 때로는 개인이기도 하고, 집단이기도 하고, 심지어 국가 자체까지 포함되어 있었다.

————북방국가군, 스 네오————

"여보, 정말 가버리는 거야…………?!"

“아빠! 싫어!”

“…………기다려줘. 반드시 돌아올게.”

처자식에게 작별을 건넨 고다가 성광국으로 떠나려 하고 있었다.

다루기 까다로운 광부들을 통솔하는 뛰어난 리더였지만 지금은 광산도 쇠퇴하고 몰락의 길을 걷고 있었다.

이 나라에서는 브랜드품 제작이나 2차산업이 활발하게 이뤄지고 있기 때문이었다.

흙내 나고 위험한 광산 작업 같은 건 딱 질색이라고 할 수 있다. 하물며 광산 일대는 이웃 나라가 항상 노리는 장소이니 목숨의 위기와도 종이 한 장 차이였다.

“…………정말로 가는 거야? 고다 형님.”

“호네카와냐. 남자가 한 번 한 약속을 깰 수는 없잖냐.”

“그, 다들………… 성광국까지는 차마 못 가겠다고………….”

“그러라고 해. 이건 내 개인적인 문제니까.”

북방국가군의 가도는 치안이 아주 나빠서 혼자 먼 나라로 향하는 건 자살행위였다. 하물며 도착한 곳에서 일을 받을 수 있다는 보장은 어디에도 없다.

광부들이 머뭇거리는 것도 당연했다.

“다들 사실은 형님을 따라가고 싶어. 하지만 가족을 길거리에 나앉게 할 수는…….”

“끝까지 말 안 해도 돼. 그 녀석들에게 인사 전해줘.”

“이미 말해놨어. 그럼 가자고. 형님.”

호네카와가 휘파람을 불어 샌드 리저드를 불렀다.

그 등에는 야영 도구까지 잘 갖춰져 있는 게 준비는 완벽하다는 듯한 모양새였다.

"잠깐만! 너 설마………… 성광국까지 따라올 생각이냐?!"

"당연하지. 아니면 나 같은 빚쟁이가 옆에 있으면 성가셔?"

호네카와는 원래 유복한 대상가에서 태어났지만 부모가 사업에 실패하여 막대한 빚을 짊어지게 되고 말았다.

위험을 돌아보지 않고 광산에서 일하는 남자들은 다들 무언가 사정이 있다. 그 광산도 이웃나라의 침략이 계속되자 채굴할 수 없게 되고 말았다.

경영 측면에서 본다면 당연히 궁핍한 상태다.

"흥………… 이 녀석아. 빚이라면 나도 지지 않거든?"

"하하, 그랬지."

두 사람은 껄껄 웃은 뒤 샌드 리저드를 데리고 걷기 시작했다.

완전히 여행자 차림인 두 사람을 보며 눈치 빠른 주민들이 언성을 높이며 욕을 쏟아냈다.

"오오, 냄새나는 광부놈들! 드디어 나가는 거냐?"

"야만인 같으니………… 너희들 때문에 이웃 나라와 얼마나 싸웠는지!"

스 네오와는 다르게 이웃 나라인 쟈 이안은 스트레이트한 욕망을 지닌 국가이다. 음식, 술, 광석, 고기, 풀 등 물자 자체를 선호한다.

2차 가공품이나 브랜드품 같은 것엔 전혀 관심이 없다.

그런 만큼 고다와 쟈 이안은 광산을 둘러싸고 여러 번 충돌했고, 나라가 배상금을 내서 문제를 수습하는 게 루틴이 되어 있었다.

"이 새끼들, 고다 형님이 얼마나…………!"

"하지 마, 호네카와. 이 녀석들에게 말해봤자 소용없어."

주민에겐 자꾸만 배상금을 내야 했고, 때로는 약탈이나 방화 피해를 입은 적도 있었으니 그런 사태를 일으키는 광부들의 존재는 완전히 해악이었다.

반대로 광부들이 있었기 때문에 그 정도의 피해로 끝났다고도 할 수 있다.

"나가, 야만인들아! 너희가 없어지면 여기도 평화로워진다고!"

"맞아, 맞아! 이제 이웃 나라와 안 싸울 수 있어!"

"…………이 역병신들!"

흥분한 주민이 돌을 던졌고, 그걸 본 주변 남자들이 일제히 돌을 던져댔다. 고다의 몸에 돌이 여럿 명중하더니 결국 이마에서 피가 흘렀다.

아무 말도 하지 않는 고다를 보고 견디다 못한 듯 호네카와가 소리쳤다.

"하지 마! 형님이 없었으면 여기는 진작에 불바다가 되었을 거라고! 그놈들은 악마처럼 난폭하다는 걸 잊은 거냐!"

"그런 놈들을 너희가 자극했잖아! 빨리 나가!"

"그런 낡아빠진 산은 우리에겐 필요 없다고!"

매서운 욕설과 돌팔매 속에서 고다는 말없이 걸어갔다. 이제 와서 무슨 소릴 해도 소용없다고 생각한 건지, 아니면 체념의 경지에 이른 건지.

어쨌거나—— 이 나라에는 이미 두 사람이 있을 장소는 없는 모양이었다.

"괜찮은 거야? 형님! 우리가 얼마나, 얼마나……… 여기 사람들을 지켰는지도 모르고!"

"…………됐어."

"됐긴 뭐가! 이런 건 너무하잖아…………."

호네카와의 눈에서 굵은 눈물이 흘렀다.

여태까지 한 고생은 뭐였던 거냐고 생각한 게 틀림없다.

광산을, 주민을, 조국을 지켰는데도 불구하고 돌을 맞아가며 나가는 처지에 고다도 생각한 바가 있었던 모양이다.

작게, 짧은 한마디를 흘렸다.

"…………언젠가 우리를 받아 들여주는 장소도……… 있어."

"언젠가라니, 언제인데!"

분해서 그런지 어린아이처럼 소리치는 호네카와를 보고 고다도 무심코 하늘을 올려다보았다. 그곳에는 맑은 하늘이 펼쳐져 있었지만 앞날은 암담했다. 완전히 앞이 보이지 않는 여행길이었다.

추방당하듯 떠난 두 사람을 보고 주민들은 안도의 한숨을 내쉬었다.

"드디어 역병신이 사라졌군. 오늘부터는 안심하고 잘 수 있겠어."

"어디에 갈지는 모르지만 중간에 죽거나 짐승에게 잡아먹히거나 하겠지."

주민들은 그렇게 비웃었지만 그들은 아직 몰랐다. 역병신이라며 쫓아낸 두 광부가 훗날 수많은 역사서나 오페라에 등장하는 역사적인 인물이 된다는 사실을.

그 무렵 스 네오의 왕궁에서는──.

대신이 무릎을 꿇고 민간에서 일어난 소란을 국왕에게 보고하는 중이었다.

물론 고다와 호네카와 건이다. 광부들이 일으키는 문제는 국가의 안전 보장을 흔드는 중대 사건이자 골칫거리이기도 했다.

"폐하. 광부들을 이끌던 그 남자가 떠난 모양입니다………."

"드디어 떠났나. 참으로 완강한 남자였어."

옥좌에서 대답한 남자는 의외로 젊었다.

아직 30대 초반인 듯했다. 특징적인 헤어스타일과 특징적인 수염을 기른 이 남자가 바로 북방의 부자국으로 유명한 스 네오의 국왕이었다.

"폐하. 그 광산지대는 어찌하실 겁니까?"

"우선 국유화해라. 이웃 나라에서 요구가 들어오면 교섭을 끌면서 조금씩 넘기도록. 저쪽은 본래 그 광산은 자기들 것이었다며 영유권을 주장하고 있다."

"…………괜찮겠습니까?"

"지금은 달리 선택지가 없지."

왕은 선뜻 말했다. 그들이 이야기하는 광산이란 고다가 선조 대대로 이어받은 광산이었다. 비정한 조치이지만 나라를 이끄는 왕으로서 개인의 사정을 감안해 줄 수는 없었다.

그 장소는 어엿한 **분쟁지대**다.

"하지만 그 야만, 아니, 사나운 자들이 도시까지 내려올 가능성도……."

대신은 벌레 씹은 듯한 표정으로 말했다.

국경을 맞대고 있는 쟈 이안과 스 네오는 동맹 관계이지만 그 나라가 보유한 병사들은 도저히 같은 인간으로 보이지 않고 거의 마물에 가까운 인상이었다.

그들이 몸에 걸치는 장식품은 대부분 때려죽인 인간의 뼈로 만들었고, 두개골을 술잔으로 삼고, 마물의 가죽을 몸에 걸치고, 손톱이나 이빨이나 뿔로 무장한다.

스 네오처럼 세련된 산업 국가와는 완전히 별개의 종족이라고 할 수 있다.

"하고 싶은 말은 알지만, 그 골치 아픈 이웃 덕분에 우리나라의 방위도 성립되고 있지."

"그건, 그렇습니다만…………."

스 네오의 왕은 대대로 겁쟁이라 야유당하는 일이 많지만, 외교술은 아주 탁월했다. 이웃 나라인 쟈 이안에도 정기적으로 자금을 대며 강고한 동맹 관계를 구축해왔다.

전란으로 가득한 북방에서는 어느 나라든 군사비로 허덕이는 상태였지만 스 네오만은 국방비를 고스란히 생산과 산업으로 돌릴 수 있었다.

스 네오 같은 소국이 북방의 부자국으로 불리게 된 기반이었다.

"확실히 그 마물 같은 자들과 싸우는 건 상책이 아닙니다만……."

"잃는 것도 크지만, 얻을 수 있는 게 더 많다. 적어도 북방의 추세가 뚜렷해질 때까지는 인내해야지."

북방만이 아니라 서방에서도 세 개의 강대국이 패권을 두고 싸우고 있으며, 동쪽을 보면 도시국가 내의 세력 싸움도 이어지고 있다.

지금은 아직 골치 아픈 이웃의 무력이 필요하다고 냉정하게 주판을 두드려 낸 결론이었다.

"그리고 폐하. 며칠 전에 말씀드린 건은…………."

"흠, 성광국의 타하라라고 했던가. 어지간히 머리가 좋은 남자인 모양이군."

왕은 자료를 펼치더니 무엇이 재미있는지 쿡쿡 웃었다.

아무튼 수도의 붕괴를 막아낸 영웅의 요구다. 터무니없는 규모의 배상금이라도 요구할 줄 알았는데 그곳에는 예상치 못한 문장들로 가득했다.

"폐기하는 찻잎의 양도와 보여주기용 금액. 그것과 맞바꿔 지점 진출과 미술품 매매라. 정말 이 남자는………… 좋은 의미로 미쳤군."

"하지만 보여주기라고 해도 대금화가 100만 닢씩이나 되면 준비하는 것만으로도…………."

"대금화만이 아니라 보석과 권리서, 가치 있는 무구와 드레스, 미술품도 넣으면 되겠지. 곧이곧대로 세는 사람이 있을 리가."

"확실히, 그것도 그렇군요…………."

"그리고 게이트 키퍼에 대금화 1만 닢을 보내면서 보란 듯이 포장하도록."

그런 왕의 말에 대신도 눈을 부릅떴다. 최전선에 눈앞이 아찔해질 정도의 거금을 보내는 것. 그게 만들어낼 심리적 효과에 생각이 미쳤기 때문이었다.

가득 쌓아 올린 대금화를 보고 병사들은 환희할 게 틀림없다.

이만한 돈이 있으면 아무리 전쟁이 오래 걸려도 굶지 않는다고.

"폐하의 혜안에 감복했습니다. 하지만 1만 닢이면 회수하는 것도 힘들지 않겠습니까?"

"무슨 말이냐. 그 신세력이 승리를 거두었을 때는 축하금으로 보내면 그만인 것을."

"헛…………."

과감한 발언에 대신의 눈이 휘둥그레졌다.

현대의 가격으로 대략 200억이나 되는 거금을 선뜻 내어준다는 말이었기 때문이다.

씀씀이가 넉넉하다는 차원을 넘어섰다.

"폐, 폐하…… 황공합니다만, 그건, 조금…………."

"과하다고 말하고 싶은가? 하지만 이 땅을 보아라."

왕이 성광국의 지도를 펼쳤다.

그것도 성광국 내부의 세력도를 색으로 나눠서 표기한 정확한 지도였다.

"그 나라가 하나로 뭉치면 북방 전역과 싸울 수도 있게 되지. 그들의 최전선에는 게이트 키퍼가 있으니까."

고대의 신화전쟁 말기, 인류를 수호하는 방파제로서 마족을 막아낸 최후의 방어선이자 역사에 남는 대요새이다. 여태까지는 성광국 내부가 사분오열하여 외적을 막는 데만 급급했지만, 후방이 정리된다면 사정은 달라진다.

전방에 대요새를 내세우고 후방이 일치단결해 지원해준다면 10년은 가뿐히 버틸 수 있으리라. 왕은 그것을 기대하며 지원해주려고 하는 것이다.

"귀족파가 승리해봤자 우리에게 이득은 적지만, 신세력이 승리하면 절호의 기회가 생기지."

"확실히 막대한 **개척지**가 생기는군요."

2천 년 가까이 풍요로운 땅을 점유해온 귀족이 대부분 무너지고 대량의 새 영주가 탄생한다.

그런 영주들의 인사 파티, 승전 퍼레이드 등 국가 전체가 들썩거리면서 사교계는 호화의 극치를 찍을 것이다. 스 네오에게는 군침이 줄줄 흐르는 상황이다.

여기에 다른 상회보다 먼저 다양한 상품을 팔아치울 수 있으니까.

"자, 우선은 대륙에서 가장 호화찬란한 보여 주기용 방을 만들자꾸나. 기회주의인 귀족이 확실하게 방향을 정하고 싶어질 정도의 방을.”

“이거 참, 의욕이 솟는군요.”

왕과 대신은 서로를 바라보며 크게 웃고는 이런저런 밀담을 진행했다. 돈으로 전쟁해온 스 네오에게 이번 일은 완전히 자기네 앞마당에서 싸우는 셈이었다.

“그런데 대신. 그, 앞서 말한 그림 말인데………….”

“양보해드릴 수 없습니다. 설령 폐하라고 하셔도요.”

왕의 말에 대신이 즉각 반응했다.

예의 그림이란 타하라에게서 받은 한 장의 그림을 말했다. 왕은 ‘사해의 물결’이라는 이름이 붙은 역사적 명화에 바로 영혼을 빼앗겨 이번 이야기에 적극적으로 나섰다고도 할 수 있다.

“아직 아무 말도 안 하지 않았는가…………. 예를 들어 국가 공유 재산으로 삼는다거나.”

“팔지 않을 겁니다. 안 됩니다. 아무에게도 못 드립니다. 설령 세상이 멸망한다고 해도요.”

칼 같은 태도로 대신은 왕에게 싸늘한 시선을 보냈다. 귀족 사회에서 예술 분야는 신분조차 간단히 초월해버리는 법이었다.

일국의 왕이라고 해도 그걸 강제로 빼앗을 수는 없다. 그랬다간 신하의 마음이 일제히 떠나버리고 아주 무식한 왕이라고 대대손손 비웃음거리가 될 것이다.

“그런 것보다 폐하. 만덴이라는 자의 가게에는 수많은 비보가 잠들어 있었습니다.”

“음, 그런 명화나 성광국의 인물이 간직하고 있던 미술품이

다른 사람에게 넘어가면 큰일이지……. 한시라도 빨리, 하나라도 많이 긁어모아야 한다!"

마왕이나 타하라는 그림 등 미술품 같은 건 비싸게 팔리기만 하면 팔아치우자――라는 성의 없는 태도였지만, 다른 측면에서 본다면 국보가 해외로 유출되는 셈이었다.

그리 멀지 않은 미래에 수많은 미술품을 둘러싸고 국내외로 맹렬한 옥션 전쟁이 일어나게 되지만 이 흐름은 필연이었으리라.

한편으로는 고통스러운 결단을 내려야만 하는 사람도 있었다―― 역침공으로 커다란 피해를 입은 공화국 사람들이었다.

"루키시를 할양하라고………….."

현 원수인 키드 상회의 주인은 교섭 결과를 듣고 두통을 느꼈다. 타하라와 회담한 상회장도 그 모습을 보며 고개를 떨궜다.

"하지만 키드 님. 생각하기 나름입니다. 결코 나쁘기만 한 건……."

"수인들의 위협이 정말로 약해진다면 그렇겠지. 그만큼 친밀한 관계라면 반대로 부추길 수도 있고."

그런 키드의 말에 상회장도 철렁한 표정을 지었다.

듣고 보니 그 말이 맞았다.

"하지만 성광국에 지점을 내라는 조건은 흥미로워. 지금 우리나라는 전쟁기의 피난 장소로 번영했지만, 앞으로도 영원히 그 포지션이 보장되는 건 아니니까."

실제로 역침공 때문에 방문객의 줄어들어 공화국은 큰 타격을 받았다.

전란과는 거리가 먼 땅이라는 안전 신화가 무너지면 재정은 급속도로 악화할 것이다. 타하라와 협상했던 상회장도 생각하는 바가 있는 건지 크게 고개를 끄덕였다.

"성광국의 내전에 따라 정세가 크게 바뀔 가능성이 있습니다. 다른 상회보다 먼저 그 나라에 뿌리를 하나 더 뻗어두어야 하지 않겠습니까."

"위기관리란 말이지. 네 말이 맞아."

키드는 턱을 괴고 멍한 얼굴로 중얼거리면서도 이미 한참 먼 미래를 보고 있었다. 귀족은 보수적인 사람이 많지만, 상인은 변화에 민감하다.

'아마 어떠한 타이밍에 수인들의 움직임이 활성화될 거야. 그러면 국경 요새 아서에서부터 아서를 지원하는 후방 도시 도일, 그곳과 연계된 루키에 이르기까지 전부 넘겨주는 흐름이 되겠지. 우리나라에 수인들의 침공을 막아낼 수단은 존재하지 않으니까.'

키드의 고찰은 깊고 정확했다.

절묘하게도 타하라의 생각과 완전히 일치한 것이 아이러니했다. 키드는 상회장에게 그 고찰을 들려주고 반응을 기다렸다.

"국경 방위지대를 전부 넘긴단 말씀입니까……. 그건, 조금……."

당연하다는 듯 상회장의 얼굴이 어두워졌지만, 그 지역은 위험도만 높을 뿐 딱히 수입이 풍족한 곳은 아니었다.

키드는 그런 반응을 보며 결의에 찬 표정을 지었다.

"지금은 정치 흉내를 내고 있긴 하지만 우리의 뿌리는 어디까지나 상인이지. 영토를 잃는다고 해도 판로가 늘어난다면 아무 문제 없어."

상회의 눈에선 판로와 손님이야말로 부를 낳는 영토라고 할 수 있다. 키드는 그렇게 말하며 자신이 유착해온 사대귀족의 면면을 머릿속으로 싹둑 잘랐다.

상황 변화에 맞춰서 유착 대상도 바꿔야만 한다.

"상회장, 은밀하게 국경 지역 할양 준비를 마쳐두도록. 그리고 게이트 키퍼에 인사 명목으로 군수물자를 보내."

"네, 알겠습니다!"

이렇게 국외에 여러 변화가 일어나고 있었지만, 초심으로 돌아가 성광국으로 눈을 돌리면 가장 커다란 변화와 결단을 내려야만 하는 사람들이 있었다.

말할 것도 없이 도나가 이끄는 귀족파 사람들이다.

─────도나의 영지, 최심부 요새─────

그곳의 이름은 케루빔 게이트 키퍼. 도나가 소유한 대요새였다.

신화시대에 만들어졌다고 하는 게이트 키퍼에 대항해서 세우라고 명령한 것이었다.

동기는 어린아이 같은 대항심이었지만, 도나는 여기에 어마어마한 돈을 쏟아부었기 때문에 그 위용은 진짜 게이트 키퍼에도 뒤지지 않았다.

당연히 그곳에는 몇천만이나 되는 민중의 피와 땀도 들어갔으며, 가혹한 노동이나 사고로 사망한 사람이 몇 명인지 헤아리는 것도 허탈해질 정도로 어마어마하다.

요새 주변에는 이따금 망자의 울음소리가 들린다는 소문도 있기에 주변 백성들은 절대 이 요새에 접근하지 않는다.

그런 비탄의 대요새에 귀족파 군대가 화려하게 집결하고 있었다.

"오오, 저런 슬러그 님의 군대가 아닌가! 참으로 눈부시구나!"

"저쪽은 랑그리트 영지의 병사들이군. 깃발에도 금으로 장식을 넣었어."

"저걸 봐! 보클로크 님이 처음 보는 생물을 타고 계셔!"

"멍청한 놈, 저건 코끼리라는 동물이다. 그 외에도 호랑이와 표범도 우리에 있지."

귀족파에 소속된 각지의 병사가 입성할 때마다 환호성이 터졌고 여기저기에서 건배하는 소리가 울려 퍼졌다.

그것은 전쟁의 분위기라곤 조금도 없는 호화로운 퍼레이드였다. 귀족 사회에선 특유의 규칙이나 암묵룰이 다수 존재하는데, 이것도 그중 하나였다.

다른 사람보다 눈에 띄고 이목을 모으며 화려할 것.

그들에게 전쟁은 짐승을 사냥하는 스포츠 감각이다. 실제로 여태까지 힘이 없는 민중이나 산적을 수도 없이 박살 냈기 때문이다.

전쟁이란 어느 정도 숫자와 무장의 우열이 정해주는 것이니, 그런 의미에서 귀족파의 군대는 충분히 우수했다.

타국을 둘러봐도 이만한 무장을 자랑하는 군대는 존재하지 않을 것이다. 잇달아 입성하는 호화로운 군대를 성벽에서 내려다보며 도나는 득의양양하게 콧수염을 문질렀다.

뒤에서 대기하고 있던 쿠루마도 자랑스러워하는 표정으로 바라보고 있었다.

"압권이구나. 귀족파의 무대에 걸맞은 광경이야."

"전부 삼촌의 위광 덕분이죠. 검도 곧 도착할 겁니다."

"흥, 황국과 제노비아였던가……. 그 녀석들은 **쓸만**하더냐?"

"일 년 내내 전쟁에 여념이 없는 야만인들입니다. 전장에서는 짐승처럼 쏘다닐 테죠."

"흐하하! 마치 짐승 간의 싸움인가……. 아주 볼만하겠구나."

도나가 격문을 날린 뒤로 벌써 2만이나 되는 군대가 입성했으며, 앞으로도 그 숫자는 한층 기세를 올리며 증가하리라 예상된다. 최종적으로는 4만 정도로 늘어날 것이다.

여기에 황국과 제노비아의 원군이 도착한다. 완전한 필승 태세이니, 귀족파 면면의 눈에 승패는 논할 가치도 없이 이미 끝난 이야기일 뿐이었다.

남은 건 얼마나 우아하게 전장을 누비며 눈에 띄는 공적을 거둘 것이냐에 신경을 집약하고 있었다.

"그리고 쿠루마야. **내 아내** 화이트에게서 답변은?"

"아직 결심이 서지 않은 것 같습니다. 정말이지 여심이란 복잡하군요.”

쿠루마는 머리카락을 쓸어올리며 재미있다는 듯 웃었다.

쿠루마에게 도나는 이 세상에 존재하는 온갖 것들을 손에 넣은 위대한 삼촌이다. 그런 삼촌이 고작 한 여자를 손에 넣지 못하고 고전하는 모습이 재미있었던 모양이다.

“웃고 있을 때냐! 그 성궁에 틀어박히면 나라도 어떻게 할 수 없거늘……!”

“여자란 쫓아가면 도망치는 법. 지금은 한 번 물러나 보시는 건 어떻습니까?”

“뭐라고?! 나에게 포기하라는 말이냐!”

“예로부터 당겨서 안 되면 밀어보라는 말이 있죠. 제게 아이디어가 하나 있습니다.”

“그건 뭐지? 뜸 들이지 말고 말해!”

쿠루마는 삼촌의 필사적인 모습에 웃으면서 손가락을 하나 세웠다.

그 모습은 참으로 귀족답고 우아했지만, 머리부터 말끝까지 거만함으로 가득한 모습이기도 했다.

“물의 마석―― 신도에 이 물의 마석 공급을 멈춰보는 건 어떻습니까? 백성을 각별히 사랑하는 화이트 님이라면 무시할 수 없을 테죠.”

“신도를 물로 공격이라…………. 내 조카지만 무시무시한 계략이군.”

쿠루마의 제안으로 도나는 이미 물의 마석의 공급가를 대폭으로 올렸다. 유복한 사람이라면 모를까 이로 인해 빈민층은 바로 허덕이게 되었다.

현대라고 해도 수도가 끊어지면 큰 문제다.

인간의 생활에 물은 없어선 안 되는 존재다. 당연히 소나 돼지, 말 같은 가축에게도 마찬가지다. 이 열대 국가에선 밭도 즉시 말라버릴 게 틀림없다.

"이미 가격 인상으로 국내의 각지가 물 부족에 비명을 지르고 있다던데…………."

"흐하하! 놈들도 내 위대함을 뼈저리게 느꼈겠지!"

"야만인들이 할거하는 북부는 특히 강하게 졸라매고 있습니다. 놈들은 반죽음이 되어 각지를 돌아다니며 필사적으로 물을 구걸하고 있다더군요."

"녀석들, 싸우기 전에 미라가 되었나! 웃음이 멈추질 않는구나!"

도나는 배를 잡고 껄껄 웃은 뒤 후방의 산악지대로 시선을 주었다.

성광국 주변은 높은 산으로 둘러싸여 바다가 막힌 국가다. 하지만 도나 일족은 수많은 백성을 혹사시켜 일부를 뚫고 비밀 항구를 만들었다.

그곳을 통해 독자적으로 교역 루트를 구축하여 막대한 이득을 손에 넣었다.

"흠, 저건 양국의 배인가…………. 주인으로서 마중 정도는 나가야겠지."

지평선 너머로 무수히 많은 배가 흐릿하게 보였다. 비밀리에 만든 항구가 그들을 성대하게 맞이하게 된다.

도나는 흡족해하며 항구로 향했고, 쿠루마는 반대쪽인 성문으로 향했다. 그곳에는 제후들을 맞는 아주르의 모습이 있었다.

"마치 축제 같구나. 그렇게 생각하지 않아? 아주르."

"작은 주인님. 이런 장소까지…………. 누군가 예정 밖의 방문자라도 있습니까?"

입성하는 순서나 시간도 귀족 사회에서는 중시되는 부분이니 소홀히 넘길 수 없다.

귀족파로 묶어서 부르지만, 자존심이 강한 자들의 집단이니 내부는 권력 투쟁으로 엉망진창인 실정이었다.

"국내에 내가 마중할 정도의 제후는 없어. 나는 널 보러 온 거야."

"작은 주인님께서 저를…………? 황공합니다."

아주르는 움츠러든 듯 고개를 숙였으나 그 눈동자는 공허했다. 주인인 도나에게도, 그 조카인 쿠루마에게도 존경심은 없기 때문이다.

아주르의 그런 마음을 읽은 건지 쿠루마는 냉혹한 시선을 보냈다.

"내전을 앞두고도 네가 아직 떠나지 않은 걸 보면 옛 둥지와의 교섭은 실패로 끝난 모양이지? 진심으로 안 됐구나."

"…………무슨 말씀이신지 모르겠습니다."

"넘버즈── 네가 아직 이 요새에 머물러있는 이유지."

기묘한 단어에 아주르의 눈썹이 살짝 올라갔다. 초일류 암살자로서 감정을 일절 드러내지 않는 그로서는 드문 모습이었다.

그런 반응을 즐기듯 쿠루마는 노래하듯 말했다.

"꾀죄죄한 고아, 팔이나 다리가 없는 소녀, 심한 구타로 실명한 꼬마, 난치병에 걸려 말을 못 하는 아이, 얼굴 가죽이 벗겨진 곳에 돼지 껍질을 꿰어 붙인 녀석도 있던가? 이런 걸레보다 못한 것들을 누가 기꺼이 거둬주겠어?"

"⋯⋯⋯⋯⋯저는."

"괜찮아. 그 녀석들을 오래 본 탓에 너도 연민이 치민 거겠지. 암살자도 눈물을 흘릴 수 있었다는 거야. 음유시인이 기뻐하며 노래로 만들겠어?"

쿠루마의 조롱하는 말투에 아주르는 한층 더 깊이 머리를 숙였다.

차마 보여줄 수 없는 표정이 된 모양이었다.

"삼촌께선 그것들을 가지고 노는 데도 질린 모양이지만, 특수한 성벽이 있는 제후는 아직 많이 있지. 넘버즈의 수요가 사라지는 일은 없을 거야."

쿠루마의 말에 아주르는 몰래 이를 악물었다.

처음에는 100명이던 아이들은 다양한 형태로 소모되고 사라져 끝내 한 자릿수까지 줄어들었다.

귀족파에 소속된 사람에게 그들은 말 그대로 장난감에 불과했을 것이다.

"네 옛 둥지도 우리와 싸우면서까지 그 고물들을 거둘 리 없지. 애초에 너는 제노비아에서 지명수배된 몸이잖아. 대륙 어디를 찾아도 널 숨겨줄 수 있는 건 우리뿐이야.”

쿠루마는 비아냥을 담아 현실을 쿡쿡 들이밀었다. 너 같은 건 새장 속의 새에 불과하다고 하고 싶은 모양이었다.

“하지만 나는 바보가 아니야. 전부터 너만 한 인재를 썩히는 건 손해라고 생각했거든. 그래서 제안이 하나 있는데.”

“……………말씀하십시오.”

“여기는 나중에 야만인들을 사냥하는 사냥터가 돼. 전장의 혼란을 틈타 저항 세력의 머리들을 암살해. 하는 거 봐서 넘버즈를 해방해줄 수도 있어.”

“작은 주인님, 암살을 시도하시려면 경계가 엄중해지는 전장보다──.”

“됐어, 그런 야만인들을 전장 말고 다른 곳에서 상대했다간 겁을 먹었단 소릴 듣게 될 거야. 이번 사냥은 우리 귀족파의 화려함을 후세에 보여주고 천년에 걸친 치세의 기반이 될 테니까.”

아주르의 어깨를 툭 두드린 쿠루마는 귓가에서 속삭였다.

“굳이 말할 필요도 없지만, 나는 약속을 반드시 지키는 사람이야. 어떤 황당무계한 약속이든, 입으로만 오간 약속이든 그걸 실행하는 게── 귀족이니까.”

“작은 주인님, 제가 사력을 다한 끝에 패배한다고 해도──.”

“그래, 나는 그런 더러운 것들에겐 관심이 없거든. 이 사냥이 끝나면 적당한 고아원에라도 보내줄게.”

그 말을 끝으로 쿠루마는 유유히 떠나갔다.

　확실히 쿠루마는, 아니, 귀족이라는 생물은 기본적으로 약속을 지킨다. 자신을 존엄한 존재라고 생각하는 한.
　아주르로서는 그 **자부심**에 매달리는 것 말고는 선택지가 없다.
　'여기까지 왔으면…… 싸우는 것 말고 방법은 없겠군요…….　저 같은 남자가 그 아이들에게 해 줄 수 있는 일이라곤…….'
　아주르의 뇌리에 유사 천사를 고철이라며 비웃는 칠흑의 마왕이 떠올랐다.
　죽어라 고생해서 획득한 각종 암살 기술도 그 존재에게는 전혀 통하지 않으리라고 냉정하게 판단하면서.
　후방 항구에는 원군의 배가 다가오고 있는 건지 떠들썩한 환호성이 들렸다. 저것이 승리를 가져올지, 아니면 파멸을 가져올지 지금의 아주르는 알 수 없다.
　성광국을 뒤덮은 먹구름은 마침내 비를 부르고 뇌우로 변했다.
　일국을 뒤흔드는 폭풍이 지나간 후, 누가 살아남고 무엇이 남을까?

독재자가 사라진 마을

그 소식은 놀라울 정도로 빠르게 왕도 내로 퍼져나갔다. 유리티아스를 뜻대로 주물러 온 잭 상회의 정점이 패배했기 때문이다.

심지어 잭의 안마당이라고도 할 수 있는 투기장에서.

심야로 접어드는 시각이었지만 왕도 내의 백성이 광원을 들고 밖으로 나오자 벌집을 쑤셔놓은 것처럼 시끌벅적해졌다.

"들었어?! 잭이 당했대!"

"나도 들었어! 천옥의 킹이 쓰러트렸다던데!"

"최고야, 킹! 나는 이런 날을 계속 기다렸다고!"

"축배다! 오늘은 다들 모아서 밤새워 마시자!"

민중은 모였다하면 다 그 이야기를 했다. 폭력으로 모든 것을 지배했던 독재자가 쓰러졌으니, 그 기쁨과 해방감은 어마어마했다.

많은 상점이 한밤중인데도 불구하고 가게를 열었고, 모든 술집이 다 만석이 되었고, 가게 밖까지 사람이 넘쳐날 정도로 소란스러웠다. 자리를 잡지 못한 사람들은 노점으로 달려갔지만, 그곳도 이미 가득 차버려서, 끝내 길거리에서 마시는 사람까지 나오고 말았다.

여기저기에서 건배하는 소리가 들리고 노랫소리와 음악이 울려 퍼졌다. 요염한 의상을 입은 무희까지 춤을 추기 시작하며 왕도 전체가 축제의 소용돌이가 되어버린 것 같았다.

당연히 슬럼가에도 그 소식은 전해졌고, 사람들은 두 손을 번쩍 들며 환호성을 질렀다.

개중에는 오열하는 사람이나 말없이 눈물을 훔치는 사람, 멍하니 굳어버린 사람도 있었다.

그들은 너무나도 많은 것을 잃었다. 돈, 물건, 집, 가족, 심지어 목숨 그 자체거나 젊음을 잃은 사람도 셀 수 없다.

이 갑작스러운 상황에 적응하지 못하고, 그저 여기저기를 달리며 잭이 쓰러졌다고 소리치는 사람도 있었다.

그런 대혼란 상태인 슬럼 내에서 기적적으로 재회를 이룬 가족이 있었다.

"여보, 무사했다니…………!"

"너무 많이 기다리게 했지…………. 미안하다."

"아버지!"

"아빠아!"

이런저런 사정으로 마왕과 안면을 튼 자매.

그 자매의 아버지가 돌아왔다.

렌이 데려왔을 때는 만신창이였지만 마왕이 준 붕대를 써서 전신에 나 있던 열상이며 얼굴이나 목을 덮고 있던 심한 화상도 거의 나은 상태였다.

시간 경과에 따라 모든 부상을 치유한다는 설정이 붙어있다 보니 어마어마한 효과였다.

일가 전원이 모이자 아버지는 지금까지 있었던 일을 가만가만

이야기해주었다.

투기장에서 있었던 지옥 같은 나날에 아내는 얼굴을 일그러트렸고, 자매는 눈물을 흘리며 속상해했지만 **마지막 부분**에서는 흥분한 듯 주먹을 치켜들었다.

철격자 너머에서 나타난 악몽 같던 마수를 일격에 쓰러트린 남자가 등장했기 때문이었다. 이름을 듣지 않아도 다들 '킹 님'이라는 걸 바로 알아차릴 수 있었다.

"킹 님이야! 킹 님이 아버지를 구해주신 거야!"

"킹 님! 고마워요!"

"키, 킹⋯⋯⋯⋯?"

아버니는 킹이라는 낯선 이름에 당황했지만, 아내는 다정하게 남편의 손을 잡고 테이블로 이끌었다.

"여보, 배고프지? 먼저 식사부터 하자."

"식사라. 고마⋯⋯, ⋯⋯잠깐! 이건, 설마⋯⋯⋯⋯ 당근?!"

"아버지, 이것도 킹 님이 나눠주셨어! 믿어지지 않을 만큼 맛있다니까!"

"기운이 펑펑 솟아!"

아버지는 냄비 속 재료를 보고 경악하며 한층 더 '킹'이라는 존재를 이해할 수 없어졌다. 들어보니 아내의 병까지 순식간에 완쾌시켜주었다고 한다.

일격에 마수를 쓰러트린 것도 그렇고, 이만한 상처나 중병까지 치유해버리다니 도저히 보통 사람으로 보이지 않았다.

눈앞에 놓인 냄비에 정체를 알 수 없는 두려움을 느꼈지만, 강렬한 굶주림에는 이기지 못하고 떨리는 손으로 숟가락을 들었다.

조심조심 국물을 마신 순간 몸속 깊은 곳에서 어마어마한 회복력이 솟구쳤다.

"뭐, 뭐지, 이건………! 맛있어! 맛있어!"

아버지는 연신 맛있다고 외치며 남은 재료를 잇달아 입으로 쑤셔 넣었다. 기아 상태였던 육체가 눈 깜짝할 사이에 힘을 되찾아갔다. 움츠러들었던 근육이 언덕처럼 부풀어 오르더니 급기야 너덜너덜한 셔츠가 찢어졌다.

"굉장해! 아버지의 모습이 돌아왔어!"

"아빠의 근육!"

아버지는 원래 베테랑 어부였다.

본래 단단하게 단련된 보디빌더 같은 몸을 지니고 있었는데, 나베의 말도 안 되는 효과로 완전히 전성기의 모습을 되찾은 것이었다.

가족 모두가 활짝 웃으며 재회를 축하하는 가운데 더욱 큰 뉴스가 날아왔다.

"다들 주목! 킹 님께서, 킹 님께서 잭을 쓰러트렸어!"

그 소식에 가족은 순간 굳었다가 허둥지둥 밖으로 뛰쳐나왔다.

주변을 보자 다들 초라한 오두막에서 뛰쳐나와 눈물을 흘리며 부둥켜안고 있었다. 가족도 말없이 서로를 껴안고 이 역사적인 밤을 곱씹듯이 하늘을 우러러보았다.

타이밍 좋게도, 이 구획의 주민은 웬일로 지갑이 두툼했다.

마왕이 아무렇게나 뿌려댄 금화의 은혜 덕분이었다.

그 금화 더미는 주민들의 리더 같은 사람이 일단 맡은 뒤 한 사람당 은화 1닢 단위로 많은 주민에게 뿌려졌다.

이 밤을 축하하기 위해 주민들은 바로 밀주조를 사 여기저기에서 연회를 벌였다.

광장에는 커다란 가마솥이 걸리더니 대량의 콩을 볶은 뒤 차례차례 나눠주었다. 개중에는 내장을 제거한 생선을 굽는 사람, 달걀을 깨서 날로 먹는 사람도 있었다.

누구의 입이든 '킹'이라는 명칭을 칭송했음은 말할 것도 없다. 드높이 소리쳐진 그 이름은 마침내 거대한 합창이 되어 슬럼 전체를 뒤덮었다.

독재자 타도————.

이렇게 들으면 역사적인 위업처럼 들리기도 하지만, 따지고 보면 마왕의 즉흥적인 행동에 불과했다.

하지만 그것이 불러온 영향은 너무나도 막대했고, 이 소식은 순식간에 대륙 곳곳으로 퍼져나갔다.

누군가에게는 좋은 소식이고, 누군가에게는 나쁜 소식일지도 모른다. 어쨌거나 그 제멋대로인 마왕에게는 알 바 아닌 일이었다.

————유리티아스, 왕궁————

들썩거리는 왕도에서 이 장소만은 쥐 죽은 듯 고요했다.

잭이 실권을 쥔 뒤로 왕궁은 정치 무대에서 물러나고 말았다.

섣불리 접근했다간 잭에게서 반란분자라는 의심을 사 언제 처형당할지 모른다.

　점점 왕궁은 이름뿐인 장식으로 변하고, 지금은 늙은 왕이 몸 져누워있을 뿐인 장소가 되었다.

　그런 왕궁 정원을 렌이 걷고 있다. 그 걸음은 아무런 주저도 없이 일직선으로 왕의 침소를 향하는 것 같았다.

　그런 렌 앞을 한 노장이 가로막았다.

　"대단한 아가씨로군. 설마 혼자서 쳐들어오다니…………."

　노장은 턱수염을 문지르며 감탄했다.

　이것을 '공성'이라고 부른다면 고작 한 명이 왕성으로 쳐들어와 모든 것을 끝내려고 하는 셈이니 노장이 놀라는 것도 당연했다.

　그 뒤에 있는 300명의 정예 병사도 렌의 아름다움에 다른 의미로 감탄한 표정을 짓고 있었다. 개중에는 멍하니 넋을 놓은 사람도 있다.

　"당신은 그 남자의 신하로 보이지 않습니다만…………."

　렌의 입에서 그런 말이 나왔다.

　그녀에게 노장은 투박하면서도 외골수인 무장으로 느껴졌다.

　"허허, 잘 말해주었군! 나는 제노비아에서 파견된 장수지. 늙었다고는 하나 그런 남자를 섬길 만큼 노망이 나진 않았네."

　"그럼 통과시켜주시겠습니까?"

　"흠…… 타국이라고는 하나 '왕의 침소'를 지키라는 명령을 받았다네. 한 명의 무인으로서 이 명령을 저버릴 수는 없지."

　노장의 말에 렌도 고개를 크게 끄덕였다.

　그녀 또한 대제국의 마왕을 지키기 위해 불야성에서 분전을 거듭했으니까. 노장이 간단히 **왕을 수호한다**는 의무를 놓아버렸다면 렌은 극심한 혐오감을 품었을 것이다.

노장은 뒤에 있는 병사들을 눈짓하며 절절히 말했다.

"하지만 애석한 젊은이들이 타국 땅에서 스러지는 건 아쉽지. 그래서 말인데, 나와 아가씨가 일대일로 대결해서 승패를 가르는 건 어떤가?"

"그렇군요. 알겠습니다."

렌은 노장의 제의에 고개를 끄덕인 뒤 칠흑의 공간에서 '인간 무골'을 꺼냈다. 거기서 발산되는 기괴한 기척에 병사들에게서 신음이 새어 나왔다. 붉게 빛나는 창 같은 형태를 하고 있으나 마치 살아있는 것처럼 형상이 자꾸 바뀌기 때문이었다.

노장도 눈이 휘둥그레져선 황당하다는 듯 말했다.

"이거 참, 터무니없는 무구가 있었구먼…………. 이 나이가 될 때까지 오래 산 보람이 있네."

노장도 등에 메고 있던 핼버드와 대형 방패를 들었다. 그 방패의 크기는 기가 막힐 정도로 커서, 방패라기보다는 벽이라고 부르는 게 어울릴 것 같은 모습이었다.

핼버드는 도끼로도, 창으로도 사용할 수 있는 형태인데, 그 중후함은 인간이 다룰 수 있는 수준이 아니라 오거가 휘두르기에 적합한 무구였다.

"이름을 대는 게 늦어졌구먼. 나는 제노비아 팔기중(八旗衆)의 한 명, 불침(不沈)의 바레스 티가라고 하네. 편하게 바레스 할아버지라고 불러주게."

“⋯⋯⋯⋯렌이라고 합니다.”

생글거리며 웃는 노장, 아니, 바레스의 분위기에 맞추지 않고 렌은 조용히 걸음을 내디뎠다. 그 모습은 완전히 무방비해 보여서 봄바람 속을 산책하는 듯했다.

렌의 몸에서 흐르는 고귀한 자세에 무심코 자세를 바로잡은 병사까지 나타날 정도였다.

“갑니다.”

“좋네, 오게나!”

순간 렌의 몸이 질풍처럼 움직이며 노장의 어깨로 창을 날렸다.

거대한 암석같이 준엄한 노장이 튼튼한 갑옷으로 몸을 감싼 데다 거대한 방패로 방어하고 있다. 마치 전차와 대치하는 듯했지만 그 **전차**가 어마어마한 속도로 튕겨 나갔다.

바레스의 몸이 바닥을 긁으며 수십 미터 뒤로 밀려 나가자 그 광경을 본 병사들은 경악한 듯 안색이 바뀌었다.

바레스는 그대로 뒤로 쓰러져 꿈쩍도 하지 않게 되었다.

“바레스 장군님?!”

“아, 안 돼, 각하께 어서 회복마법을!”

“위생병! 포션 가져와!”

혼란에 빠진 병사들이 부리나케 움직이는 가운데 바레스가 벌떡 상반신을 일으켰다.

그 크게 뜨여진 눈에선 놀라움을 감추지 못했다.

“자, 장군님! 무사하십니까?!”

“각하, 뒤는 저희에게 맡기십시오!”

바레스는 아기처럼 입을 벌리고 부하들의 오침을 듣고 있었으나, 점차 어깨를 떨더니 웃음을 터트렸다.

이런 충격을 받은 건 과거에 한 번밖에 없었다.

"핫핫핫! 이거 못 이기겠구먼! 내 패배일세!"

그런 바레스의 선언에 병사들은 동요했지만, 노장은 아랑곳하지 않았다. 일격에 무인으로서 역량 차이를 깨달았기 때문이다.

한편 렌도 아무 일도 없었다는 듯 바레스에게 걸어가 평탄한 목소리로 대답했다.

"놀랐습니다. 어느 정도 상처는 각오하게 만들 생각이었는데요."

"음, 이 방패가 없었다면 죽었을 테지. 하지만 이걸 보게."

바레스는 방패를 옆으로 돌리더니 갑옷에 새겨진 열상에 시선을 주었다. 그걸 본 병사들은 한층 동요해서 술렁거렸다.

렌은 조용히 고개를 끄덕이고 연구자 같은 눈빛으로 말했다.

"아마 그 방패는 물리 공격을 완전히 차단하는 모양이군요. 그리고 갑옷은 연격 방어."

"그래, 그 말이 맞네! 하지만 보다시피 이렇지."

노장은 기가 막힌다는 듯 입을 크게 벌리며 웃었다.

마왕과 마찬가지로 렌도 《강제돌파》 스킬을 소지하고 있기 때문에, 거기서 발동하는 연격을 막아내는 건 누구라고 해도 불가능했다.

아무리 통상공격을 무효화해도 싸우면 싸울수록 상대는 연격에 당해 너덜너덜해진다.

뛰어난 무인인 바레스는 순식간에 그것을 알아차린 모양이었다.

"정말이지, 놀라운 아가씨군 그려…………. 레온과 좋은 승부가 되겠구먼."

바레스는 먼지를 털며 일어난 뒤 뒤쪽에 있는 왕궁을 향해 말 없이 머리를 숙였다. 타국의 왕이라고 하나 앞날을 생각하면 너무 불쌍했던 모양이다.

독재자가 쓰러진 뒤 혼란을 수습할 수 있는 권위도 힘도 왕은 이미 잃어버린 상태니까.

"한데, 아가씨의 목적은 무엇이지? 잭의 목만으로는 부족한가?"

"저는 마스터가 걸어가실 길을 포장해놓는 것뿐입니다."

"………마스터라? 그건 킹을 말하는 건가? 아니면 그 뒤에 있는 고르곤을 가리키는 말인가?"

"마스터는 널리 세상 모든 것을 창조하고 통솔하는 분이십니다."

그런 렌의 대답에 바레스의 몸이 동요한 듯 흔들렸다.

순수하게 무슨 말을 하는 건지 전혀 이해하지 못했기 때문이다. 만약 이 자리에 마왕이 있었다면 쪽팔린 나머지 바닥에 무릎을 꿇었을 것이다.

"으음? 자, 잘은 모르겠네만 아주 대단한 인물, 이라는……건가…………?"

"마스터께선 모든 것을 창조하시고 모든 것을 파괴하시는 분입니다. 당신이 섬기는 주인이 틀린 선택을 하지 않도록 기도하겠습니다.”

렌은 그 말을 끝으로 벚꽃처럼 덧없는 기척과 함께 왕궁으로 향했다. 바레스도 병사들도 아무 말 없이 렌의 뒷모습을 바라보았다.

해야 할 말이 아무것도 떠오르지 않았다.

“각하………… 그녀는 대체, 무슨 소릴……………….”

“우리가 생각해봤자 소용없네. 그 똑똑한 재상이 어떻게든 하겠지.”

바레스는 머리를 긁적이며 그렇게 대답한 뒤 철수 지시를 내렸다.

이미 잭도 쓰러졌으니 이곳에 머무를 이유가 사라졌기 때문이다.

“각하. 이 나라는 어떻게 될까요…………?”

“글쎄. 일반적으로는 고르곤 상회가 옳거니 하고 나설 테지만, 저리 보여도 스 네오도 만만한 상대는 아니니 말일세. 그자들은 동시에 다른 세력을 움직이고 있을 가능성이 있네.”

“………그 소국이 그렇게까지 기민하게 움직일 수 있을까요?”

“음, 내 지나친 생각일지도 모르지. 하지만 스 네오도 고르곤 상회가 일방적으로 세력을 키우는 건 환영하지 않을 거라네. 다음에 잡아먹히는 건 자기들일지도 모르니.”

하지만 바레스에게도 확증은 없는 모양이었다. 하물며 그가 싸우는 장소는 전장이니 책략이 소용돌이치는 정치 무대가 아니다.

바레스는 빠르게 병사들을 정리하더니 축제 상태인 왕도에서 질서정연하게 빠져나갔다.

"각하, 어디를 보아도 들떠있는 상태입니다."

"왕도를 지키던 군대도 진작에 도망친 모양이구먼…………."

잭이 쓰러졌다는 소식이 퍼지자 왕국군은 쏜살같이 도망치고 말았다.

혼란도 있었을 테지만, 무엇보다 민중들의 보복이 두려웠던 것이다. 여태까지 잭의 비호하에서 실컷 날뛰었으니 당연한 귀결이었다.

신이 난 민중의 모습을 보고 불침(不沈)이라고까지 불리는 바레스는 절절한 목소리를 흘렸다.

"민중들도 곧 깨달을 걸세."

"무슨 말씀이시죠?"

"형태는 다르지만 이것이 **성의 함락**임을."

그 말에 부하는 숨을 헉 삼켰다. 민중의 들뜬 모습을 보고 있으면 마치 해방을 축하하는 기념일처럼 보이지만 실제로는 다르다.

독재자와 국가의 중추인 왕도가 동시에 함락되었으니까. 그것이 불러올 혼란을 생각하면 들떠있을 수 있는 시간은 그리 길지 않을 것이다.

"자, 고국으로 돌아가세. 고향의 럼주가 참으로 그립구먼."

"네!"

"그나저나 그 아가씨에게서 한 번이라도 괜찮으니 바레스 할

아버지라고 불려보고 싶었거늘……."

"각하…………. 욕심이 과하십니다."

"요, 욕심이 뭔가! 욕심이라니!"

바레스는 그렇게 소리친 뒤 밖에서 무료해하던 군대와 합류한 뒤 아무런 미련도 없이 유리티아스를 뒤로했다.

한편 왕궁에서는——.

뜀박질이 익숙지 않은 모습으로 복도를 달려간 대신이 왕의 침소에 뛰어든 참이었다. 거칠게 숨을 몰아쉬는 대신을 보고 왕은 또 골칫거리가 생겼냐며 미간에 주름을 만들었다.

"폐, 폐하! 큰일입니다, 잭이…………!"

"그리 당황하는 걸 보면 슬슬 옥좌에서 내려오라고 협박한 건가?"

왕은 상반신을 일으키려고 했지만 실패하고 자조하듯 한숨을 쉬었다.

이미 60살을 넘긴 나이지만, 그보다 더 늙어 보였다. 잭 상회가 대두한 이래 마음이 쉴 새가 없었기 때문일 것이다.

잭이 '노예 투사'라는 신분에서 해방된 뒤로 그 약진은 어마어마했다. 뒷세계의 피카레스크 로망이라고 해야 할까?

그는 불법 약물, 인신매매, 조직적 매춘, 무기 밀수에서 밀조주 제조까지 온갖 불법 행위에 손을 물들여 단기간에 막대한 부를 축적했다. 그로 인해 왕의 가신이 잇달아 매수되거나 때로는 약점을 잡혔고, 왕국군 내에서도 배신자가 속출하게 되었다.

슬프게도 인간이란 세력이 강한 쪽에 붙는 법이다. 당연히. 왕가에 끝까지 충성을 바치는 사람도 있었지만, 본보기처럼 하나둘씩 변사체라는 형태로 발견되었다.

가족 전원이 실종된 케이스나 정체불명의 불로 인해 집이 모두 타버리는 등, 예를 들라면 끝이 없다.

'짐은 가신도 백성도 지킬 수 없구나………….'

왕은 침실 천장을 올려다보며 고독하게 후회했다.

물론 왕도 생각 없이 잭을 발탁한 건 아니다. 북쪽 유목국가 밀크의 상식을 아득히 벗어난 살육이나 침략에 저항하기 위해 기용한 게 가장 큰 이유였다.

예로부터 내려온 말 중에 이독제독──이라는 말이 있다.

고르곤 상회를 대표로 하는 도시국가와의 항쟁에서도 잭은 참으로 도움이 되었다. 그런 의미로는 외적에서 자국민을 지킨 잭은 영웅이라고 할 수 있을지도 모른다.

왕의 오산은 그 영웅이 **자국민**에게도 이를 드러낸 것이다.

"폐하! 폐하, 듣고 계십니까!"

"음, 미안하군…………. 한 번 더 말해주겠나."

대신이 필사적으로 소리치고 있었는데도 전혀 귀에 들어오지 않았다. 요즘은 복부에서 느껴지는 극심한 통증을 억누르기 위해 트랜스를 소량 복용할 때도 많다.

그로써 일시적으로 통증은 사라지지만 정무를 돌 시간은 점점 사라져갔다.

'늑대나 뱀을 쫓아내려고 사냥개를 키울 생각이었는데 그 사

냥개가 사실 굶주린 호랑이였을 줄은………….'

보는 눈에 없었다고 치기에는 너무 혹독했다.

대악마 루키페르의 잔해가 몸속에 깃든 말도 안 되는 괴물을 간파하는 건 보통 사람은 불가능하니까.

"폐하, 잭이, 그 잭이! 투기장에서 패배했습니다!"

"…………대신, 자네도 피곤한가 보군. 짐에게 사양하지 말고 때로는 쉬도록."

왕은 말없이 눈을 감고 가냘픈 숨을 내쉬었다.

그 투기의 현신 같은 남자가 쓰러지다니 말 같지도 않은 소리다.

왕은 그 옛날 투기장에서 싸우는 잭의 모습을 여러 번 보았다. 때로는 마수와도 싸워 승리를 거듭해온 남자가 잭이다.

"참말입니다! 갑자기 투기장에 나타난 검은 남자와 가련한 소녀에게! 잭의 몸뚱이가 마수가 되더니, 소녀는 처음 보는 마법으로 모습이 사라졌습니다! 게다가."

"하하, 어쩐지 음유시인의 노래 구절 같구나…………."

대신의 지리멸렬한 설명에 왕도 가볍게 웃었다.

생각해 보면 소리 내어 웃는 것조차 오랜만인지도 모른다.

잭 상회가 국정을 농단하고 마침내 왕권에마저 개입하게 된 뒤로 어두운 뉴스와 귀를 틀어막고 싶어지는 이야기만 들었기 때문이다.

"그, 그것만이 아닙니다! 그 소녀는 하얗게 빛나는 덩어리를 음식으로 바꾸더니 놀랍게도 불능이 되었던 노인의 기능까지 되살렸습니다!”

“흐하하! 오늘 밤의 대신은 좋은 술을 마셨나 보군.”

왕이 점점 더 웃었다.

겁은 많지만 성실한 게 장점이었던 대신의 입에서 설마 그런 이야기가 튀어나올 줄은 상상도 하지 못했다.

“웃을 일이 아닙니다, 폐하! 천옥의 킹이 한 일입니다!”

“⋯⋯⋯⋯천옥이라고?”

왕의 얼굴에서 미소가 사라지고 대신을 향해 시선을 주었다.

현재 서방에서 잘 나가고 있는 용병단 천옥. 왕도 당연히 그 이름은 들은 적이 있었다.

아니, 잭을 쓰러트려달라고 의뢰한 적조차 있었다.

다만 '전장이 아닌 곳에서는 일하지 않는다'는 냉담한 대답이 돌아왔었다. 왕국군조차 매수당해 누가 배신자인지 알 수 없는 상황이기도 하니 어쩔 수 없이 한 의뢰이기도 했다.

“왜 이제 와서 천옥이⋯⋯⋯⋯.”

“그것이, 아무래도 고르곤 상회에 고용되었다는 소문이 자자합니다⋯⋯⋯⋯.”

“고르곤이라고?!”

왕은 반사적으로 벌떡 일어났지만, 현기증이 난 건지 다시 침대로 쓰러졌다.

왕에게는 굶주린 호랑이가 떠나자 다음은 흉포한 뱀 떼가 나타난 셈이었다. 생김새는 다르지만 둘 다 사납고 가차 없다는 점에서는 완전히 똑같았다.

"그, 그래서, 잭의 신병은 천옥이 데려갔는가?!"

향후 교섭을 생각한 왕은 가장 먼저 그것을 확인하려 했다.

잭의 신병이 수중에 있는 것과 없는 건 차이가 크다.

왕은 기력을 긁어모아 간신히 상반신을 일으켰다.

"아, 아뇨, 실은 킹과 소녀는 잭을 그 자리에 방치한 채 떠나갔습니다………. 그 후에 잭 상회 사람들이 부리나케 데려갔습니다."

"뭐라고! 천옥은 무슨 생각인 거지?"

적의 총대장을 쓰러트려 놓고 방치하다니 무슨 의도인가!

천옥, 아니, 킹의 생각을 전혀 이해하지 못한 왕은 신음을 흘렸다.

하지만 왕이 아무리 생각해봤자 이해할 수 있을 리가 없었다.

그 마왕에겐 잭은 이전에 상대했던 유사 천사와 마찬가지로 길거리에 굴러다니는 돌멩이 정도에 불과했으니까. 하물며 그 돌멩이의 생사 같은 건 안중에도 없었다.

"폐하, 이건 제 생각에 불과합니다만………. 그 킹이라는 남자, 무언가 다른 꿍꿍이가 있는 게 아닐까요."

"………다른 꿍꿍이?"

"그 남자와 양쪽 상회의 움직임을 보면 고르곤과 잭을 충돌하게 만들어 어부지리를 얻으려고 하는 것처럼 보이기도 합니다."

"말도 안 돼………. 그 둘을 상대로 **이호경식지계**를 꾸민다는 건가!"

두 마리의 호랑이가 먹이를 두고 다투게 만든 뒤, 약해졌을 때

일망타진하는 계략이다. 확실히 그런 거라면 잭을 방치한 것도 이해할 수 있었다.

총대장이 사라진 잭 상회쯤은 고르곤에게 단숨에 잡아먹힐 것이다.

그렇게 되면 또 다른 호랑이는 아무런 손해가 없다.

하지만 그 계략을 실행한다는 건, 실패하면 양쪽에서 목숨을 노린다는 뜻이다. 위험하기 그지없는, 아니, 자살하고 싶어서 안달이 난 무모한 작전이었다.

호랑이끼리 서로 잡아먹게 한다는 건 말처럼 쉬운 일이 아니니까.

"잭 상회의 간부에게서 나온 정보에 따르면, 이 이야기의 배후에는 아무래도 스 네오의 그림자가………… 천옥의 진짜 고용주는 그 나라라고 합니다."

"그래, 녀석들이 흑막이었나…………. 드디어 이해되는군!"

스 네오에게 잭 상회와 고르곤 상회는 눈엣가시다. 이번 기회에 두 상회를 충돌시켜 쌍방에 큰 피해를 주려고 획책한 것이리라.

"그 나라는 지난번 전화로 수도가 반파되었다고 들었습니다…….."

"그렇군. 부흥할 때까지 **시간을 버는** 의미도 있는 건가."

물론 왕과 대신의 대화 내용은 얼토당토않은 오답이었지만, 상황만 본다면 완벽할 정도로 딱 들어맞았으니 어쩔 수 없는 노릇이었다.

왕은 세심하게 상황을 정리한 뒤 한가지 결론에 도달했다.

"즉 이 소동은 3개의 대상회 간의 패권 싸움이 표면화된 것이다?"

"여기에 그 천옥이 추가된 형태겠죠. 용병들은 정치판엔 끼어들지 않지만, 이만큼 큰 무대라면 돈 벌기도 좋고 선전도 되지 있지 않겠습니까."

여기서도 천옥의 이름이 묘하게 작용했다.

그 집단은 각국이 전장에서 '최초의 화살'로서 고가를 내면서도 손에 넣으려고 할 정도로 용맹한 용병단이다.

3개의 대상회가 뒤엉킨 전장이라면 얼마나 큰 돈이 움직일지 상상도 할 수 없는 수준이다.

잘 처신한다면 천옥의 이름은 대륙 전체로 퍼져나갈 것이다.

"우리는 어찌 움직여야 할지…………. 어느 세력에 붙을지 지금 상태에선 앞이 보이지 않는군."

"아예 그 킹이라는 남자에게 편승한다는 방법도 있습니다."

"그건 도박에서 졌을 때 잃는 게 너무 크다. 애초에 천옥이 아무리 용맹하고 스 네오의 자본이 배후에 있다고 한들 그들은 소속 없는 용병에 불과하지."

"그렇죠…………."

천옥은 어디까지나 용병단이다. 뿌리내릴 땅도, 몸을 지킬 성벽도 아무것도 없다. 애초에 스 네오는 제대로 된 무력이 없으니까.

왕의 눈에는 또 다른 세력이 이 국면을 멀리 바라보며 히죽거리는 게 아닌지 의구심이 들었다.

두 사람이 난처해하고 있을 때 밖에 있던 위병이 비명을 지르고 누군가가 쓰러지는 소리가 들렸다. 습격인가 하고 두 사람의 몸이 굳어버렸는데, 문이 열린 너머에 보인 사람은 가련한 소녀였다.

그 모습을 보고 대신이 비명을 질렀다.

"그, 그쪽은………… 킹 옆에 있던…………!"

"뭣? 이 소녀가…………?"

"늦은 밤에 실례합니다. 이 나라를 다스리는 '현 국왕'에게 마스터의 지시를 전달하러 왔습니다."

모습은 가련하지만 그 입에서 나오는 말은 얼음처럼 차가웠다. 무엇보다 바레스 장군이 이끄는 정예병의 눈을 피해 어떻게 여기까지 들어왔단 말인가?

그리고 마스터는 누구인가. 현 국왕이라는 건 무슨 의미인 건가. 지적할 부분이 너무 많았다.

당황하는 왕과 대신 앞에서 렌은 원고라도 낭독하듯 말했다.

"첫 번째, 이주를 희망하는 슬럼의 주민을 우리가 거두도록 보내줄 것. 두 번째, 이동용 마차, 야영 도구 세트, 성광국까지 가는 데 필요한 식량과 물을 충분히 준비할 것. 세 번째, 그들을 호위할 인원 확보. 이상입니다."

소녀가 말을 마친 뒤 실내에 무거운 침묵이 흘렀다.

처음부터 끝까지 발언 의도를 파악하지 못했기 때문이다. 왕은 그 전에 너는 누구냐고 물어보고 싶었으나, 소녀의 몸에서는 다른 대답을 허락하지 않는 무언가가 있었다.

"그, 그대들이, 잭을 쓰러트렸다고 들었다만…… 사실인가?"

왕은 떨리는 목소리로 간신히 물었다.

보기에는 가련한 소녀이지만 강력한 마력을 사용한 건지도 모른다. 실제로 완벽한 수비 체계를 갖춘 왕궁에 쉽게 침입했으니까.

"그런 어리석은 자는 논할 가치도 없습니다. 대답하십시오."

"아, 아니, 슬럼의 주민이라고 했는데…………. 천옥을 뒤에서 부추겨 조종하고 있는 건 성광국이라는 말인가?"

소녀의 말에 왕은 답을 하나 얻었다.

소속 없는 부평초들의 최종 거래 상대는 성광국이었음을.

"다들 무언가 착각하고 계시는 모양입니다. 제 마스터는 널리 세상 모든 것을 지배하는 분이시며, 마스터에게 명령할 수 있는 사람은 삼천세계의 어디에도 존재하지 않습니다."

"그대는, 무슨 소릴…… 콜록, 커헉!"

맹렬하게 기침하는 왕을 보고 대신이 허둥지둥 등을 문질렀다.

온갖 마법도 약도 왕의 용태를 호전시키지 못하고 악화 일로를 걷고 있었다.

지금도 왕의 입에서 검게 변색된 피가 섞여 흘러나왔다.

렌은 말없이 왕의 침대로 걸어가 그 모습을 내려다보았다.

"보, 보기 흉한 모습을 보여주고 말았군……. 보다시피 짐의 수명은 길지 않다."

대신도 얼굴을 일그러트린 채 말없이 들을 뿐이었다. 위로나 격려로 어떻게 될 수 있는 상태가 아니다. 식사도 제대로 하지 못하고 얼굴에는 죽음이 감돌며 손가락은 말라붙은 나뭇가지 같았다.

"실례합니다——."

렌은 왕을 향해 손을 뻗고 생존 스킬 《의학》을 발동시켰다. 이 스킬은 전투할 때 입은 부상을 치유할 수 있지만 다른 사람을 치유하지는 못한다.

하지만 그 명칭이 가리키는 대로, 의학을 배운 사람으로서 상태를 진찰할 수는 있었다.

"위암 증상이 진행 중이군요. 극도의 식욕부진, 불면증, 자율신경계 교란, 더불어 모르핀과 흡사한 약물 반응."

마치 전신을 고도의 기기로 스캔하는 셈이었다. 렌이 손을 올리기만 했을 뿐인데 왕의 몸을 따뜻함이 감쌌다.

오랜만에 느낀 사람의 온기에 늙은 왕은 절절히 읊조렸다.

"묘한 기분이군…………. 그대는 우리나라의 적일 텐데 도저히 악의가 느껴지지 않아."

"받으시죠. 마스터의 자애입니다."

"…………음?"

렌이 건넨 건 당연히 '구계구제약'이었다. 유우와의 불화를 조금이라도 개선하려고 생각한 건지 마왕이 여러 번 건넨 것이었다.

병 안에는 오렌지색 분말에 녹색 분말도 섞여서 색이 참 요란했다.

어딜 봐도 독으로밖에 보이지 않았다.

"이, 이것을………… 짐에게, 먹으라고?"

왕은 떨리는 손으로 병을 받더니 마치 자결하라는 말을 들은 사람처럼 딱딱한 표정을 지었다.

실제로 상황만 본다면 왕이 책임지고 자결해도 이상하지 않다. 왕궁, 그것도 침실에까지 적이 쳐들어왔으니까.

적이 직접 죽이거나, 왕이 자결하거나. 둘 중 하나인 상황이었다.

"자애라고 했던가…………. 확실히 무능한 왕에게는 걸맞은 최후로군."

"폐, 폐하, 기다려주십시오! 가신다면 저도 함께!"

"무슨 말인가. 대신은 아직 젊거늘…………. 힘들겠지만 이 나라를, 백성을 부탁한다."

"…………폐하!"

모든 것을 잃은 왕이 남은 신하에게 뒷일을 맡기는 감동적인 장면이었지만 렌은 대신을 향해 평탄한 목소리로 단호하게 말했다.

"당신에게는 병증이 보이지 않습니다. 굳이 꼽으라면 복부에 운동 부족으로 인한 내장지방 축적이 보이는군요. 그리고 스트레스에서 오는 정수리의 심각한 대미지. 박모, 탈모 증상이 있습니다. 전형적인 남성형 탈모증, AGA로 추측됩니다."

렌의 말에 대신은 석고상처럼 굳어버렸고 왕도 어안이 벙벙해졌지만 이내 입에서 웃음이 흘러나왔다.

"아하하! 대신, 이런 가련한 소녀의 충고가 아닌가! 생활을 개선하도록!"

"저, 저는 뚱뚱하지 않습니다! 배가 조금 나왔을 뿐입니다!"

"그리고 머리카락에도 조금은 신경 쓰도록 하고……."

"벗겨지지 않았거든요! 하나도 안 벗겨졌거든요!! 아 몰라, 빨리 마시고 가버리시든가!"

마지막 인사(?)까지 엉망진창이었다. 우울한 마지막보다 이게 훨씬 낫다고 생각한 건지 왕은 웃으면서 약을 입에 털어 넣고 물과 함께 삼켰다.

그 순간 자결은커녕 왕의 몸을 좀먹던 암세포가 완전히 소멸했다. 복부를 찔러대던 통증과 전신을 감싸던 나른함까지 환상이었던 것처럼 날아갔다.

"죽음이란 이토록 감미로운 것이었나…………. 몰랐구나."

"폐하…………!"

대신은 눈물을 흘리며 허둥지둥 달려가 왕의 손을 붙잡았다.

하지만 제 손안에서 느껴지는 건 평소처럼 차가운 냉기가 아니라 체온이 돌아오고 힘찬 맥박마저 느껴지는, 뜨겁고 건강한 손바닥이었다.

"폐하………… 응? 손이 어째 따뜻하지 않으십니까? 눈 밑에 거뭇한 것도 사라지셨고…………."

"음? 그런가. 짐도 이만한 해방감은 오랜만이군."

"눈에도 묘하게 힘이………. 폐하, 건강해지신 거 아닙니까?"

"이상한 소릴 하는군. 짐은 독을 마셨………… 응? 으음?"

왕은 이불을 휙 치우고는 침대에 걸터앉아 주변을 둘러보았다. 예전에는 그것만으로도 현기증이 났는데 지금은 시야도 뚜

렷하고 머리도 맑았다.

당황하는 두 사람을 향해 렌이 담담하게 말했다.

"슬슬 희극은 끝내주시죠."

""희극?!""

"마스터께서 자애를 베풀어 당신의 병은 사라졌습니다. 지휘하기 위해서라도 이제는 기력을 되찾으십시오."

렌은 거기까지 말한 뒤 하얗게 빛나는 덩어리를 꺼냈다. 투기장에서 마왕이 건넨《식자재》의 나머지 부분이었다. 렌은 그것을《자양강장 수프x2》로 바꿨다.

여기에는 기력을 50이나 회복시키는 극적인 효과가 있으며 몸이 약해진 환자도 소화하기 좋은 음식이었다. 나베 세트에는 자세한 맛이 설정되어 있지만 이쪽은 본격적으로 영양분을 섭취하기 위해 만들어진 것이니, 병상에서 일어난 환자에게는 이게 더 효과가 좋을 것이다.

어딘가의 제멋대로인 마왕과는 다르게 렌의 판단은 적확했다.

"이걸 드십시오. 마스터의 자애입니다."

자애라는 말이 지닌 의미는 넓다.

왕은 마지막을 맞는 사람에게 보내는 전별로 받아들였지만, 렌이 말하는 자애는 완전히 다른 의미였다.

"이, 이건……… 조금 전 대신이 말했던 음식인가…………."

눈앞에서 하얗게 빛나는 덩어리가 수프로 변했다. 몸을 좀먹던 통증과 나른함이 순식간에 사라진 것도 그렇고, 왕은 당혹스러울 수밖에 없었다.

눈앞의 수프도 공포를 동반한 두려운 음식이었지만, 그 말을 했다간 소녀의 태도가 확 달라질 것 같은 예감에 왕은 현명하게도 입을 벌렸다.

"당신도 드십시오."

"그, 그래도 되는 겁니까…………?"

자양강장 수프는 동시에 2개 작성할 수 있기 때문에 나머지 하나를 대신에게 건넸다. 투기장의 소란을 봤던 대신은 의심하지 않고 흔쾌히 수프를 받았다.

본래 국가의 요직에 앉은 사람으로서는 해선 안 되는 태도다.

하지만 불능이 된 물건조차 세우고, 작은 병 하나로 말기 상태였던 왕의 용태까지 급변시켰다. 대신에게 렌은 미지의 힘을 지닌 명의로 보였다.

기대로 가득한 눈빛으로 숟가락을 든 대신은 닭고기가 들어간 국물을 입으로 가져갔다.

"흐으, 허어어어어!"

"대, 대신! 그런 정체를 알 수 없는 것을………… 이렇게 경솔할 수가!"

"이 얼마나 부드러운 식감인가! 몸속 구석구석 퍼지는구나아 아아! 아으! 으으!"

"대, 대신…………."

"…………아아! 아아아아앗!"

"대, 신…………?"

정신없이 국물을 마시는 대신을 보며 왕도 들고 있던 수프로 시선을 내렸다.

아무리 그래도 일국의 왕이 정체를 알 수 없는 사람에게서 정체를 알 수 없는 음식을 받고 얌전히 먹을 수는 없다.

"걱정하지 마십시오. 독은 들어있지 않습니다."

"아니, 하지만…………."

렌은 수프 국물을 떠서 왕의 입가로 친절히 가져갔다.

완전히 할아버지를 간호하는 손녀 같은 모습이었는데, 이쪽을 바라보는 흑요석 같은 눈동자가 너무도 아름다워 왕도 결국 패배하고 말았다.

이 소녀가 옆에 있기만 해도 어째서인지 벚꽃을 연상하게 만드는 몽환감이 몸을 감쌌다.

평범한 남자라면 무심코 끌어안을지도 모른다.

왕도 예외는 아니었기에 두근거리는 얼굴로 입을 벌렸다. 본래 자결까지 각오했던 몸이기도 하니 일단 결심하면 행동은 빨랐다.

"그, 그럼, 먹도록, 하지…………."

"네."

국물을 마신 순간 왕의 전신에 말 그대로 '자양(滋養)'이 침투했다.

시든 나무 같던 육체가, 세포가 단숨에 호흡을 되찾은 것 같은 감각이 퍼지며 약해져 있던 마음에도 힘이 돌아왔다.

"이, 이건 뭐지…………. 설마 이것이 소문으로 듣던 신의 눈물, 엘릭서인가?!"

"아흐ㅇㅇㅇㅇㅇㅇ의! 나, 난다! 머리카락이 나와버려!"

왕이 진지하게 소리치는 옆에서 대신은 정신없이 국물을 마셨다. 마시면 마실수록 몸에서 힘이 솟는 게 느껴지기 때문이었다.

나중 가선 숟가락으로 뜨는 것도 귀찮아진 건지 그릇을 두 손으로 들고는 입을 대고 호쾌하게 마시는 형국이었다.

왕도 정신없이 국물을 마신 끝에 한 방울도 남기지 않고 싹 비웠다.

"그럼 조금 전의 지시를 바로 이행해주시길 바랍니다."

그건 거부를 허락하지 않는 단정적인 말투. 잭이라는 귀찮은 남자를 치워줬으니 그쪽도 갚으라는 뜻인 모양이었다.

렌은 그대로 떠나려 했으나, 딱 한 번 뒤를 돌아보더니 왕을 향해 웃었다.

그 미소는 정말로 작은 벚꽃이 개화한 듯 가련했다.

"병에서 벗어나신 것을 축하합니다. 잘됐네요, 할아버지."

병으로 약해져 있던 고독한 노인이 기운을 되찾은 걸 순수하게 축복하는 말이었다. 하지만 그 투명한 미소를 본 두 사람은 나잇값도 못 하고 뺨이 붉어졌다.

그 잭을 쓰러트리고, 신비한 음식을 만들어낸 데다 외모는 은은한 향이 나는 듯한 완벽한 미소녀. 두근거리지 말라는 게 무리였다.

렌이 떠난 뒤에도 두 사람은 잠시 아무 말도 하지 않았지만 이윽고 작게 중얼거렸다.

""…………가련하구나.""

　자연스럽게 나온 목소리가 겹쳐지자 두 사람은 무심코 서로를 쳐다보았다.

　그 눈에서는 서로 지고 싶지 않다는 적개심마저 느껴졌다.

　"폐하, 건강해지신 것은 감축드리오나 나이를 생각하셔야지요."

　"대신이야말로 아내가 있는 몸으로 무슨 생각을 하는 건지⋯⋯⋯⋯."

　왕의 침소에서 묘한 소란이 일어나고 있을 때, 문제의 마왕은 독재자가 사라진 거리를 활보하고 있었다.

　그것이 또 새로운 소란을 낳게 될 줄은 모른 채.

마왕 살해자

렌이 왕궁으로 가기 조금 전————.

잭을 쓰러트리고 투기장을 뒤로 한 두 사람은 당당한 걸음으로 왕도를 활보했다. 본래 독재자를 타도한 인물이라면 지금쯤 연설이라도 하고 있을 타이밍이었다.

하지만 마왕의 머리에 떠오르는 건 완전히 다른 일이었다.

"어디, 그 검사를 찾아서 **교섭**을 해야 하는데."

물론 투기장에서 싸웠던 아르벨드를 말한다. 마법을 막는 무언가의 마도구를 소지하고 있으니 도저히 방치할 수 있는 존재가 아니었다.

"네. 그리고 슬럼 분들은 타하라 씨가 수용 준비를 갖추신 모양입니다."

"————음. 응?"

"마스터께서 말씀하신 대로 눈앞의 한 명만을 보던 제 시야는 무척이나 좁았습니다. 지금 와서는 부끄러울 뿐입니다."

"음⋯⋯⋯⋯."

렌이 무슨 말을 하는 건지 알 수 없어 마왕은 기묘한 소리를 내는 망가진 기계가 되었다. 어렴풋하게나마 타하라가 일손으로 부려 먹으려고 하는 것 같다고 간신히 짐작했다.

실제로 라비 마을을 확장 · 정비하는 것만으로도 일손이 영 부족한 상황이었다.

이미 성광국 동부에서는 헌상이라는 이름의 토지 흡수가 일어나고 있고, 내전 결과에 따라서는 국내 전부로 개발지역이 확장될 것이다. 일손이 부족하다는 수준을 넘어선다.

"그래, 앞으로를 생각하면 노동력은 얼마든지 필요하지……."

"네, 마스터. 이 사업으로 많은 민초가 구제받을 것입니다."

이 남자도 '부린다'고 생각한 적이 있으니 어떻게든 머릿속으로 소화했다.

당연히 렌처럼 '구제한다'는 거룩한 마음가짐은 아니다.

"그럼 그 준비는 제 선에서 처리하겠습니다."

"…………만약을 위해 내용을 확인하기로 할까."

"이 나라의 **현 국왕**에게 이동 수단을 마련하게 시킬 겁니다."

현 국왕이라는 낯선 단어에 마왕은 살짝 위화감을 느꼈다. 마치 장래에는 다른 사람이 통치한다는 듯한 말투였기 때문이다.

'설마 나는 아니겠지…………? 제발 아니라고 말해줘!'

마왕은 마음속으로 무책임한 소릴 외치면서도 근엄한 표정으로 고개를 끄덕였다.

아무튼 노동자를 확보한 뒤 나머지는 타하라에게 전부 떠넘기면 어떻게든 될 거라고 제멋대로 생각하면서.

하필이면 그 타하라도 노동자를 간절히 원하던 참이었으니, 엇갈리면서도 강렬하게 맞물리는 이 주종은 콩트 그 자체였다.

"이 나라의 권력자도 땀을 흘리게 해야지. 세금을 받는 것만이 일이 아니니."

마왕은 그렇게 지껄였지만, 다른 각도에서 본다면 정론이기도

했다. 말하자면 국내에서 난민 상태인 집단을 거둔다는 소리이기 때문이다.

"이 상황에선 거절하지 못할 것입니다. 마스터는 처음부터 여기까지 염두에 두셨던 것이군요."

유리티아스를 지배하는 독재자를 쓰러트린 데다 골칫거리인 슬럼의 주민을 데려간다. 일반적으로 생각하면 영웅적인 행위이다.

이만큼 좋은 조건을 제시했으니 상대방도 거절할 여지는 없다고 할 수 있다.

"나는 거기까지 생각하지 않았다. 다만——."

"…………다만?"

마왕은 품에서 지도를 꺼내 무슨 생각을 한 건지 사악하게 웃었다.

이 남자에게는 타하라같은 신들린 묘책은 없으나 **사기꾼**으로서는 상당한 재능이 있다.

"렌, 이동할 때 공화국을 통과하지? 루키에서 열심히 일하는 용사와 회담을 갖도록."

"죄송하지만, 그럼 마스터 곁에서 오랫동안 떨어져 있게 됩니다."

"그 남자에게 인원들의 이동 지휘권을 **물려주는** 거다. 이런 일은 네가 아니면 불가능하지. 타하라나 유우는 그 남자의 의구심을 피해 갈 수 없으니."

타하라는 권모술수의 현신 같은 남자이고, 유우는 물과 기름을 넘어 본래대로라면 토벌 대상이 될지도 모르는 존재다.

당연히 아카네나 콘도는 그런 종류의 교섭에선 논외다.

다른 측근들을 떠올린 건지 렌도 마지못해 받아들인다는 표정으로 고개를 끄덕였다. 확실히 이 임무는 자신이 아니면 달성하기 어려울 것이다.

"그 남자라면 가난한 사람, 그것도 2천 명이나 되는 인원이 이동하는 걸 보면 무시하지 못할 거다. 하물며 **두 번째**니 더욱."

첫 번째는 말할 것도 없이 마족령에 잡혀있던 노예들을 가리킨다.

그때조차 이를 악물고 있었으니, 두 번째 행렬이라면 현지 상황을 보지 않고는 못 견딜 것이다. 렌도 같은 생각을 한 건지 조용히 고개를 끄덕였다.

"네. 그분은 반드시 제가 라비 마을로 유도하겠습니다."

"음."

이렇게 렌은 왕궁으로 향했고 마왕은 검사를 찾으러 움직였다.

독재자가 쓰러지고 잔뜩 들뜬 왕도는 참으로 특이했다. 여기저기에서 술 파티가 벌어졌고 많은 사람이 어깨동무를 하며 노래하고, 악기에 맞춰서 미친 듯이 춤췄다.

기쁜 나머지 우는 사람도 있으면 흥분한 감정이 떠미는 대로 어둠 속으로 사라지는 남녀의 모습도 있었다. 나라를 휩쓴 소란은 아침이 와도 끝날 것 같지 않다.

'아주 떠들썩하군…………. 이대로는 제대로 대화도 못 하겠는데………….'

이 축제의 공로자인 '킹'이 눈앞을 걷고 있는데도 눈치채지 못하는 상태다. 그 열광 수준을 알아볼 수 있으리라.

"오늘부터 우리는 자유다! 마셔, 마시자!"

"자자, 거기 털털해 보이는 여자도 마시라고!"

"뭐야, 과일주~? 그런 어린애 같은 단 술은 못 마셔~~~!"

'저 통통한 여자, 혈당치가 높은 모양이군…………'

마왕은 영양가 없는 생각을 하며 뒷골목으로 발걸음을 향했다. 살기는 없지만 이쪽을 감시하는 듯한 시선을 느꼈기 때문이다.

한산한 장소에서 걸음을 멈춘 마왕은 유유히 담배를 태우기 시작했다.

"…………그래서, 나에게 무슨 용건이지?"

마왕이 묻자 상대방은 잠시 침묵을 유지했지만, 이내 건물 그림자가 꿈틀거리더니 이윽고 사람의 형상이 되었다. 그림자 속에서 나타난 건 제노비아 신왕국의 첩보를 관장하는 한조였다.

"네 목적은 뭐지…………? 국가의 혼란인가?"

"그 전에 자기소개 정도는 하지 그래?"

"심보가 고약한 남자로군…………. 우리에 대해선 이미 잘 알고 있을 텐데."

'아니, 모르거든! 그림자에서 튀어나온 거에도 깜짝 놀랐단 말이다!'

타하라는 그렇다 쳐도 마왕은 제노비아에 대해 아무런 지식이 없다. 가까스로 나라 이름을 들어본 적이 있는 수준이었다.

"………나는 제노비아 신왕국의 이가닌을 통솔하는 보스야."

“이가탄?”

“이가닌이라고! 이가닌! 우리 조직을 조롱하는 거냐!”

“가벼운 농담이다, 그리 화내지 마. 그래서 네 이름은?”

“……………………………이, 이치카.”

묘한 로딩 시간 후 한조는 또다시 예쁜 가명을 사용했다.

그녀는 여태까지 자기 생각에 예쁜 이름을 수도 없이 만들어 사용해왔지만, 한 번도 그 이름으로 불린 적이 없었다.

“…………흠, 이치카란 말이지.”

“어?”

“그 닌자 같은 복장을 보면, 혹시 한자도 있는 건가?”

“어, 어어…………. 한 일(一)에 꽃 화(花)를 합쳐서………….”

“한 송이 꽃이란 말이지. 음, 네 분위기와 잘 어울리는 이름이군.”

“…………그, 그래? 아니, 응, 그래. 응!”

한조는 처음엔 당황한 듯 얼어있었지만 이내 기쁘다는 듯 거듭 고개를 끄덕거렸다. 어릴 때부터 투박한 이름으로 불려왔던 반동이었다.

“응, 나는 이치카야. 누가 뭐라고 하든 오늘부터 이치카야! 아하하!”

‘이 자식 뭐지………….’

신이 난 한조를 보며 마왕은 천천히 담배를 내뿜었다.

그리고 생각하는 걸 솔직하게 물어보았다.

“반대로 물어보는데, 너는 뭘 위해 나를 감시하는 거지?”

"뭘 위해서냐니………… 잘도…………."

마왕 진영과 제노비아는 이미 임전 태세에 들어갔다고 봐도 된다. 영토는 멀리 떨어져 있지만 제노비아는 마왕 진영을 막기 위해 파병까지 하고 있는 상태다.

마왕의 동향을 살피는 건 당연했다.

"뭘 위해서? 그러는 너야말로 무슨 생각이지? 킹이라고 하면서 잭 상회와 고르곤 상회를 우롱했잖아."

"그런 건 그냥 **착각**에 불과하다. 우연이 거듭된 결과지."

"착각에, 우연이라고? 뻔뻔하기는…………. 너처럼 방심할 수 없는 남자는 처음 봐."

마왕은 솔직하게 대답했지만 한조는 씹어뱉듯이 말했다. 그녀가 봤을 때는 영락없이 일호경식지계였기 때문이었다.

하필이면 그 병법은 그녀의 상사인 코우메이가 자주 쓰는 전법이기도 했다.

"적어도 내 의도는 아니다."

"의도하지 않고 두 상회를 부딪치게 했다? 나 참, 황당한 **우연**도 다 있네."

'이거 글렀네. 이미 무슨 말을 해도 들을 생각이 없잖아…….'

여태까지 착각과 과대평가에 너무 익숙해진 건지 마왕이 변명하길 포기하는 것도 빨랐다. 적어도 유익한 시간을 보내고 싶었던 건지 마왕은 자연스럽게 화제를 바꾸었다.

"이가닌이라고 했던가? 이 근방에는 일본(日本) 같은 나라라도 존재하는 건가?"

"…………일본? 히노모토(日ノ本)를 말하는 건가? 거기는 우리 일족의 고향이라고 들었어. 가본 적은 없지만."

"히노모토라…………. 그런 나라는 지도에 실려있지 않던데."

"지도라고? 저 멀리 동쪽 바다 끝에 있는 섬나라라던데, 그런 곳이 실려있을 리 없지. 존재조차 의심하는 사람도 있을 정도야."

"그렇군. 바다 끝이라면 거리는 어느 정도―――."

―――찾았잖냐, 킹.

불쑥 기어든 목소리에 한조는 순식간에 모습을 감췄고 마왕도 조용히 돌아보았다.

그곳에는 마왕이 찾던 검사의 모습이 있었다.

"오오, 아르벨드가 아닌가! 나에게 무슨 용건이지?! 뭐든 말해 봐라!"

마왕은 희희낙락 뒷골목을 빠져나와 서둘러 대로로 돌아갔다. 그 얼굴에는 징그러울 정도로 환한 미소가 번져 있었다.

상대의 반응에 놀란 건지 아르벨드는 순간적으로 거리를 벌렸다.

"뭐, 뭐야…………. 반응이 굉장한데, 당신도 나에게 용건이 있었던 건가?"

"그래, 너와 꼭 교섭하고 싶은 건이 있거든."

"하아, 또 그 이야기냐? 그만 좀 해, 나는 천옥에 들어갈 마음은 없다고 했잖아."

용맹한 용병단인 천옥은 항상 강자를 원한다.

북방국가군에서도 유명한 아르벨드 같은 검사는 절호의 스카우트 대상이었다.

"내 이야기를 받아준다면 이쪽에서도 네가 바라는 걸 마련하지."

"아마 간부 자리라도 주겠다는 거겠지. 관심은 없지만, 뭐 좋아. 하지만 내용을 듣기 전에 나와 결투 한 번 해주지 않겠어?"

"오호! 지금 결투라고 했나?!"

마왕, 아니, 킹의 기묘한 반응에 아르벨드는 당황하면서도 상대방을 칭찬하는 걸 잊지 않았다. 그는 북방국가군을 돌면서 항상 명성을 드높일 건수를 찾아다닌 남자다.

그런 아르벨드에게 킹은 **일생일대의 기회로** 보일 게 틀림없었다.

"전부터 천옥의 킹은 화끈하게 돌아버린 놈이라고 들었지만…… 이렇게까지 저지를 줄이야, 아무리 그래도 놀랐다니까. 고르곤이 배후에 있다고 해도 난데없이 적장의 목을 따버리다니. 당신 대단하잖아."

"…………칭찬 영광이군."

무게를 잡고 대답하긴 했지만 마왕은 상대방의 이야기는 전혀 듣지 않았다. 지금 그는 마법을 막는 신기한 도구를 어떻게 강탈할지만 생각하는 산적이 되어버린 상태였다.

그런 건 일절 모른 채 아르벨드는 자랑스럽게 말했다.

"잭을 쓰러트린 당신을 쓰러트리면 나는 자동적으로 북방 최고의 검사가 된다는 거지. 내 검은 봐준다는 걸 모르니까 자칫 죽여버릴지도 모르지만………… 상관없지?"

아르벨드의 선언에 마왕도 흔쾌히 대답했다.

오리가 파를 두르고 냄비 앞으로 걸어온 셈이었다.

"나는 싸움을 좋아하지 않지만, **끝장 대결**을 보겠다고 도전한다면 받아주는 게 인지상정!"

저쪽에서 도전했음을 주위에 강조하며 마왕은 큰 소리로 어필했다.

이렇게 해둬서 쓰러트린 뒤에 소지품을 강탈해도 어쩔 수 없는 일이라며 넘어가도록 유도하는 고식적인 수단이었다.

"그럼 바로 시작하자고—— 킹!"

"승자는 상대의 소지품을 가져갈 수 있음. 좋다!"

"뭐?!"

킹이 뭐라고 소리쳤지만 아르벨드는 이미 거리를 좁혀 발도 자세에 들어간 상태였다.

그의 특기인 《검섬》이라는 기술이었다. 검을 지망하는 자라면 가장 먼저 획득하는 기본 기술이지만, 아르벨드는 이것을 극한까지 갈고닦아 **절기**(絕技)라고 불러야 하는 영역에 이르렀다.

그 영역에 도달하기 위해 그가 들인 세월은 십수 년에 이른다. 피를 토하는 듯한 노력과 병적인 집념의 결정인 **그것**은 마침내 악마조차 베어버릴 수 있는 수준까지 성장했다.

"간다————! 《검섬》."

절기라 부르기에 적잡한 음속의 검이 마왕을 향해 쇄도했다.

하지만 기묘한 전자음과 함께 나타난 《어설트 배리어》가 십수 년에 걸친 집념을 참으로 쉽게 무효화시켰다.

"흠, 좋은 한 수였소⋯⋯⋯⋯. 이것으로 작별이외다!"

"무슨, 너! 이건 대체⋯⋯⋯⋯ 커헉!"

마왕은 일개 무예가 같은 말투로 주절거리며 아르벨드의 배에 펀치를 꽂았다. 강렬한 충격이 복부를 관통하자 아르벨드는 불쌍하게도 입에서 거품을 물고 기절해버렸다.

마왕은 산적 저리 가라 할 속도로 짐을 물색하더니, 원하던 것을 발견한 건지 음흉한 미소를 지었다.

'음, 이건가 보네. 정말 호박이 넝쿨째 굴러왔네⋯⋯⋯⋯. 검사여, 편안히 잠들어라.'

아직 죽지 않은 아르벨드에게 묵념을 바친 마왕은 만족스러워하며 일어났다.

그 손에는 기묘한 카드가 들려 있었다.

얼핏 보면 신용카드 같은 모양새였지만, 표면에는 근미래가 연상되는 전자 무늬가 그려져 있었다.

"어──《아이템 감정》."

마왕은 《매직 배리어》라고 표시된 카드를 즉석에서 빼앗아 안주머니에 넣었다.

마치 태어날 때부터 산적이었던 것 같은 모습이었다.

'나중에 방어 효과를 자세히 조사해야지⋯⋯⋯⋯.'

상위 아이템 감정이라면 성능이나 수치까지 표시되지만, 이 감정으로는 기껏해야 이름과 속성을 알 수 있는 수준이었다.

하지만 이번은 그걸로 충분할 것이다.

"약속한 대로 받아가겠소!"

마치 공정한 결투를 마친 무사처럼 뻔뻔하게 선언하고 허리를 꾸벅 숙이는 마왕. 아르벨드가 의식이 있었다면 '뭐가 약속이란 거냐!'라고 소리쳤을 것이다.

주위 관객이 순식간에 끝난 공방을 두고 술렁거리는 가운데 박수가 하나 울려 퍼졌다. 마왕이 돌아보자 그곳에는 무거운 갑옷을 입은 여자 무사가 있었다.

투기장에서 아케치 미츠히데라는 이름을 쓰던 인물이었다.

"——훌륭하오, 참으로 훌륭하외다! 대단한 무위에 몸이 떨릴 정도구려!"

"어?"

"그 머리카락의 색, 말투, 히노모토 출신의 무사가 아니오?"

"아니, 히노모토………… 뭐, 일본이긴 한, 건가…………?"

그런 고풍스러운 명칭을 들어봤자 마왕은 머뭇거릴 수밖에 없었다.

하지만 여자 무사는 그 대답을 듣고 기쁘다는 듯 웃더니 호흡이 닿을 정도로 가까이 다가왔다. 악의라고는 전혀 없이, 순수하게 반가움을 느끼는 모양이었다.

"이러한 **남만 땅**에서 동향인을 만날 줄이야! 이것도 존엄하신 부처의 인도겠구려! 오늘 밤은 함께 술잔을 나눠보지 않겠소이까!"

"아니, 가깝다고! 거리가 가까워!"

"무엇을 사양하는 것이오? 그대도 이향 땅에서 필시 고생했을 것 아니오!"

“아니, 고생은………… 잠깐, 들이밀지 마! 무섭다고!”

“무엇을 두려워하는 것이오? 동향인과 만나 그대도 기쁠 것 아니오.”

“아니, 넌 무섭다고!”

“아니………… 소인이 무슨 짓을 했다는 말이요!”

마왕은 다양한 의미로 경계할 수밖에 없는 상대였다. 이 인물이 진짜 아케치 미츠히데라면, 역사상에서도 보기 드문 ‘마왕 살인’을 정말로 저지른 인물이기 때문이다.

달리 보면 이 세계를 좌우하는 누군가가 보낸 자객처럼 비쳤다.

“아, 아무튼! 너는 그 이상 다가오지 마! 거리 두기! 거리 두기!”

“거절하오! 드디어 찾아낸 동포란 말이오, 절대로 놓칠 수 없소…………!”

“히이익!”

이번에도 굳이 찾을 필요 없이 마왕과 마왕 살해자가 연속으로 만나게 되었다. 이것이 운명이었는지 우연이었는지는 아무도 모른다.

그 후 마왕은 미츠히데에게 붙들려 어영부영 노점에 앉게 되었다.

이 세상에서는 드물게도 노렌 같은 게 걸려있어서 얼핏 보면 라면 포장마차 같은 구조였다.

“여기는 소인이 즐겨 찾는 가게라오!”

“그러냐…………. 그럼 이만.”

“기다리시오! 이제 막 오지 않았소이까!”

마왕은 경계심을 숨기지도 않고 미츠히데를 힐끔거렸지만, 묻고 싶은 게 있는 건지 자리를 뜰지 말지 맹렬하게 갈등하는 것 같았다.

"쥬베에, 파트너 데려왔어."

"아아, 여관 주인장. 감사하오."

중년 여성의 목소리에 뒤를 돌아보자 그곳에는 정체불명의 생물이 있었다. 얼핏 보면 사슴으로도 보이지만 머리에 복잡하게 갈라진 **흉악한** 뿔이 나 있었다.

체격은 커다란 말과 비슷한 사이즈였고, 뿔을 세우며 돌진하면 전장에서는 맹위를 떨칠 것이다. 하지만 눈동자는 둥그렇고 털도 찰랑찰랑하다. 튼튼하면서도 귀엽기도 하다는, 뭐라 판단하기 난감한 생물이었다.

"뭐지? 이 짐승은……. 모ㅇ노케 히메의 야쿠르 같은 건가?"

"그대는 무슨 말을 하는 것이오? 히노모토가 자랑하는 기승수, 우마시카(馬鹿)잖소."

"나ㅇ시카?"

"우마시카!"

미츠히데는 그렇게 외친 뒤 우마시카라고 불린 생물의 목을 부드럽게 쓰다듬은 후 억새풀 같은 걸 입가로 들이밀었다. 하지만 우마시카는 조용히 고개를 저었다.

"으음…………. 역시 남만의 풀은 입에 맞지 않는 거요?"

"입이 비싼 축생이군. 편식도 하는 건가."

"축생이라니 말이 심하지 않소. …………이 녀석은 소인의 동반자인 토시미츠라오!”

‘아니 잠깐, 그 이름은………….’

마왕의 머릿속에 아케치 미츠히데의 오른팔이라고 불리던 무장, 사이토 토시미츠가 떠올랐다.

의리가 강하고 무위가 뛰어난 무장이었지만, 설마 사슴이 되어 있을 줄은 몰랐던 모양이었다. 평소 하던 연기도 잊고 마왕의 얼굴에 당황한 기색이 번졌다.

“미츠히데라고 했던가. 나는 이래 보여도 바쁜 몸이니 네게 몇 가지 물어——.”

거기까지 말한 순간 마왕의 입이 멈췄다.

미츠히데의 손이 롱코트를 세게 붙잡았기 때문이다. 무슨 일이 있든 절대 놓치지 않겠다는 의지가 생생하게 보이는 행동에 마왕의 얼굴이 퍼렇게 질렸다.

“소인이라도 괜찮다면 얼마든지 대답하겠소! 자, 마음껏 물어보시오.”

“으, 으음………….”

점점 이 무사가 대화 상대가 없는 **외톨이**로 보인 건지 마왕의 가슴에 복잡한 감정이 치밀어올랐다. 어쩌면 그녀는 이 이향 땅에서 제대로 친구도 사귀지 못하고 사슴하고만 대화했던 게 아닐까.

“…………먼저 그 히노모토라는 곳에 대해 듣고 싶다.”

“음, 그대의 복장을 보면 고국을 떠난 지 오래된 모양이구려. 얼마든지 고향 이야기를 들려주겠소!”

마왕은 신중하게, 떠보듯이 입을 열었다.

미츠히데가 이야기하는 건 역시나 전국시대의 일본으로, 현대 일본과는 전혀 다른 시대인 모양이었다. 그녀의 입에선 막부, 다이묘 같은 단어가 아무렇지도 않게 튀어나왔는데, 여기가 판타지 세계라는 것도 더해져서 그런지 어마어마한 위화감이 들었다.

"무로마치 쇼군이라…………. 아직 노부나가에게 추방당하지 않은 건가."

"…………!"

마왕이 무심결에 흘린 한마디에 미츠히데가 크게 반응했다.

참고로 무로마치 막부 마지막 쇼군은 수도 없이 노부나가에게 반항했다가 마지막에는 추방당해 실질적으로 역사의 무대에서 매장당한다.

힘과 돈이 모든 것을 말하는 시대이자, 오래된 권위는 통하지 않게 된 시대이기도 하다.

'그래봤자 내가 아는 역사와 히노모토라는 곳이 완전히 똑같을 것 같지는 않지만………….'

마왕은 그런 생각을 하며 가게에서 나온 와인을 마셨다. 노점의 싸구려 술이다 보니 맛이 연해서 물이라도 마시는 듯한 기분이었다.

미츠히데도 쓰라린 얼굴로 와인을 노려보았다.

"흥, 이런 남만 땅에서도 그 이름을 듣게 될 줄은………… 끔찍하구려. 이 와인이라는 것도 소인의 입에는 통 맞지 않소."

“흠―――――.”

마왕은 품에서 두루마리 형태의 아이템 파일을 꺼내 술을 음미했다.

처음 보는 것보다는 익숙한 것이 좋을 것이라는 생각에 탁주를 선택했다. **도부로쿠**라고 불리는 탁주인데, 알코올 도수는 그리 높지 않다.

술로 입을 풀어줘서 더 많은 정보를 끌어낼 생각인 모양이었다.

“자, 이거라도 마시면서 말하도록.”

“이건………… 히노모토의 술이 아니오! 아니, 그 전에 왜 두루마리에서 술이 나온 것이오? 그대는 인술이라도 수행했소?!”

“인술이라니………….”

“닌자의 기술을 극한으로 단련한 자는 거대 두꺼비를 탄다고 들었는데, 그대도 그런 거요?”

“닌자 쟈쟈마루 군이냐고! 그걸 왜 타냐!”

고전 게임으로 태클을 걸며 마왕은 호쾌하게 탁주를 들이켰다. 연거푸 두 잔, 세 잔 술이 들어가는 모습을 보고 미츠히데의 목이 꿀꺽 움직였다.

보아하니 오랫동안 고향의 술을 마시지 않은 모양이었다.

“그, 그럼, 감사히 받겠소.”

미츠히데는 예의 바르게 꾸벅 인사한 뒤 탁주를 입에 댔다.

그 순간 미츠히데의 얼굴이 꽃처럼 환해졌다.

“크으으…… 이거요! 이것을 기다렸소!”

포니테일이 붕붕 흔들리고 뺨이 살짝 붉게 물든다. 더 따르려고 한 미츠히데였으나 토시미츠가 말없이 탁주를 물더니 제 목으로 쭉쭉 흘려 넣었다.

"아, 아아아아아아아아! 토시미츠, 무슨 짓이오!"

미츠히데가 울상이 되어 소리쳤으나 토시미츠는 만족스러운 듯 고개를 흔들고는 천연덕스러운 표정을 지었다. 귀엽게 생겼지만 하는 짓은 동물 그 자체였다.

"토시미츠, 귀중한 탁주를 뭘로 보는 것이오! 부끄러워하시오!"

"크르르…………."

토시미츠가 낮게 으르렁거리며 앞발로 바닥을 긁었다.

음식에 관한 호불호가 강한 건지 주인과의 싸움도 불사하는 자세였다.

"아니, 더 있으니까………… 이야기를 마저 들려다오."

"…………참말이오?!"

"루우♪"

기다렸다간 아침이 될 거라고 생각한 건지 마왕은 탁주를 더 꺼냈다.

이번에는 토시미츠를 위해 한 병을 추가했다. 사슴 비슷한 것이 술을 마시는 모습은 뭐라 말할 수 없는 느낌이었지만, 빨리 이야기를 듣고 떠나고 싶었던 듯했다.

미츠히데는 오랜만에 맛보는 고향의 맛에 감동하고, 토시미츠도 흡족해하며 탁주를 마셨다.

"소인은 그 사악한 존재를 치기 위해 봉기했지만…………."

미츠히데의 푸념인 듯 뭐라 정의할 수 없는 이야기를 들으며 마왕은 조금씩 히노모토라고 불리는 나라의 상황을 확인했다. 그 입에서는 종종 카이의 호랑이(타케다 신겐)와 에치고의 용(우에스기 겐신)이라는 단어까지 튀어나와 마왕의 머리에는 혼란이 퍼져나갈 뿐이었다.

미츠히데가 혼노지의 변을 일으켰을 때 노부나가는 이미 천하통일의 7할을 마쳤으며, 우에스기는 궁지에 몰렸고 타케다는 멸망한 뒤였다.

시대와 상황이 뒤죽박죽이다.

"너는 혼노지에서 노부나가를 습격했지?"

"혼노지? 소인은 기후성에서 습격했소. ………아니, 그대는 오랫동안 고향을 떠나있었던 것 아니오? 유난히 잘 안다는 듯한 말투구려."

미츠히데의 눈에 처음으로 의심이 깃들었다. 어쩌면 히노모토의 다이묘가 보낸 첩자일지도 모른다고 생각한 모양이었다.

"걱정하지 마라. 나는 네가 생각하는 부류의 인간이 아니야. 오히려 네가 말하는 히노모토라는 곳에 간 적도 없지."

"무, 무슨 말이오…………. 그대, 소인을 속이려는 것이오?!"

"설명은 잘 못 하겠지만."

미래에서 왔다는 것도 정확하진 않을 것이다.

엄밀하게는 전혀 다른 역사의 일본에서 왔기 때문이다. 당연히 이 세상처럼 아케치 노부히데가 여자거나 사이토 토시미츠가 사슴이거나 하지도 않았다.

"요컨대 너는 모반에 실패한 건가."

“모, 모반이라니 듣기 껄끄럽구려! 소인은 의(義)를 행하고자 봉기한 것이오!”

“의건 협이건 알 바 아닌데, 아무튼 배신했는데 실패했단 거잖아?”

“배, 배, 배신이라고 하지 마아아아!”

미츠히데는 탁주를 한 손에 들고 울상으로 소리쳤다.

그 얼굴은 이미 새빨갰다. 상당히 취한 모양이다.

“삼일천하는커녕 모반에 실패해서 유배당했다는 건가…….”

“누, 누가 유배당했단 말이오! 소, 소인은 권토중래를 노리고………… 흐어어어엉!”

“으억, 갑자기 울지 말라고…………. 귀찮게!”

“귀찮다고 하지 마아아아아아!”

미츠히데는 기어이 노점 카운터에 머리를 박았고 마왕은 절레절레 고개를 내저었다. 여자에게도 전혀 관대하지 않은 남자였지만, 미츠히데의 모습도 피로에 찌든 회사원 같았다.

옆에서 보면 부하의 고충을 들어주는 상사의 모습으로 안 보이는 것도 아니었다.

“주인장, 그보다 뭔가 먹을 걸 부탁하지.”

“네.”

“으아아아앙! 사람이 울고 있는데 주문하지 마아아아!”

미츠히데가 마왕의 팔을 퍽퍽 때리자 포니테일이 크게 흔들렸다.

보통은 동정했겠지만, 이 남자의 입에서 나오는 건 평소와 다를 바 없는 냉담한 대답이었다.

"──술 냄새! 귀찮아!"

"또 귀찮다고 했어어어어어! 그리고 술 냄새 난다고 하지 마아아아아아!"

어딘가 기시감이 느껴지는 대화가 오가는 가운데, 가게 주인이 양배추 버섯 볶음을 내놓았다.

보기에는 평범하지만, 냄새는 나쁘지 않다. 배가 고팠던 건지 마왕이 바로 요리를 먹으려고 한 순간 미츠히데가 접시를 빼앗았다.

"우물…… 우물……, 소인은 이런 이향 땅에서도, 혼자서…… 우물…………."

"너는 우는 거랑 먹는 거 중에 하나만 해라…………."

"크르르…………."

"잠깐만! 어째 저 사슴 비슷한 게 화난 것 같은데!"

"토시미츠, 그대는 밥 없소!"

"…………크르르!"

"저기요, 뿔이 LED처럼 빛나기 시작했는데요! 이 외계생물은 뭐야!"

성광국만이 아니라 북방국가군을 이만큼 흔들어놨으면서 정작 본인은 정말로 하찮은 소란을 벌이고 있으니 힘이 쭉 빠지는 광경이었다.

식사를 하지 못했다며 마왕은 술안주로 하급 아이템인 《생간》을 만들어냈다.

하급 아이템치고는 체력을 30이나 회복해주는 고성능이지만, 독이 될 때가 많아서 플레이어에겐 그리 환영받지 못하는 아이템이었다.

"으음, 그건 무슨 고기…………? 아니, 그대는 어디에서 꺼내는 거요?!"

"이건 소의 간이다. 술과 잘 어울리지."

"소? 농경에 필요한 소를 먹다니 야만적이구려……. 그대는 남만의 풍습에 오염되었소."

미츠히데는 그렇게 말하면서도 코를 움찔거렸다.

옆에 놓인 소스에서 식욕을 자극하는 냄새가 났기 때문이다.

"이건 참기름에 마늘을 갈아 넣고 소금을 넣어 섞은 소스다. 이 소스에 묻혀서 먹지."

입으로 간을 던져넣으며 마왕은 미소 지었다. 대제국산 간에는 비린내가 전혀 없고, 풍부한 육감에 참기름과 소금이 어우러져 극상의 풍미였다.

마늘 냄새와 혀를 두드리는 자극에 한층 술이 당겼다.

그 모습을 보고 미츠히데도 마음이 흔들린 건지 가느다란 목소리로 말했다.

"…………예로부터 입향순속(入鄕循俗)이라는 말이 있소. 소, 소인도 조금, 맛을 보는 정도라면 나쁘지 않다고 생각한다오."

"남만의 풍습은 야만적이라면서? 아무쪼록 초지일관의 자세로 밀고 나가라고."

"그렇게 자꾸 심술부리지 말라고오오오오! 소인에게 더 친절하게 대하란 말이야아아아아아!"

미츠히데는 마왕의 팔을 잡고 좌우로 흔들었다.

완전히 떼를 부리는 어린아이 같은 태도에 마왕도 한숨을 쉬었다.

"술주정 한번 성가시네…………. 거기 사슴. 너도 먹겠나?"

"루우우우우우♪"

"어째서 토시미츠에게?! 싫어! 소인도 먹고 싶어! 아아아아앙!"

"이런 한밤중에 유아퇴행하지 마!"

이렇게 마왕이 노점에서 소란을 피우는 동안에도 렌은 왕궁에서 거래를 마치고 슬럼의 주민들에게 신천지 이주 계획을 전달했다.

심야 시간대임에도 정력적으로 일하는 모습은 비서의 귀감이었다.

렌에게서 계획을 들은 슬럼의 주민들도 크게 기뻐하며 이주 준비를 시작했다. 이대로 슬럼에 머물러봤자 썩어갈 미래밖에 보이지 않았기 때문일 것이다.

무엇보다 이주에 드는 비용까지 나라에서 부담한다고 하니 받아들이지 않는 게 손해였다. 좋게도 나쁘게도 그들에게는 재산 같은 건 전혀 없기에 간단한 짐만 챙기면 그만이기도 했다.

이 가벼움이 이 주민들의 장점이라고도 할 수 있다.

잭 상회가 붕괴한 것을 축하하며 연회를 벌이던 그들이었으나, 다음은 대이동 준비로 인해 슬럼 전체가 한층 더 떠들썩해졌다.

그 마왕이 불러온 혼란은 아직도 끝나려면 멀어 보였다.

아케치 미츠히데

Mitsuhide Akechi

【종족】 인간 【나이】 24세

【레벨】 ? 【스테이터스】 불명

머나먼 동방, 히노모토에서 온 무장.
절묘한 검술을 구사하며 화승총의 명수이기도 하다.
동방의 독자적인 검술, 법술을 사용하는 강자이지만 성격은 성가신 구석이 많다.
조건을 갖추면 그녀는 마왕속성을 지닌 자를 대상으로 결전 병기 같은 존재가 된다.
렌을 아주 좋아한다.
참고로 파트너인 토시미츠는 어이없을 정도로 강하다.

나비 효과

유리티아스의 왕도가 환호성으로 가득한 그 무렵——.

큰 피해를 입은 쪽도 상황을 수습하기 위해 움직이기 시작했다.

이전에는 독재자로서 권력을 마음껏 휘둘렀던 잭과, 엉뚱하게 불똥이 튄 고르곤 상회였다. 전자는 그렇다 쳐도 후자는 강 건너에 난 화재가 예상치 못한 바람의 방향으로 이쪽에 옮겨붙은 셈이었다.

본래 충돌할만해서 충돌한 두 상회이기 때문에 불티는 작아지기는 커녕 커지기만 했다.

지금도 도시국가에서는 고르곤 본인이 최전선에 나서 쥐새끼 청소를 지휘하고 있다.

"제이크는 아직 돌아오지 않은 겁니까…………."

뱀술사라는 이명을 지닌 부하를 파견했으나 잭 상회의 게릴라 부대는 소란을 일으킨 뒤에는 바로 도망치기 때문에 잡지 못하고 있는 모양이었다. 예로부터 게릴라전이란 하는 쪽에서는 힘이 덜 드는 대신 잡으려는 쪽은 크게 고생하기 마련이었다.

"당수님, 적은 현재—— 크헉!"

"젊은 남자는 접근하지 말라니까! 구역질 나!"

보고하려고 온 젊은 남자가 요란하게 맞아서 날아갔다.

고르곤은 손수건으로 주먹을 닦으며 단정한 얼굴을 찌푸렸다.

"그, 그럼, 제가. 적은 현——끄악!"

"젊은 여자는 접근하지 말래도! 현기증이 나!"

다음으로 보고하려고 한 젊은 여성이 요란하게 걷어차여서 날아갔다.

고르곤은 손수건으로 신발을 닦으며 단정한 얼굴을 한층 찌푸렸다. 완전히 콩트지만 본인은 아주 진지했다. 겁에 질린 주변 사람들을 보다 못한 건지 고르곤 옆에 있던 캐서린이 바닥에 떨어진 보고서를 주워서 고르곤 앞에 섰다.

"당수님…………. 그, 그럼, 외람되지만 제가…………."

"네, 부탁드립니다. 캐서린."

지금까지 보인 모습이 환상이었다는 양 고르곤은 상큼한 미소를 지으며 캐서린의 보고에 귀를 기울였다. 그 모습은 그녀의 목소리를 듣는 것만으로도 행복하다는 듯 만족스러워 보였다.

하지만 유리티아스에 심어둔 첩자의 급보가 도착하자 그 자리의 분위기가 확 뒤집혔다. 그 잭이 킹에게 패배했다는 경악스러운 소식이었다.

"킹이………… 왜 잭을…………?"

다른 노파가 가져온 고급 라운지 체어에 앉은 고르곤은 생각에 잠겼다. 바로 그 주위에 테이블과 색색의 과일이 비치되자 남국의 해변 같은 광경이 되었다.

항상 이런 식이다.

그는 언제 어떤 때라도 노파들 앞에서 멋있어 보이고 싶어 하는 남자이며, 그러기 위한 준비에는 일절 여념이 없다.

"하극상⋯⋯⋯⋯? 매복독⋯⋯⋯⋯? 아니면⋯⋯⋯⋯."

고르곤의 머리에 떠오르는 몇 가지 가능성.

상식적으로 생각하면 전부 가능성은 있다지만, 혼자서 저지르기에는 너무 무모한 행위였다.

아무리 천옥이 용맹한 집단이라고 해도 일개 용병단에 불과하니까.

"녀석들은 생각보다 현명한 건지도 모르겠군요⋯⋯⋯⋯."

"그, 그건 무슨⋯⋯ 꺄아아악!"

"젊은 여자는 말 걸지 마! 귀가 썩는다고!"

무심코 입을 연 젊은 여성이 바람 마법에 당해 날려갔다. 고르곤의 손에는 여러 개의 반지가 끼워져 있는데, 저마다 마법이 봉인되어있다.

당수도 당수지만 계속 반복하는 부하도 부하다. 보다 못한 캐서린이 고르곤에게 조심스레 말을 걸었다.

"다, 당수님, 이건 대체 어떻게 된 일일까요⋯⋯⋯⋯."

"캐서린, 그 킹이라는 남자는⋯⋯⋯⋯ 아뇨, 천옥은 저희와 돈독한 연을 맺으려고 하는 건지도 모른다는 뜻입니다."

"세상에⋯⋯⋯⋯!"

각국에 널리 장사망을 펼쳐놓는 국가 도시, 그중에서도 특출난 힘을 지닌 고르곤 상회에 시비를 거는 건 애초에 제정신으로 할 수 있는 일이 아니다. 고르곤이 진심을 발휘하면 천옥 정도는 싸우지 않아도 말려 죽일 수 있으니까.

각국에 물밑으로 접촉해서 무기를 공급하지 않고, 식량도 공급하지 않고, 군수물자를 틀어막으면 일개 용병단 쯤은 싸울 필요 없이 미라처럼 바싹 말라붙을 게 틀림없다.

"명성을 좇아 미친 짓을 저지른 건지도 모른다고 생각했지만……."

고르곤의 머리에 한 가지 가능성이 떠올랐다.

오히려 천옥은 이쪽에 붙기 위해 잭 상회를 선물로 삼아 열심히 홍보, 영업 활동을 하는 게 아니냐고.

"그래요, 확실히 그들이 서방에서 한층 약진하기 위해서는 저희와 연을 맺는 게 가장 빠르고 현명한 길이기도 하죠……."

천옥을 말려 죽일 수 있다는 말은, 반대로 천옥과 적대하는 조직에게도 쉽게 실행할 수 있다는 소리다.

고르곤이 진지하게 천옥을 백업하면 말 그대로 서방의 용병업계에서 천하를 쥐는 것도 결코 꿈은 아닐 것이다.

"그 킹이라는 남자, 잭을 그대로 방치하지 않았습니까——?"

"네……. 그 말씀대로입니다!"

급보를 알린 남자가 멀리서 소리쳤다.

가까이 가면 얻어맞는다는 걸 학습한 모양이었다.

"역시 그렇군요——."

고르곤의 반응에 주변 사람들은 당혹스러워했다. 적의 총대장을 쓰러트린다는 최대의 공적을 올려놓고도 그걸 버린다니, 이해할 수 없는 행적이었다.

"당수님, 어째서 그 킹이라는 자는 무시무시한 잭을 방치한 건가요……. 이 노파는 통 모르겠습니다."

"후후. 이건 말이죠, 캐서린. 제게 열심히 어필하는 거랍니다."

고르곤은 부드러운 미소를 머금고 캐서린에게 정중히 설명했다.

언제든 잭의 목을 벨 수 있다는 선전이기도 하고, 바꿔 말하자면 자신들을 무시하면 이 전화가 끝없이 퍼져나갈 것이라는 유형무형의 어필이기도 하다.

자신들의 실력을 한 번 보여줘 놓고 맹수를 다시 들판에 풀어놓는다.

어마어마한 자신감이자 협박이라고 할 수 있다. 하지만 고르곤은 그 거친 방식에 희미한 호감을 품었다.

"실력도, 기회를 보는 눈도, 배짱도, 제법…………."

고르곤 상회는 원래 오래된 용병단이기도 했기에 이렇게까지 대놓고 실력을 선전하는 모습은 도저히 싫어할 수 없었다.

힘이야말로 모든 것이며, 힘 말고는 가치가 없다는 듯한 자세다.

"…………아쟈리콩. 유리에 가서 킹과 접촉하세요."

"네!"

얼굴에 으스스한 페인트를 칠한 여자가 일어나 꾸벅 인사했다.

그 몸뚱이는 작은 산 같았고, 단련된 두 팔은 곰이라도 쉽게 목 졸라 죽일 수 있을 것 같았다. 실제로 그녀는 마수의 목을 졸라 죽인 적이 있었다.

"전언은, 음……… 그쪽의 의기와 실력을 높이 평가한다고 전해주시죠. 후후, 그 킹이라는 남자라면 이걸로 충분히 전해질 겁니다.”

“맡겨주십시오!”

“하지만 이쪽도 당하기만 하는 건 화가 나죠. 도시에 들어온 쥐새끼 청소와 잭의 잔당을 철저하게 쓸어버리겠습니다.”

이렇게 킹에게 사자를 보낸 뒤 고르곤은 기세를 잃은 잭 상회를 파죽지세로 몰아붙였다.

한편 투기장에서 쓰러진 잭은 부하들의 호위를 받으며 왕도에서 잠시 벗어나 북방을 지키는 요새로 이동했다.

그곳은 유리티아스 북쪽에 있는 밀크와의 국경이므로 수비가 단단하다.

“킹………… 그 자식…………!”

잭은 침대에 누운 채 신음했다.

숨겨왔던 능력가지 해방했는데도 결과는 참패었나. 수많은 대중의 시선이 지켜보는 가운데 일어난 일이기도 하니 왕도의 지배체제는 완전히 무너졌다고 봐도 될 것이다.

괴물이 된 잭을 보고 도망친 병사도 많다. 잭을 마물처럼 두려워하긴 했으나 정말로 마물이었다니 웃을 수 없었다.

“지금 병대는 얼마나 있지………….”

“네, 도중에 탈락한 자도 있지만 2천 정도는…………!”

그래도 여전히 잭을 따르는 사람도 있었다.

“각지의 세력을 전부 회수해서 도시국가와의 국경에 배치해. 고르곤이 이 기회를 놓칠 리 없어………….”

잭은 신음하면서도 부하에게 지시했다. 이 기회를 놓치지 않고 고르곤 상회가 떼거리로 밀고 들어올 거라고 추측한 모양이었다.

"각지의 세력을 모으면 1만은 되겠지. 국군은 우리 명령을 따르니까, 그들을 움직이는 동안 태세를 정비해."

"네!"

잭은 그렇게 지시했지만 군대는 움직이지 않았다. 이보다 조금 전, 기력을 되찾은 왕이 국군을 완전히 장악했기 때문이었다.

내통자들도 잭의 파멸을 민감하게 감지했기 때문이었다.

그런 자들은 본래 흐름에 민감하다. 어제까지는 교만하던 승리자가 내일이면 패배자로 전락한다.

동서고금 정치란 그런 법이고, 수많은 인간을 지옥으로 처박아온 사람은 보통 자신이 그렇게 되리라는 생각을 하지 못하기 마련이다.

"킹 자식…………!"

잭의 뇌리에는 자신만만한 미소를 짓는 한 남자의 모습이 떠올랐다.

교활하게도 슬럼의 주민을 아군으로 포섭하고 어느새 관객들마저 꼬시더니 어느새 왕도를 제 것인 양 걸어 다니는, 태어날 때부터 왕이었던 것처럼 행동하는 남자.

여태까지 많은 난적과 대치했던 잭이지만 이렇게까지 악랄하고 뻔뻔한 상대는 본 적이 없다.

이 열세를 뒤집기 위해 잭은 금단의 비책을 가차 없이 사용했다.

“………통가 족 수장에게 원군을 요청해.”

“미, 밀크 녀석들을 불러들이시는 겁니까?!”

“그 부족은 돈으로 길들여놨어. 빨리 가.”

“네!”

잭은 지시를 마친 뒤 통증을 견디듯 눈을 감았다.

이 사건은 잭 개인에게는 불행이 틀림없다.

하지만 이 남자의 실각은 백만의 민중을 웃게 해줄 것이다. 폭력으로 모든 것을 지배했던 남자가 더 강한 폭력에 굴복하는 건 역사의 흐름이니까.

한편——.

북쪽의 소란만이 아니라 라비 마을에서도 전쟁이 일어나려 하고 있었다.

그것은 화려한 두 마리의 나비가 펼치는, 자매 대전이다.

————성광국, 라비 마을————

카키프라이는 턱시도를 입은 타하라의 안내를 받으며 마을 입구에 섰다.

정확하게 말하면 그곳은 이미 ‘마을’이라고 부를 만한 범주가 아니었다. 대부호이기도 한 그녀는 여태까지 많은 도시를 봤기에 이 마을은 유독 더 이질적이었다.

‘넓어…………. 마치 구역 분류를 전혀 생각하지 않은 것 같아………….’

카키프라이가 가장 먼저 느낀 것은 그 넓이였다.

이 대륙에서 도시는 한정된 땅을 어떻게 활용하고 낭비 없이 사용할지에 힘을 쏟는다.

황폐한 대지에, 고저차가 있는 토지에 얼마나 많은 가게와 가옥을 세울 수 있을지. 그게 관건이었다.

사람이나 물건, 집, 가게가 밀집하여 압축된 상태가 바로 도시라고 할 수 있다.

하지만 이곳은 아니었다.

마치 정반대의 설계 사상이라고 할 수 있었다. 마을 안을 가로로, 세로로 가르는 가도는 황당할 정도로 넓었으며 노면이 훤히 드러난 부분은 전혀 보이지 않았다.

'모든 길을 돌로 포장한 거야…………? 그래서 흙먼지가 없구나………….'

시야에 비치는 광경은 끝없이 넓고 깨끗했다.

이만큼 많은 마차가 오가면 시야를 뒤덮을 정도로 흙먼지가 자욱하게 솟아서 사람도 상품도 흙투성이가 되는 게 상식이었는데, 참으로 맑았다.

그리고 그녀의 빼어난 관찰력은 돌포장 길 아래에 있는 땅의 고저차까지 정확하게 간파했다.

다리에 부담을 주지 않으려고 하는 건지, 마차를 사소한 흔들림에서도 보호하려는 건지, 어쨌거나 병적일 정도로 평탄한 대지였다.

'이런 규모의 도시를 만들다니……. 언니는 이웃 영주에게서 허락을 받은 거야…………?'

카키프라이의 가슴에 막연한 불안이 스쳤다. 본래대로라면 영지는 한정적이니, 당연하게도 다른 사람이 다스리는 땅과 인접해있기 때문이다.

그런데 이 마을을 보고 있으면 인접 영지는 존재하지 않는 것처럼 참으로 **자유로운** 설계였다.

'그 좀스러운 언니가 이렇게 **여유**가 느껴지는 공간을 만들었다고…………?'

눈 앞에 펼쳐진 광경을 보고 카키프라이의 눈썹이 살짝 일그러졌다.

그녀가 본 마담은 일족의 저주에 한탄하며 무의미한 노력을 하다가 포기하고는 스스로를 달래기 위해 화려한 파티를 개최한다 싶더니 또 살을 빼려고 무의미한 발버둥을 반복한다.

그런 공허한 여자였다.

하지만 이 마을에서 느껴지는 자유로움에 카키프라이는 언니의 변화를 민감하게 감지했다.

'흥, 어차피 어리석은 언니가 손을 댄 마을인걸…………. 반드시 구멍은 있어.'

아무리 사소한 일이든 언니를 인정하고 싶지 않은 카키프라이는 필사적으로 눈에 힘을 줬다.

눈앞에 펼쳐진 상업지구를 보자 그곳에는 다들 나는 저명한 가게가 즐비했다. 그 가게도 하나하나의 간격이 아주 크고 넓었다.

이런 여유로운 설계는 신도라고 해도 불가능하다.

'저건 수집가로 유명한 만덴의 가게구나. 저쪽은 야호에서 잘

나가는 빙고의 가게인가. 세상에, 아르테미스까지 끌어들이다
니………….'

그 외에도 유명한 가게가 보란 듯이 가득해서 장엄한 광경이
었지만 카키프라이는 이것들은 냉정하게 볼 수 있었다.

언니의 권세와 자본이 있다면 어떤 가게든 유치할 수 있을 테
니까.

그리고 마을 안쪽으로 시선을 주자 극광의 빛을 뿌리는 황금
신전이 시야에 들어왔다.

그제야 처음으로 카키프라이는 언니를 비웃을 수 있었다.

'저 눈을 찌를 듯 요란한 화려함…………! 어리석은 언니의 상
징 그 자체야!'

저 대신전이 무엇인지 카키프라이는 모른다.

다만 황금의 광채를 뿌리는 건물은 그녀가 아름답다고 인정
하는 것과는 정반대였다. 많은 서민과 귀족은 저 황금의 광채에
마음을 빼앗길 것이다. 하지만 그녀 같은 예술가 기질의 인간이
보면 저건 인공적으로 만들어낸 허구의 빛에 불과했다.

카키프라이의 표정 변화를 간파한 타하라는 바로 시선의 방향
을 바꾸었다.

"마담의 동생분, 저쪽이 조금 전에 보셨던 《치유의 숲》입니다."

타하라가 가리킨 곳에는 신성한 공기를 머금은 숲과 그곳에
많은 인간이 돗자리를 깔고 편한 차림으로 누워있는 광경이 보
였다.

숲속에는 빈민도 있고, 상인도 있고, 개중에는 고가의 양탄자

위에 테이블까지 설치해서 홍차를 즐기는 귀족의 모습마저 있었다.

마왕이 설치한 《치유의 숲》에는 시간 경과와 함께 각종 부상을 치유하는 효과가 있기에 말 그대로 삼림욕만 하면 치유 효과를 얻을 수 있다.

빈민에게는 무료로 개방했지만 일반 손님에게는 은화 1닢, 귀족에게서는 한 사람당 금화 1닢이라는 요금을 설정했는데 지금은 마을의 중요한 재원이 되었다.

기적의 숲이라는 소문을 듣고 멀리서 찾아오는 귀족도 많았다.

"…………사람에 귀천은 없다고 말하고 싶은 건가?"

신분 상관없이 황홀한 표정으로 누워있거나 때로는 담소하는 사람들을 보며 카키프라이는 무의식중에 냉소적인 말투로 중얼거렸다.

이 풍경을 한 폭의 그림으로 남기고 싶다──는 생각이 들어버렸기 때문이다. 쟁쟁한 예술가인 그녀에게는 일종의 패배감마저 느껴지는 광경이었다.

"동생분, 저분을 보십시오. 요통에 고통스러워하시던 노귀족이신데, 지금은 완전히 나은 건지 밤에도 왕성하시답니다."

"자, 잠깐, 당신………… 망측한 소리 하지 마!"

"어이쿠, 이거 실례────."

타하라는 연기하듯 어깨를 으쓱하고는 씩 웃었다.

참으로 얄밉게도 그 미소에 불쾌감은 없었다. 굳이 따지라면 장난치는 소년처럼 반짝거렸다.

귀족 중의 귀족——이라고 불리는 예술파의 수장인 그녀에게 이런 말을 할 수 있는 남자는 달리 없을 것이다.

"자, 다음은 새로 마을의 명물이 된《회복의 샘》으로 안내하겠습니다."

카키프라이는 샘이라는 단어에 무심코 비웃을 뻔했지만, 얌전히 타하라의 뒤를 따라갔다. 아마 지면에 구멍이라도 뚫고 억지로 물을 담아놓은 수준일 것이다.

하지만 눈앞에 나타난 건 시선을 빼앗아버릴 만큼 훌륭한 샘이었다.

"뭐, 야…… 이거…………!"

심지어 그 샘은 맑고 투명한 빛으로 가득해서 몸이 떨릴 정도로 감동적이었다.

당연했다. 이 샘은 설치자가 이 장소에서 싸우면 체력을 서서히 회복시켜주는 것이며, 그 물은 결코 말라붙지도 더러워지지도 않는다.

오오노 아키라의 설정으로는 무한하게 솟아나는 알프스 산맥의 천연수라는, 아주 사람 우습게 보는 설정이 붙어있었다. 비싼 미네랄 워터 그 자체였다.

게다가 천연수를 사용한 덕분에 지금은 요리나 술맛까지 향상되었다는 엉뚱한 효과까지 생겼다.

"어째서 동쪽 황야에 이런 신성한 샘이…………!"

"글쎄요……. 황야라니, 어디를 황야라고 부르시는 겁니까?"

"어디라니, 그야…………!"

카키프라이는 '당연히 여기잖아!'라고 소리치려고 했지만, 주변을 아무리 둘러봐도 황야라고는 입이 찢어져도 말알 수 없는 광경만 존재했다.

따라서 그녀는 떼를 쓰는 어린아이처럼 제대로 된 답이 아닌 투정을 외쳤다.

"그 어리석은 언니가……… 예술이 무엇인지 조금도 이해하지 못하는 언니가, 아름다움이 무엇인지 하나도 모르는 언니가 이런 도시를 만들 수 있을 리 없어!"

그건 어린아이의 히스테리에 가까웠다.

거듭 말하지만 카키프라이가 보는 마담은 무의미한 노력을 했다가 절망하고, 겉치레만 화려한 파티를 벌여 자신을 위로하는 공허한 존재였다.

그 인식이 여기에 온 뒤로 흔들리기 시작했다.

카키프라이에게 그것은 도저히 허용할 수 없는 일이었다.

헛수고를 반복하는 어리석은 언니와 다르게 자신은 **아름다움을 만들어내는 사람**이라는 강렬한 자부심이 카키프라이를 지탱해왔으니까.

————네 말대로 이 마을은 내가 만든 게 아니야.

그 목소리에 돌아본 순간 카키프라이의 눈에 믿어지지 않는 것이 보였다.

등이 얼어붙는다는 건 이런 상황을 가리켜 하는 말일 것이다. 전신에서 식은땀이 흐르며 한낮인데도 불구하고 카키프라이의 체온이 급격히 내려갔다.

“오랜만이구나, 어리석은 동생아——.”

그 목소리마저 증오스럽다.

타인을 위축되게 만드는 굵직한 목소리는 건재하면서도 듣기 좋은 음색으로 변화해 있었다. 무엇보다 같은 사람으로는 보이지 않을 정도로.

그 몸이, 극적으로 날씬했다——.

비유도 뭣도 아니고, 카키프라이의 시야에서 색채가 사라지며 수많은 균열이 퍼졌다.

자신과 마찬가지로 뒤룩뒤룩하던 언니의 몸은 놀랄 정도로 호리호리하게 변했으며, 어깨는 매끄러운 곡선을 그리고 있었다.

허리를 보자 무심코 목을 조르고 싶어질 정도로 선명한 ‘굴곡’이 두드러져 있었다.

다른 사람이었다면 도저히 같은 인물이라고 생각하지 못할 것이다.

하지만 카키프라이는 알 수 있었다.

피를 나눈 자매이기 때문에—— 이 사람은 틀림없이 언니라는 사실을.

“무슨 짓을, 한 거야⋯⋯⋯⋯.”

“안 들린다, 동생. 평소처럼 더 크게 말해야지.”

그렇게 말하며 마담이 웃었다.

그 미소에는 사악함이 없었다. 그런 미소를 지을 필요조차 없었다.

지금의 마담은 옛날과는 다르게 여유로 넘쳐났다. 여태까지

극심한 매도를 주고받은 동생을 상대로도 넓은 마음으로 대할 수 있었다.

"무슨…… 무슨 짓을 했냐고 물었어! 이 자식아아아아아아!"

카키프라이가 절규하며 마담을 향해 달렸다.

땅을 뒤흔들 정도로 강렬한 돌진이었으나 마담은 요염한 미소를 지으며 받아냈다. 카키프라이는 증오스러울 만큼 날씬해진 언니의 양어깨를 붙잡고 앞뒤로 맹렬하게 흔들면서 감정에 맡겨 소리쳤다.

"아, 악마에게 영혼이라도 바친 거야? 무슨 짓을 했어! 말해! 지금 당장 불어어어어어어!"

절규하면서도 카키프라이는 머릿속 어딘가에서 냉정하게 생각했다.

악마에게 혼을 파는 정도로 대대로 내려온 이 '저주'가 풀릴 리 없다고. 그런 간단한 방법으로 이 저주를 풀 수 있었다면 진작에 영혼을 팔아버렸을 것이다.

버터플라이 일족에 걸린 저주는 지금 시대의 악마와는 비교도 되지 않을 만큼 강력한 고대종이 내린 저주다. 이걸 푼다는 건 하늘이 뒤집어져도 불가능했다.

심지어 날씬해진 것만이 아니라 피부의 탄력도 남달랐다.

가까이서 봐도 주름 하나 없고 하얗게 빛나는 피부는 예전에 비해 얼마나 톤이 밝아진 건지 상상도 할 수 없는 수준이었다.

머리카락조차 완전히 별개——.

한 올 한 올 특주로 만들었다는 생각이 들 만큼 마성의 윤기가 흘렀고, 잡으면 녹아버리는 비단실 같았다.

"간신히 나온 말이 '악마'라니, 내 동생은 정말 한심하구나."

동생의 외침을 들은 마담이 웃었다.

이번에는 비웃는 표정을 적나라하게 띠면서.

"내가 영혼을 바친 건 악마가 아니라 **마왕님**이야. 고대에 밤을 지배한 분이시지——."

"마…………?!"

그 말을 끝으로 마담은 어깨에 올라간 손을 치우고 유유히 등을 돌려 걸어 나갔다.

뒷모습조차 우아했으며, 동생인 카키프라이가 봐도 그 엉덩이에는 성숙한 여자만이 낼 수 있는 색기를 갖추고 있었다.

"따라오렴. 네게도 그분의 '세계'를 보여줄게."

돌아본 마담의 눈에는 요사스러울 정도로 강한 힘이 깃들어 있어서 카키프라이는 전신에서 치미는 패배감에 덜덜 떨었다.

동시에 지금까지 지녔던 상식이나 일상까지 우르르 무너지는 기묘한 감각에 사로잡혀 시야가 극심히 흔들렸다.

타이밍이 됐다고 생각한 건지 타하라는 한 손을 가슴에 올리고 반대쪽 손을 내밀었다.

그 입에서는 이미 가면을 쓰지 않은 **진짜 목소리**가 나왔다.

"그럼 즐거운 온천 타임을 만끽하시라고. 나비 **동생**——."

언니의 극적인 변화에 동요한 외중에 인정사정없이 파고드는 남자까지 나타나자 카키프라이의 마음은 천 갈래, 만 갈래로 찢어졌다.

'진정해……! 이런 건 환각에 불과해. 언니가 이상한 마도구를 쓴 거야!'

그렇게 생각하지 않으면 도저히 서 있을 수 없었던 모양이다.

어떻게든 마음의 균형을 되찾은 카키프라이는 타하라의 에스코트를 받으며 온천여관으로 향했다. 그 머리에는 언니가 언급한 **마왕**이라는 황당한 단어가 떠올랐다.

'언니가 미쳤나…………? 하지만 그 모습은………… 정말로 환각인가…………?'

카키프라이 같은 대귀족은 예외 없이 정신에 영향을 주는 마법을 막는 강력한 마도구를 몸에 지니고 있다. 거래나 교섭할 때 환각에 당했다간 큰일이기 때문이다.

카키프라이의 경우 장신구처럼 귀에 달고 있는 귀걸이가 그 **마도구**였다.

'마도구에선 아무 반응도 없어…………. 설마 정말로 살을 뺐다는 거야…………?'

환각으로밖에 보이지 않을 만큼 크게 변한 언니의 모습, 동쪽 황야에 출현할 리 없는 거대한 샘, 신성한 빛을 흘리는 숲. 덤으로 태양을 조롱하는 듯한 황금의 신전.

전부 여태까지 지녔던 상식을 뒤엎는 것들이었다. 이런 걸 보여주면 카키프라이가 아니어도 혼란스러워할 것이다.

'소문으로 듣던 '마왕을 자칭하는 남자'는 정말로 마왕이었나…………?'

카키프라이의 머리에 순간 그런 황당한 생각이 떠올랐다.

하물며 언니는 '고대에 밤을 지배한 분'이라고까지 했다. 본래대로라면 당장 의사를 불러야만 하는 발언이다.

하지만 하필이면 카키프라이에게는 아주 살짝 짐작 가는 게 있었다.

'오르골과⋯⋯⋯⋯⋯ 천사의 고리⋯⋯⋯⋯⋯.'

전자는 만덴이 출품했고 자신이 낙찰받은 물건이다.

그때도 '마왕을 자칭하는 남자'가 가져왔다는 이야기는 들었지만, 그 물건을 비싸게 팔려고 날조한 에피소드라면서 흘려들었다.

심지어 만덴에게 추궁했을 때는 '바다 건너편에서 온 귀인'이라는 설명을 들었기에 진짜 마왕이라는 생각은 들지 않았다.

하지만 후자── '천사의 고리'는?

'성당교회가 억지로 퍼트린 소문⋯⋯ 이었을, 텐데⋯⋯⋯⋯⋯.'

최근 급격히 권위가 추락한 성당교회가 사태를 만회하기 위해 안 좋은 움직임을 보이는 귀족이나 어리석은 민중을 속이려고 퍼트린 소문이라고 판단했다.

거기까지 생각했을 때 카키프라이의 가슴에 두려움이 치솟았다.

소문, 소문, 소문── 사람의 입에서 입으로 전달되는 소문에 자신도 포함해 많은 사람은 그걸 비웃기만 했을 뿐 진지하게 듣지 않았다.

하지만 한때 쇠락했던 마을은 훌륭한 교역 도시로 재탄생했고, 언니의 모습마저 극적으로 변했다. 여기에 천사의 고리와 관련된 이야기도 사실이라면 나라를 뒤흔드는 일대 사건이다.

'우리가 비웃는 사이에 어느새 모든 색이 덧칠되었어……….'

카키프라이는 뼛속까지 예술가이기 때문에 이러한 변화를 '색'으로 받아들였다.

그녀에게는 언니 같은 정치력은 없지만, 그 뛰어난 관찰력을 통해 처음으로 마왕이라 불리는 남자의 모습을 화폭에 투사했다. 그곳에 비치는 건 어느새 성녀 루나와 언니를 좌우에 끼고 국가의 중추에 파고들려고 하는 무시무시한 남자의 모습이었다.

소문이 전부 사실이라면 이미 성녀 화이트도 농락당했다고 봐야 한다.

'설마 진짜………… 루시퍼 님…………?!'

위대한 빛에 저항했다가 천계에서 추방당한 칠흑의 타천사——고대에 밤을 지배했던, **마왕**이라고도 불리는 초고차원적 존재였다.

'만약 정말로 그런 존재가 현세에 부활했다면…………?'

카키프라이의 생각을 긍정하듯 눈앞에 경악스러운 건물이 나타났다.

그것은 여태까지 본 적이 없는 설계의 건물.

많은 일본인의 눈에는 흔한 고급 여관에 불과했지만, 이 대륙에는 동양적인 건물은 존재하지 않기 때문에 그 건물 디자인만으로도 카키프라이 같은 예술가에게는 기존의 개념을 뒤엎는 무언가를 느끼게 했다.

'저 지붕은…… 마치 물고기 비늘 같아………. 아름다워…….'

카키프라이가 비늘이라고 칭한 그것은 기와인데, 절묘하게도 파란색이었기 때문에 **바다**가 느껴졌던 모양이다.

햇빛을 반사해서 눈부시게 빛나는 그 비늘에 카키프라이의 시선이 못 박혔다.

무의식중에 스케치북으로 손을 뻗는 카키프라이였는데, 귀에 들리는 신비한 음색에 그 손이 멈췄다.

"뭐지? 이 소리는…… 방울? 아니, 뭔가 달라……………."

그건 고막이 아니라 마음을 두드리는 듯한 신비한 여운이 남는 음색이었다.

그 음색은 그녀가 낙찰받은 《오르골》과 비슷하다고 할 수 있었다.

"풍경이라고 해──."

마담은 그렇게 대답하며 살며시 눈을 감았다.

맑게 울리는 풍경 소리에 귀를 기울이며 카키프라이는 어째서인지 지금은 아득히 먼 과거가 되어버린 여름날을 떠올렸다.

둘이서 저택을 빠져나와 밭의 수박을 훔쳐먹었던 날. 서로의 얼굴이 수박씨로 범벅이 되었고, 그걸 보면서 까르륵 웃었던 어린 시절의 조각이었다.

마치 동생의 머리를 들여다본 것처럼 마담은 그것을 딱 맞혔다.

"그 시절에도 네 얼굴은 수박 같았지."

"그건 너도──."

마찬가지라고 소리칠 뻔했으나, 지금 언니의 모습을 보면 반박하는 말이 나오지 않아 어금니를 꽉 깨물었다.

이를 부득부득 가는 동생의 모습을 보고 마담은 자세한 주의사항을 전달했다.

그 내용은 현관에서는 신발을 벗어라, 건물 안에서는 큰 소리를 내지 마라, 전시물을 경솔히 건드리지 말라 등, 마치 어린아이에게 들려주는 내용이었다.

"마음에 안 들어…………. 아까부터 뭐가 그리 잘났다고!"

"너는 분명 엄청 시끄럽게 굴 테니까. 미리 알려주는 거야."

"좀 닥쳐……! 네 말은 하나하나가 거슬린다고!"

카키프라이가 사나운 어조로 받아쳤다.

평소의 그녀였다면 절대 이런 거친 태도를 보이지 않을 테지만, 상대가 언니일 땐 감정이 겉으로 드러나 버리는 모양이었다.

어느 의미 두 사람의 심리적 거리는 그만큼 가깝다고도 할 수 있다.

""어서 오세요, 마담의 동생분!""

'이, 건…………!'

주의사항을 들은 직후인데도 카키프라이는 무심코 큰 소리를 낼 뻔했다. 바니 슈트를 입은 콘과 모모가 현관에 나타났기 때문이다.

그 선정적인 의상에, 고혹적인 분위기에 카키프라이는 저도 모르게 분노가 치밀었다. 존재 자체가 미워질 만큼 그 모습은 너무나도 사랑스러웠다.

'입구에 이런 여자까지 세워놓고…………!'

같은 여자로서 모습을 보기만 해도 비참해지는 기분이었다.

이게 언니의 심술이라면 훌륭하게 약점을 찌른 셈이었다.

"동생아, 언제까지 입구에 서 있을 생각이니?"

"…………젠장!"

카키프라이는 토하듯이 중얼거리고 언니의 뒤를 따라갔다. 자매를 환영하듯 현관의 투명한 유리가 자동으로 열리며 두 사람을 맞아주었다. 의심에 사로잡힌 카키프라이는 그것조차 언니의 연출이라고 받아들였지만, 그냥 자동문일 뿐이다.

"이건…………."

건물 안에 발을 들이자 처음 보는 실내 인테리어가 카키프라이의 시야를 채웠다.

반들반들하게 닦인 바닥은 거울처럼 광택이 나서 카키프라이는 신발을 벗으라는 언니의 지시를 따를 수밖에 없었다. 복도에 시선을 주자 다양한 문양이 그려진 천이 걸려있고, 로비인 듯한 공간에서는 마음을 편안하게 만들어주는 듯한 금 소리가 울렸다.

카키프라이에게는 마치 다른 세상에 떨어진 듯한 감각이었다.

"…………멋져라."

이번에는 까다로운 손님을 맞게 되었으므로 여관 내부를 카라쿠사 문양(덩굴이나 넝쿨이 어우러진 문양), 보탄류 문양(목련과 용을 조합한 문양), 힛타사쿠라치라시 문양(사슴 무늬에 벚꽃 무늬를 흩뿌린 문양) 등 이 대륙에서는 보기 드문 문양의 천을 창고에서 꺼내 아름답게 걸어놓았다.

카키프라이의 황홀한 표정을 보고 타하라는 내심 만족스럽게 웃었다.

내부 주요 장소에는 은은한 불빛을 내는 제등까지 걸어 놔서 동양적인 공간을 강하게 연출했다.

타하라는 예술이나 미술에는 거의 아는 게 없지만, 의사가 해부하듯 사람의 마음을 분석하는 건 특기다.

많은 귀족은 카지노를 보고 박수를 쳤으나 카키프라이같은 예술가 기질의 인간에게는 **고즈넉한 정취**가 느껴지는 공간이 더 좋다고 판단했다.

그 판단과 결과는 그녀에게 훌륭히 먹혀들어 갔다.

아니, 지나치게 잘 먹혔다.

"이 문양, 도시국가에서 봤던 '벚꽃'이구나……. 훌륭해……."

그렇게 중얼거린 게 첫 방아쇠였다.

동양적인 공간을 만끽하면서 온천으로 가는 길을 안내할 예정이 갑자기 좌절되고 말았다.

"하지만 이 하얀 심볼은 뭐지? 녹색 바탕에 하얀색 소용돌이……. 설마, 아니, 이건 바다구나!"

카키프라이는 연신 중얼거리면서 복도에 멈춰 움직이지 않게 되었다.

그리고는 서둘러 스케치북을 꺼낸다 싶더니 입을 반쯤 벌린 채 데생을 개시했다. 주변 상황 같은 건 아예 보이지 않는 것 같았다.

5분, 10분, 조용히 시간이 흘렀다. 전에 없이 몰두한 시간은 마침내 1시간에 도달했다.

"아니, 바다가 아니라 숲이야! 나뭇잎이고, 줄기이기도 한 거구나…………?!"

　타하라는 그걸 보고 생각했다── 너무 잘 먹힌 거 아니냐. 마나미 완전 천사.

　마담은 그걸 보고 생각했다── 빨리 온천에 몸을 담그고 싶어라.

　하지만 두 사람은 카키프라이의 모습을 보며 현명하게도 침묵을 지켰다. 말을 걸거나 억지로 끌고가려고 했다간 난동을 부릴 것이라고 확신했기 때문이다.

　"저쪽의 거대한 그림은 호랑이구나. 소나무 아래에 누워있다니, **자극적**인데…………!"

　카키프라이의 눈에 커다란 화폭 두 개를 조합한 도전적인 그림이 비쳤다.

　그림 속 호랑이는 사나움마저 느껴질 만큼 힘찬 터치로 그려져 있지만, 참으로 편안하다는 얼굴로 잠들어있다. 그 상반된 묘사에 꽂힌 건지 카키프라이의 얼굴이 환해졌다.

　하지만 다음 순간── 그 미소가 얼어붙었다.

　희대의 명화가 두 조각으로 갈라지더니 그곳에서 어린아이가 달려 나왔기 때문이다.

　"아아, 트론 씨! 복도에선 달리면 안 돼요!"

　"아쿠에게는 안 잡혀. 잘 있어, 아재."

　노는 건지, 술래잡기라도 하는 건지, 명화를 가르고 나온 건 아쿠와 트론이었다. 갑작스러운 사태에 카키프라이의 머리는 새하얗게 질려버렸지만, 마담은 두 사람을 혼내기는커녕 부드럽게 웃으며 머리를 쓰다듬었다.

"두 사람을 보면 나까지 기운이 난다니까."

마담은 품에서 금화를 꺼내 두 사람의 손에 쥐여주었다. 세간에서 보면 거금이지만 마담에게는 딱 어린아이에게 주는 **용돈** 수준이었다.

트론은 화폐라는 개념을 잘 이해하지 못했지만, 아쿠는 금화의 가치를 알기 때문에 당황하며 입을 열었다.

"이, 이런 거금은 받을 수 없어요…………!"

"안 돼. 맛있는 거 많이 먹고 좋은 옷을 많이 입어야지. 그게 그 사람을 기쁘게 해주거든."

"어……… 아니, 저기…………."

"아쿠. 너는 마왕님께서 특히 신경 쓰는 **프린세스**란다. 나중에 울지 않기 위해서도 매일매일 여자를 갈고닦으렴."

"으, 네…………."

아쿠는 얼굴을 붉히면서도 고개를 크게 끄덕였고 타하라도 끄덕끄덕 목을 흔들었다.

타하라가 봐도 그 장관님이 이렇게까지 아쿠를 아끼는 걸 생각하면 심상치 않은 존재였다. 트론도 장관님이 직접 스카우트해서 데려왔으니 절대 소홀히 대할 수 없는 존재였다.

두 사람이 웃으면서 떠난 뒤 카키프라이는 간신히 충격에서 벗어난 건지 전신을 바들바들 떨었다. 무슨 이야기를 했는지는 알 수 없었지만, 명화는 여전히 갈라진 상태였다.

"무슨, 짓이야…………. 그림이…… 호랑이, 가…………."

마담은 말없이 **후스마**를 닫았다.

명화가 원래의 형태로 돌아왔으나 카키프라이에게는 도저히 받아들일 수 없는 사태였다.

"무슨, 무슨 짓을 하는 거야 너는! 이 그림을 왜 잘랐어! 왜 문 같은 걸로 만든 거야아아아아아아!"

카키프라이는 눈물을 머금고 소리쳤지만, 마담은 이렇게 될 것도 상정한 건지 지극히 담담한 표정으로 대답했다.

"네게 아름다움은 늘 겉치장뿐이지. 흙에 더러워지는 걸 두려워하고, 웃음거리가 되는 걸 두려워하며 항상 안쪽으로 틀어박혀. 여자라는 것에서 도망친 곳에 네가 추구하는 아름다움이 있었어?"

그 말을 끝으로 마담은 바로 몸을 움직여 온천으로 향했다.

"겁쟁이 같으니……. 너는 이 호랑이와 마찬가지야. 두 조각으로 갈라지는 게 무서워서 아무리 시간이 지나도 닫혀있기만 하지. 손을 뻗으면 **세상은 열리는 법**이야."

그건 신랄하기 그지없는 말이었다.

하지만 동생을 어릴 때부터 알아 온 마담이기 때문에 할 수 있는 말이었다. 자신이 다름 아닌 눈앞의 그림으로 비유된 카키프라이에게 그 말은 무겁고 깊게 박혔다.

"나는………… 도망친 게 아니야."

카키프라이는 작게 중얼거리며 자신을 위로했다.

그녀는 자신이 아름다워지는 것이 아니라 자신의 손으로 아름다움을 만들어내려고 했으니까.

하지만 일방적으로 문을 닫아놓았던 것 또한 사실이었다.

다른 사람이라면 모를까, 오히려 문을 크게 열고 사교계라는 가장 화려한 세상으로 나간 언니에게서 겁쟁이란 말을 들으면 아무리 카키프라이라고 해도 반론할 수 없었다.

"나는………."

재회한 언니에게서 계속 충격을 받는 카키프라이였지만, 그걸 중재하듯 타하라가 말을 건넸다. 딱히 미리 상의했던 것도 아니었는데 마담과 타하라의 조합은 아주 궁합이 좋았다.

마담이 밀어내면 타하라가 달래고, 반대로 타하라가 밀어낸 상대는 마담이 중재하듯 자비를 건네는 도식. 그건 마치 실연해서 침울해진 이성의 마음에 교묘히 파고드는 수법과 비슷했다.

이 두 사람은 뼛속까지 똑똑한 사람인 모양이다.

지금은 지혜만이 아니라 배경에 거대한 권력, 재력까지 갖췄으니 마왕 본인이 모르는 사이에 이미 라비 마을은 감당할 수 없는 집단이 되어가고 있었다.

그걸 아는지 모르는지 타하라의 어조는 참으로 경쾌했다.

"뭐, 살다 보면 이런 일도 있고 저런 일도 있는 거지. 하지만 나쁜 일만 있는 건 아니야. 적어도 당신에게는 언니가 개척해놓은 '길'이 있잖아. 그 뒤를 따라 걸을 수 있다는 건 가족의 특권인 셈이지."

타하라는 그렇게 말하며 카키프라이의 등을 철썩 두드렸다.

조심성 같은 건 날려 먹은 거친 태도에 카키프라이는 펄쩍 뛰어올랐다. 어디의 누가 예술파의 수장인 그녀에게 이런 태도를 보일 수 있을까?

"다, 당신은………… 아까부터 대체 나를 누구라고 생각하는
거야!"

"몰라. 내 눈엔 주변에 널려있는 여자나 당신이나 전부 똑같
거든."

카키프라이는 그 무례한 태도에 전율했지만 타하라의 말에 거
짓은 없었다. 그에게 동생 말고 다른 여자는 좋은 의미로도 나
쁜 의미로도 **기호**에 불과하니까.

남는 건 그 인물이 지닌 능력과 특성이고, 더 말하라면 적이냐
아군이냐뿐이다.

그 점에서 버터플라이 자매는 넘쳐날 정도로 인식된 축에 속
한다.

"자, 빨리빨리 따라가. 동생은 원래 그런 거야."

"언니는 나보다 조금 빨리 태어났을 뿐이거든!"

"―――동생은 동생이잖아. 너 아까부터 무슨 소리야??"

타하라는 진심으로 신기하다는 표정으로 고개를 갸웃거렸다.
그에게 동생이란 오직 보호받아야 하는 존재이기 때문이다.

오빠든 언니든, 아무튼 동생이라는 존재는 그 보호 하에 있는
게 올바른 모습이자 거기에서 이탈한 관계는 타하라에겐 뒤틀
린 모습이었다.

걸어나가는 타하라의 등을 잠시 노려보던 카키프라이였지만,
복도에서 가만히 있을 수도 없으니 조심조심 뒤를 쫓아갔다.

"자, 잠깐, 이 항아리는…………!"

"자자, 갑시다~."

복도에 전시된 족자며 항아리, 풍경화, 꽃꽂이를 볼 때마다 걸음이 멈췄지만 타하라는 억지로 카키프라이의 손을 잡고 온천으로 끌고 갔다.

또 몇 시간씩 몰두했다간 버틸 수 없다고 판단한 모양이었다.

"남탕과, 여탕…………."

"뭐, 여기서부터는 자매끼리 사이좋게 들어가라고."

타하라는 카키프라이의 등을 강제로 밀어 탈의실에 집어넣었다.

감수성이 풍부한 건지, 그녀의 눈으로 본 이 건물은 내부 인테리어도 포함해서 모든 게 다 신기했다. 실제로 이곳은 **다른 세상**의 건물이니 현대로 비유한다면 우주선 안을 견학하는 감각일 것이다.

"늦었잖아."

마담은 이미 다 벗고는 덩굴로 엮은 바구니에 옷을 개어놓았다.

탈의실에는 당연히 열쇠가 달린 라커나 드레스를 수납할 수 있는 길쭉한 라커도 있다.

하지만 그걸 쓰는 손님은 없었다. 여기에 초대받은 손님은 마담이 엄선한 대부호들이므로 도난을 걱정할 필요는 없으니까.

"왜…… 그런…… 피부…………."

카키프라이가 오늘 몇 번째인지 모를 신음을 흘렸다. 알몸이 된 언니를 보자 새하얀 피부가 대놓고 눈에 띄기 때문이었다.

그 싱그러움은 물조차 튕겨낼 것 같다는 생각이 들 정도였다.

"여기는 여자의 꿈이 이뤄지는 도원향이야—— 자, 따라와."

그 말은 얄미울 정도로 강하고 자신감으로 넘쳐났다. 카키프라이는 그 등을 노려보면서도 거칠게 옷을 벗고 언니를 쫓아갔다.

절묘하게도 언니가 예언한 대로.

문을 연 곳에는—— '세계'가 펼쳐져 있었다.

"뭐, 야, 이거…… 수증기…………? 뜨거운 물? 뭐??"

"소리치지 말고 먼저 모래를 씻어내."

마담은 그런 반응에 익숙한 건지 담담한 태도였다. 하지만 동생에게 여기를 안내한다는 건 각별한 느낌이었는지 얼굴에 깊은 미소가 번져 있었다.

"이건 샤워기라고 해. 여기를 누르면 뜨거운 물이 무한하게 나오지."

"무한하게 나오는 뜨거운 물? 너 미쳤…… 앗, 잠깐, 으아아아아아아아!"

샤워기에서 가느다랗게 갈라진 뜨거운 물이 힘차게 분출되며 카키프라이의 전신을 씻어냈다.

그 온도도 기세도 눈이 휘둥그레질 만큼 충격적이었으며 기분 좋았다.

이 땅에서는 기본적으로 귀족이라고 해도 찬물에 몸을 담그는 게 최고의 사치다. 서민은 물에 적신 천으로 몸을 닦고, 빈민까지 가면 비가 내리지 않을 때는 몸을 씻는 것조차 힘든 상황이다.

적절하게 따듯한 물을 콸콸 흘린다는 건 말도 안 되는 일이다.

"너 언제까지 물을………… 아니, 왜 이런 거에서 뜨거운 물이 나오는 거야!"

"주변을 봐. 마왕님의 세계에선 찬물도 뜨거운 물도 무한히 솟아나니까."

"마왕의 세계라니………… 너…………."

하지만 마담의 말대로 어디를 봐도 뜨거운 물이 가득했다. 황당할 만큼 거대한 욕조도 있고, 돌에 둘러싸인 욕조도 있고, 무슨 장난인지 커다란 항아리까지 놓여 있었다.

무엇보다 이 샤워기라는 도구가 세는 것도 무의미할 만큼 몇십 개씩 쫙 걸려있다. 이 모든 샤워기에서 뜨거운 물이 나온다면 그 비용은 상상조차 할 수 없는 수준이었다.

"자, 가자…………. 오늘은 네가 마음에 들어 할 법한 탕이 있어. 분명 마왕님의 멋진 선물이겠지."

"뭐가 선물이란 거야…………."

마담이 데려온 곳은 허브탕이었다.

다섯 종류의 목욕물이 매일 바뀌는 장소인데, 오늘은 노린 것처럼 푸른색 탕과 노란색 탕이었다.

그린 포레스트와 옐로 빔이라는 이름이 붙은 욕탕이다.

전자는 상쾌한 숲을 모티브로 한 '정적의 탕'이고, 후자는 전신에 가뿐한 자극을 주는 '움직임의 탕'이었다. 누워서 몸을 담글 수 있는 허브탕은 귀족 부인들에게 대단한 인기로, 암반욕이나 항아리탕과 어깨를 나란히 하는 인기 목욕이었다.

"흥, 색은 제법………… 어, 어흐ㅇㅇㅇㅇㅇㅇ…………."

그녀의 이미지 컬러라고도 할 수 있는 노란색 탕을 보며 무척 기뻐하던 카키프라이였는데, 탕에 몸을 담그자 더 큰 충격에 휩싸였다.

전신이 미세한 진동에 흔들렸다. 그건 전기탕 같은 과학적인 게 아니라, 몸속을 **꿀렁꿀렁** 흔들어놓는 빔을 이미지한 것이다.

"으흐…… 이, 건…………."

기분 좋은 흔들림에 카키프라이는 무심코 눈을 감았다. 오오노 아키라는 이 욕탕에 전철이나 버스의 덜컹거림 같다는 설정을 붙였는데, 잠으로 살살 꼬드기는 흔들림이었다.

참으로 얄밉게도 머리 부분에는 냉수가 순환하는 금속 베개가 설치되어서 이대로 잠들어버리고 싶은 절묘한 쾌감을 준다.

"그대로 자도 돼."

옆에서 마담이 황홀한 표정으로 말했다.

그 달콤한 유혹에 저도 모르게 넘어갈 뻔한 카키프라이였지만, 이 쾌감에 몸을 맡기고 잠들었다간 패배라고 생각하기라도 한 건지 힘차게 일어났다.

"누, 누가 잔다고…………! 이런 건 뭔가 트릭이 있는 거잖아…………!"

"너도 루나도 참 성급하다니까──."

마담은 희미하게 웃으며 일어나더니 마치 어린아이라도 보는 듯한 눈빛으로 동생에게 부드러운 시선을 보냈다.

어느 의미 그 다정한 눈은 그대로 잠들어버리는 것보다 더 심한 패배감을 느끼게 만든 건지도 모른다.

"그럼 다음도 네게 딱 맞는 장소로 안내해줄게."

"닥쳐! 애초에 이 공간은 뭔데! 마왕이라고 주장하는 사기꾼이 수상한 마법이라도 써서 만든, 그래, 환술 같은 거잖아! 이런 건 전부 말이 안 된다고!"

"──이제 **현실**에서 눈을 돌리고 도망치지 마."

그 목소리는 지극히 평탄했다. 거기에 분노나 슬픔 같은 건 없다. 마담은 영원히 계속될 줄 알았던 일족의 저주를 이 장소의 힘으로 깨트렸으니까.

이 이상의 **현실**은 어디에도 존재하지 않는다.

"자, 따라와."

어안이 벙벙한 동생의 손을 잡아당겨 데려간 곳은 암반욕 구역이었다.

그곳은 통상적인 암반욕 말고도 각종 사우나 시설을 마련해놔서 찜질방 같은 것까지 설치된 구역이었다.

마담이 그중에서도 특히 동생을 위해 선택한 곳은 '보석방'이라고 불리는 사우나였다.

"자, 여기 누워."

"무슨, 야, 어둡잖아. 아니, 잠깐만! 이 돌은 뭐야…………."

그곳은 불빛이 없고 은은한 열기로 가득한 공간. 하지만 카키 프라이가 순간 돌이라고 생각한 **그것**은 평범한 돌이 아니다.

눕는 장소에는 '약보석(藥寶石)'이라고 불리는 다양한 돌을 깔아놓았다.

마노, 흑수정, 목문석, 투르말린, 그린 오닉스, 블랙 게르마늄, 자수정 등 말 그대로 '보석'을 깔아놓은 침대였다.

"너, 너는, 보석으로 침대를 만들다니…… 아무리 그래도…….”

"쉿."

물론 침대에 깔린 다양한 광석은 반짝반짝 예쁘기만 한 게 아니다. 여기서 나오는 알칼리 마이너스 이온이나 원적외선 효과 등으로 스트레스를 풀어주고 자연치유 능력을 높여준다.

그건 평소 각종 작업으로 관절염에 시달리는 카키프라이의 목과 어깨와 허리의 통증을 부드럽게 치유해주었다.

"여기는 보석방이라고 해—— 천장을 봐.”

"천장이라니………… 헉?!”

침대에 누운 카키프라이가 천장으로 시선을 주자 그곳에는 '무한한 별하늘'이 펼쳐져 있었다.

자신의 세계에는 일절 타협하지 않는 오오노 아키라가 쓸데없이 파고든 설정 중 하나로, 여기의 천장에는 '우주'를 그려놓았다.

소위 시간과 함께 계속해서 모습을 바꾸는 '플라네타리움'이었다.

"보석 침대에 밤하늘을 수놓는 별. 여기는—— '빛'밖에 없어.”

"이, 런…… 이런, 일이………….”

그곳에 비치는 건 우주의 신비라고도 할 수 있는 별과 다양한 성좌. 때로는 선명한 혜성이 떨어지고 쓸데없이 공이 들어간 오로라까지 나오는 형국이었다.

"여기는, 뭐야…………. 나는, 아무것도, 모르겠어………….”

카키프라이의 눈에서 자연스럽게 눈물이 흘렀다.

반짝이는 보석 침대에 누워 전신에 치유의 파동을 느끼는 공간인데 하늘에 우주까지 투영되어있다.

예술파의 수장인 그녀에게 이곳은 다양한 의미로 너무 자극적이었다.

"이해할 필요는 없어. 여기는 밤을 지배하는 분의 세계니까……."

마담의 그 말은 이 공간에 너무나도 잘 들어맞았다.

이번만큼은 계산한 게 아니었으나, 이 어두운 하늘에 우주를 그려내는 공간에서 밤을 지배했다고 불리는 타천사의 이야기를 들으니 견딜 수 없었던 모양이다.

"저, 정말, 존재했구나…………. 루시퍼 님…………."

"그래. 그리고 그분의 입에서 나온 말은—— 전부 다 **현실**이 되었어."

"전부, 현실…………?"

"그분께서는 이렇게도 말씀하셨지. 아름다움에는 몇 가지 '강적'이 존재하지만, 노력과 단련 앞에서는 전부 도망친다고."

그 말은 과거의 카키프라이였다면 코웃음 쳤을 내용이었다.

아무리 노력과 단련을 거듭한들 아무것도 달라지지 않았으니까. 그렇기에 그녀는 내부로 틀어박혀 자신의 손으로 아름다움을 만들어내기 위해 다른 길을 걸어갔다.

하지만 이 불가사의한 공간과 극적인 변모를 거친 언니의 모습을 본 지금, 그 말은 완전히 다른 무게를 지닌다.

"귀여운 동생. 이번에는 네가—— 자신이라는 '적'을 물리칠 때가 왔어."

버터플라이 일족에 저주를 건 고대 악마는 이미 소멸했다. 여기서부터는 자신과의 기나긴 싸움이 될 것이다. 자신이라는 적은 어느 세상에서도 가장 강력한 적이니까.

그건 카키프라이에게 정확히 전해졌다.

"나, 는………… 아직, 늦지 않았을까…………."

카키프라이는 오열을 흘리며 중얼거렸지만, 거기에 돌려주는 마담의 대답은 참으로 강인했다. 아니, 의심할 여지조차 주지 않는 '확신'으로 가득했다.

"늦고 뭐고 따질 것도 없어. 우리는—— '오늘부터 시작'하는 거야."

마담은 천장의 별들을 올려다보며 선명하게 읊조렸다.

그 말에 담겨있는 건 흔들림 없이 강한 의지.

이 별보다도 환하게 빛난다는 선언 그 자체였다.

어느 의미 마왕이 마담을 마음에 들어한 것도 당연했다. 그 눈부신 대제국을 구축한 남자는 '강한 의지'를 지닌 인물에 관심을 갖고 끌리는 성질을 지녔으니까.

자신의 입장을 돌아보지 않고 노력하는 용사, 자신의 재능으로 기어오른 루나, 불편한 몸으로나마 홀로 열심히 살아온 아쿠 등, 그런 존재에게는 어딘가 무른 구석이 있다.

"그분의 귀환이 벌써 간절하네."

"그래…………. 나도 꼭 만나보고 싶어. 물어보고 싶은 게 많이 있으니까."

자매가 황홀한 얼굴로 중얼거렸는데, 본인이 들었다면 무슨 표정이 될까. 이렇게 보석과 별하늘로 가득한 반짝이는 공간에서 자매는 역사적인 화해를 이뤘다.

커다란 고리가 되어 퍼져나가는 라비 마을이었지만, 밤을 지배했다(?)고 불리는 남자는 술에 취한 무사에게 붙잡힌 상태. 항상 그렇지만 지독한 격차였다.

Maousama
Retry!
마왕님,
리트라이!

민족 대이동

라비 마을에서 자매가 역사적인 화해를 이루고 있을 때——.

머나먼 북쪽 유리티아스에서는 렌이 정력적으로 활동하고 있었다. 그녀는 슬럼을 돌며 주민들에게 성광국 이주 계획을 전달하고 다녔다.

처음에는 놀라던 주민들이었으나, 비용은 국가 부담, 현지에서 장기적인 취직처 알선, 거주지 보장 등의 조건을 듣고는 달려들었다.

물론 예전이었다면 이런 수상한 이야기는 아무도 귀를 기울이지 않았을 것이다.

"짐마차 말고도 수송부대 준비도 부탁드립니다. 현지는 무척 더우므로 당장 입을 복장으로는 여름옷을 준비해주세요. 행군 순서는——."

"네!"

하지만 그걸 설명하는 소녀 주변에는 왕궁에서 파견된 다수의 친위대가 따라다녔기에 이게 헛소리가 아니라는 걸 사람들이 믿을 수 있는 원인이 되었다.

무엇보다 그 잭이 투기장에서 어린아이처럼 처 발리고는 허둥지둥 북부로 도망쳤다는 소식이 왕도 전체에 퍼졌기 때문이었다.

"킹 대박이야!"

"이 킹 웨이브에 안 타는 게 호구지!"

"저기 가면 일급으로 대동화를 잔뜩 준대!"

"물도 마음껏 마실 수 있다더라."

"미친놈, 그런 꿈 같은 나라가 어디 있냐. 입에 풀칠할 수 있으면 충분해."

렌의 이야기를 듣고 주민들은 저마다 말을 나누며 시급히 짐을 꾸렸다.

늦으면 데려가 주지 않는다고 생각하기라도 한 건지, 시각은 새벽에 접어들었는데도 마치 어디 불이라도 난 것처럼 떠들썩했다.

렌은 그런 소란을 뒤로 꼼꼼한 지시를 내렸다.

무척이나 적확하면서도 구석구석까지 배려하는 내용이었다. 그녀는 전투력도 무쌍이라고 부를 수 있을 만큼 강했지만, 그 이상으로 비서로서 실무에 능숙했다.

그런 렌에게 타하라에게서 《통신》이 왔다.

라비 마을에서도 큰 이벤트가 끝나고 시간이 빈 모양이었다.

《바쁜 와중에 미안. 그쪽 상황을 가르쳐줄래?》

《네, 이쪽은──.》

렌이 담담하게 이어가는 보고에 타하라가 폭소했다.

그가 웃는 것도 무리가 아니었다.

어느새 유리티아스를 좌우하는 보스를 실각시키고, 덤으로 2천 명이나 되는 집단을 이동시키는 비용까지 현지 국왕이 대도록 만들었으니까.

벌어진 입이 다물어질 줄 모른다는 말이 딱 들어맞는 상황이었다.

뭘 어떻게 해야 그렇게 굴러가는지, 마치 마법이라도 보는 것 같았다.

《크하하! 손님으로 꽉 찬 투기장에서 때려눕혔단 말이지! 그리고 바로 왕을 협박이라, 난 도저히 흉내 내지 못하겠어.》

《협박이 아니라 협력을 요청했을 뿐입니다.》

《어, 그래, 그렇지.》

전혀 믿지 않는다는 듯 타하라가 웃었다.

렌이 어떻게 판단했든, 타하라의 눈에 그 요청은 완전한 협박이었다.

나라를 좌우해온 보스의 목을 만민이 보는 앞에서 따버리고, 피가 뚝뚝 흐르는 '그것'을 왕궁에 시원하게 던져버린 셈이다.

아무리 가혹한 요구라고 해도 상대방은 받아들일 수밖에 없다.

그런데다 잭을 방치, 아니, 해방해서 고르곤 상회에는 위협을 남겨놓는다는 악독한 짓을 태연하게 저지른다.

타하라의 눈엔 항상 그렇지만 등골이 쭈뼛 서는 행보였다.

《그리고 홀리 브레이브라고 불리는 인물과 접촉해야 합니다.》

수송업무를 인계하라──라는 지시에 타하라는 순간 말문이 막혔다.

《…………그렇단 말이지. 그 완고한 용사님을 움직이기에 딱 좋은 기회란 거구나.》

《평판이 무척 좋은 분인 것 같더군요.》

《어, 장관님도 아주 신경을 많이 쓰고 계셔. 그건 좋은 **광고탑**

이 될 거야.》

《공명정대한 분이 마스터 밑으로 들어오다니. 바람직합니다.》

타하라의 대답은 어디까지나 표면적인 것. 당연히 장관님의 최종 목적은 라이트 황국과의 전쟁을 위한 포석 중 하나일 것이라 생각하고 있었다.

하지만 그걸 입 밖에 내진 않았다.

유우와 마찬가지로 렌의 말투에서도 장관님에 대한 심취가 느껴졌기 때문에 그녀의 오해는 이대로 내버려 두는 게 좋다고 판단했기 때문이다.

무슨 일이든 선행이라고 해석한다면 그게 제일 좋다.

바꿔 말하면, 렌처럼 청렴한 소녀를 잡아두기 위해서는 그쪽 방면의 오해를 강화할 수밖에 없다고 할 수 있다. 그런 사고방식에 근거를 더해주듯 렌의 입에서 결정적인 말이 튀어나왔다.

《그리고 마스터께선 위험한 약물을 남김없이 소각하셨습니다.》

《……………………그러냐.》

《이로써 많은 민중이 구원받을 테죠.》

《그거 잘됐네.》

타하라의 대답은 짧았지만, 거기에는 많은 의미가 담겨있었다.

약물을 굳이 빼앗긴 뒤 그걸 구실로 쳐들어가선 **렌 앞에서** 일부러 처분해버렸으니 기가 막히는 이야기였다.

한 가지 사건에 대체 몇 개의 책략을 숨겨놓은 건지 정신이 아득해졌다.

물론 그 마왕은 골치 아픈 약물 같은 건 빨리 처분해버리고 싶었던 것뿐이지만, 타하라의 눈에는 렌의 마음을 사로잡기 위한 퍼포먼스였다.

《어쨌거나 서둘러 주민들을 이쪽에 보내줘. 지금도 일손이 한참 부족한데 싸움이 끝난 뒤엔 더 바빠질 거야.》

《알겠습니다. 가능한 한도 내에서 속도를 우선하겠습니다.》

이렇게 마왕이 모르는 사이에 착착 진행되었는데, 당사자가 유리티아스의 대로에 나타났을 때 주위에 술렁거림이 퍼졌다.

투기장에서 잭을 쓰러트린 영웅이 놀랍게도 여자 무사를 안고 나타났기 때문이다.

"왜 내가 데려다줘야 하는 거냐…………. 거기 사슴. 네가 할 일 아닌가?"

마왕은 토시미츠에게 말을 건네면서도 발은 전혀 멈추지 않았다.

말을 알아듣지 못하는 건지 무시하는 건지, 자신들이 머무르는 여관으로 곧장 걸어가는 것 같았다.

지면을 차는 발굽에서 쓸데없이 낭랑한 소리가 울리자 마왕은 쓴웃음을 지었다.

참고로 마왕은 공주님 안기로 미츠히데를 나르고 있었는데, 거기에 흑심 같은 건 없고 그저 업었다간 갑옷에 눌려 아플 것 같다는 참으로 하찮은 이유만이 존재했다.

하지만 대로에서 그 모습은 어쩔 수 없이 눈에 띈다. 마구마구 띈다.

"뭐야! 저거, 그 킹이잖아?!"

"킹, 이대로 잭을 밟아줘!"

"너 들었어? 킹은 물건을 꼿꼿하게 세울 수 있는 마법을 쓸 수 있대."

"진짜?"

"그럼 저 미인과 오늘은 찐한 밤을………… 크윽!"

군중이 제멋대로 떠드는 목소리에 마왕의 관자놀이가 가늘게 떨렸다.

완전한 수치플레이였다. 가슴께에서 들리는 주정뱅이의 목소리에 그 떨림이 한층 커졌다.

"그대는 킹이라는 이름을 쓰고 있었소이까………… 남만 땅에서 대담한 행위구려~~."

"어이, 일어났으면 네 다리로 걸어."

"소인을 실컷 우롱한 벌이오. 공주처럼 데려가시오."

"어디 보자, 쓰레기통이 어디 있더라…………."

"으아아아앙! 사람을 버리려고 하지 마아아!"

"귀찮네 진짜!"

"귀찮다고 하지 마아아아아! 소인을 버리지 마아아아아!"

치정 싸움처럼 들리는 소란 속에서 간신히 토시미츠가 여관 앞에 도착했다.

토시미츠는 딱 한 번 미츠히데를 돌아보았으나, 괜찮다고 판단한 건지 자신의 침상으로 터벅터벅 들어갔다.

"여기는 동물도 같이 숙박할 수 있군…………."

토시미츠가 향한 곳에는 다양한 생김새의 동물 우리가 있었는데, 거기에는 거대한 새, 낙타 같은 생물, 코뿔소나 악어로 보이는 동물까지 있어서 마치 서커스단을 보는 것 같았다.

"저것도 탈것의 일종인가…………?"

"호위용으로 기르는 상인도 많소…………. 남만의 인간은 묘한 생물을 잘 길들이더이다."

"가장 묘한 건 네 사슴이지…………."

"자자, 그보다 킹 님! 방에서 다시 마시지 않겠소?"

"너 더 마실 생각이냐…………."

마왕은 진저리를 치면서도 아직 듣고 싶은 이야기가 더 있었던 건지 얼굴을 찌푸린 채 여관으로 들어갔다.

여자를 안고 들어온 남자를 보자 여관 주인이 날카로운 시선을 보냈다.

"이봐, 여기는 그런 여관이……… 잠깐, 당신, 그 킹이잖아!"

"아니, 나는…………."

"이야, 소문으로 듣던 유명인이 쓰러 와 주다니 기쁜데! 자자, 우리 여관에서 제일 좋은 방을 쓰도록 해! 방음도 완벽하다고! 흐흐…………."

여관 주인이 쓸데없는 배려심을 발휘하며 묘한 지레짐작을 해 댔다.

아니, 시선이 절로 가는 미소녀를 공주님 안기로 들고 왔으니 주인의 판단은 오히려 정확하다고 할 수 있을지도 모른다.

엄지를 척 세우고 이를 반짝 빛낸 주인을 보고 마왕의 얼굴이 꿈틀거렸다.

"당신 이름이, 쥬베에라고 했던가! 오늘은 화이팅하라고!"

"주인, 무슨 착각을 하는 것이오. 소인은 혼례날까지 정조를—— 으어엇!"

못 들어주겠다고 생각한 건지, 마왕은 지정된 방으로 성큼성큼 들어가더니 미츠히데를 침대로 던지고 발을 뒤로 밀어 문을 닫았다.

"기, 기다리시오…………! 그대는 무, 무언가 착각을 하고 있지 않소?!"

"착각하는 건 너다. 이 에로 사무라이."

마왕은 못마땅하게 씹어뱉은 뒤 아이템 파일에서 청주를 꺼냈다.

술이 안 들어가면 못 견디겠다고 생각한 모양이었다. 거칠게 의자에 앉아 술잔에 가득 술을 따르더니 호쾌하게 목으로 들이부었다.

"아니, 그것은 모로하쿠가 아니오!"

"모로하쿠라니………….."

오래된 명칭에 마왕이 무심코 웃었다. 나름대로 술을 좋아하는 것 같았지만, 그 이상으로 미츠히데는 고향의 물건이 그리운 모양이었다.

그런 그리움은 이 남자도 모르지 않는 감정이었다.

"뭐, 이 정도는 서비스해줄까——."

마왕은 칠흑의 공간에 손을 넣어 《온천 만쥬》와 《떡》을 작성했다.

　전자는 과거 회장에서 인기 에어리어 중 하나였던 '오오가키 온천'에서 획득할 수 있는 아이템이자 체력을 20 회복해준다.

　후자는 체력을 5밖에 회복해주지 못하지만, 개수가 10개씩 묶이기 때문에 나름 중시되는 아이템이었다. 매년 떡이 목에 걸려서 노인이 사망하는 뉴스가 계속되었던 탓인지 높은 확률로 독이 들어간 아이템이기도 했다.

　"아니! 그것은 만쥬와 떡이 아니오!"

　"그래, 맛은 보장하마."

　지금까지 겪은 바로는 절대 맛없진 않을 거라고 확신한 모양이었다.

　마왕은 당당한 태도로 만쥬를 건넸다.

　"흐으윽, 만쥬. 맛있어………… 달아…………."

　"너 말이다, 울 정도는——."

　마왕은 거기까지 말하고 입을 다물었다. 미츠히데가 이 대륙에 오고 얼마나 지났는지는 모르지만, 자신이 같은 입장이었다면 어땠을지 상상해버렸기 때문이다.

　현대에서도 출장 등으로 해외에 나가면 고향의 맛이 그리워지는 건 당연했다. 하물며 다시는 고향에 돌아가지 못하는 상황이라면 눈물이 날 정도로 맛있을 것이다.

　"음, 뭐, 천천히 먹어라."

　"면목 없소…………, 킹 님…………."

　"그러니까 나는——."

　이제 그만 그 웃기는 이름을 정정하려고 한 마왕이었으나, 타하라에게서 날아온 《통신》에 입을 다물었다.

《미안해, 장관님. 잠깐 보고할 게 있었거든.》

《상관없다. 말해라.》

《당신이 노린 대로 마담의 동생이 왔는데, 온천에 아주 푹 빠져버린 모양이야. 아니나 다를까, 여기서 살고 싶다는 흐름이 되었어.》

《호오, 하룻밤 만에 화해하다니. 놀랍군.》

《말은 잘하시네. 처음부터 전부 당신이 그린 그림이잖아. 오히려 하룻밤 만에 나라의 정점을 실각시킨 게 더 놀랍거든. 렌의 말로는 이동 비용까지 그쪽 왕에게서 **갈취**한다며.》

홍수처럼 쏟아지는 말에 마왕이 꿀꺽 침을 삼켰다.

차마 '열받게 굴길래 조금 패버린 것뿐입니다'라고는 입이 찢어져도 말할 수 없는 상황이었다.

마음을 달래려고 실내에 시선을 주자 미츠히데는 풍로를 꺼내 망 위에 떡을 세심히 배열하고 있었다.

그녀의 얼굴 가득 핀 미소를 보고 마왕의 마음도 평상심을 되찾았다.

《덤으로 악명은 전부 킹이라는 '생판 남'에게 떠넘겼다질 않나. 진짜 장관님 앞에선 염라대왕도 맨발로 도망칠 거야.》

'지금 도망치고 싶은 건 나거든요?!'

평상심을 되찾은 마음은 그 한마디에 다시 폭풍우 치는 바다로 내동댕이쳐졌다. 어느새 생판 타인에게 극악무도한 누명을 떠넘기고 크하하 웃어젖히는 악당이 되어버렸으니까.

이제 와서 '킹이 누군데?'라고 했다간 뻔뻔하다는 평가가 한층 강화될 뿐이다. 마왕은 어떻게든 얼버무리기 위해 기계적으로 입을 움직였다.

《나에게 그럴 의도는 없었다만── 본래 '사고'는 종종 갑작스레 찾아오는 법이지.》

《크하하! 확실히 사고네! 그래서 정신을 차리고 나면 전부 '사후'가 되어버린단 건가. 이거 아주 무시무시한데!》

마왕은 다양한 의미를 담아서 '사고'라고 표현했지만, 타하라의 귀에는 완전히 다른 뜻으로 들린 모양이었다.

실제로 타하라에게는 악평도 원한도 남에게 전부 떠넘기고 달콤한 꿀만 쪽쪽 빨아 먹는 모습으로 보였다.

《그나저나 장관님은 어떤 상황에서도 명배우구나. 진짜 감탄했어.》

《…………글쎄, 무슨 소리지?》

《시치미 떼기는, 굳이 렌 앞에서 약을 태우다니. 아주 감동적인 명장면이었을 테지만 내가 거기 있었다면 웃음을 참느라 숨이 막혔을 거야.》

'숨이 막히는 건 나라고! 너는 좀, 뭐든 그렇게 의미부여하지 마!'

이 이상 대화하는 건 위험하다고 판단한 모양이었다.

그 후 마왕은 바나 건너편에 있는 히노모토 출신의 인물과 만났다는 것, 마법을 막는 마도구를 입수했다는 것 등을 빠르게 전달하고 타하라와의 《통신》을 끝냈다.

어쩐지 마라톤이라도 뛰고 난 듯한 피로감에 휩싸인 마왕이었는데, 실내에서 떡을 굽는 맛있는 냄새가 풍긴다는 걸 인식하자마자 공복이었다는 걸 깨달았다.

"실내에서 풍로는 조금 그렇지만, 이번에는 어쩔 수 없군."

"떡은 오랫동안 먹지 못했소이다. …………그대에게는 정말 감사하오!"

미츠히데는 그렇게 말하며 퍼덕퍼덕 부채질했다.

잘 보니, 풍로이긴 하지만 안에 들어있는 건 숯이 아니라 거뭇한 불의 마석이었다. 일단 이 대륙 생활에 순응하고 있는 모양이었다.

"그대로 먹는 건 아쉽지. 조미료라도 꺼낼까——《희소급 아이템 작성》."

마왕은 결심한 듯 희소 아이템을 작성했다.

SP를 50이나 소모하지만 이 남자도 고향의 맛이 그리워진 듯했다. 커다란 골판지 상자에 담긴 《조미료 세트》가 만들어졌다.

과거 회장에서는 생존 스킬에 《조미료》라는 게 존재했는데, 이걸 획득하면 체력 회복 아이템을 사용할 때 2배의 효과를 내게 해준다.

조미료 세트는 한 번만 같은 효과를 내는 일회용 아이템이다.

"떡은 간장에 찍어줘야지."

골판지 상자 안을 보면 동서고금의 다양한 조미료가 가득 담겨있었다. 마왕이 간장을 꺼내자 골판지 상자는 흔적도 없이 소멸되었다.

일회용 아이템이라는 설정 때문인 듯했다.

"그, 그 색, 그 냄새………. 설마 간장인 것이오?! 이러한 이국에서 고향의 맛을 즐길 수 있다니, 소인은 기쁘기 그지없소!"

미츠히데는 마왕 옆으로 스스슥 이동하더니 병에 든 간장을 황홀한 눈빛으로 바라보았다. 뺨까지 붉게 상기된 걸 보면 상당히 흥분한 모양이었다.

"어서, 어서 뿌려주시오. 킹 님…… 빨리 그 진한 맛을――."

"너 표현이 이상하다고!"

유키카제라도 떠올린 건지 마왕은 미츠히데의 말을 황급히 잘랐다. 여관 주인이 들었다간 괜히 더 이상한 오해가 생길 것 같았다.

마왕이 간장을 떡에 골고루 뿌리자 실내에 간장을 굽는 맛있는 냄새가 폭발적으로 퍼져 나가며 두 사람의 배가 동시에 꼬르륵 소리를 냈다.

"이, 이것은, 참을 수 없는 냄새구려…………."

미츠히데는 침을 꿀꺽 삼키며 강아지처럼 '끄으응' 하고 앓는 소리를 냈다.

마왕은 떡을 집어 입으로 휙 던졌다. 잘 구워진 떡의 쫀득한 맛이 입 안에 퍼지자 저절로 미소가 번졌다.

"그리운 맛이군. 이거라면 몇 개든 먹을 수 있겠어."

"맛있구려…………. 오늘 밤은 참으로 행복한 하루였소!"

반가운 맛에 두 사람 모두 싱글거렸다.

국경 부근에서는 잭 상회와 고르곤 상회가 격돌하고 있었지만, 소란의 원흉은 청주를 마시고 만쥬와 떡을 먹는 평화로운 한때를 만끽하고 있었다.

이쯤 되면 악당이라는 멸칭으로는 감당이 안 되고, 걸어 다니는 자연재해라고 불러야 하는 수준이다.

그런 재해에게 일을 마친 렌이 찾아왔다.

그 순간 미츠히데가 눈을 크게 떴다. 렌의 투명한 분위기에, 그 자태에 무언가 범접하기 어려운 기품을 느끼고 취했던 머리가 한층 취해버린 것이다.

미츠히데는 오래된 전통이나 권위, 시대착오적인 무로마치 쇼군을 존중하는 경향이 있었는데, 그런 그녀가 본 렌은 세포에서부터 끓어오르는 듯한 무언가가 느껴지는 존재였다.

“다, 당신…… 께서는…………!”

미츠히데의 말문이 막히는 것도 무리가 아니다.

렌은 **황실 방계의 아가씨**라는 설정이 붙어서 고귀한 핏줄과 가문을 짊어지고 있다.

당시 수도에 우글거리던, 생계가 막막한 귀족 가문과는 차원이 다르다.

히노모토, 그것도 전국시대를 살아온 미츠히데의 눈에 렌이라는 소녀는 전신에서 후광이 비치는 것만 같은 지보의 존재였다.

“렌이라고 합니다. 잘 부탁드립니다.”

그 우아한 동작에 미츠히데의 **뺨**이 붉어졌다. 분위기만이 아니라 몸짓마저 넋을 놓아버릴 만큼 아름다웠기에 미츠히데는 저도 모르게 넙죽 절하고 말았다.

"지금 마침 떡을 굽고 있었다. 렌, 너도 먹어라."

"감사합니다, 마스터."

마왕의 격식 없는 말투에 미츠히데의 눈매가 날카로워졌다.

이 황공한 존재 앞에서 그런 무례한 태도를 보이다니 무슨 생각이냐고 따지고 싶어진 것이다. 하지만 그녀는 '킹'이라는 남자에게 마치 하녀와도 같은 태도를 보였다.

"그럼 외람되지만 식사를 보조하겠습니다. 마스터, 입을 벌려주십시오."

"아니, 내가 아니라 네가 먹으라고…………."

"젓가락은 싫으십니까? 그럼 입으로 옮겨드리겠습니다."

"커플 염장질이냐…………!"

마왕이 저도 모르게 연기를 내려놓고 태클을 걸었지만, 미츠히데의 머리는 혼란으로 가득했다. 이 킹이라는 남자와 렌의 관계를 파악할 수가 없었다.

얼핏 보면 주종관계처럼 보이기도 하지만, 나이 차이가 많이 나는 연인처럼 보이기도 했기 때문이다.

"…………떡은 됐고, 왕궁 일은 어떻게 됐지?"

"문제없이 처리했습니다."

렌의 입에서 왕궁에서 있었던 자초지종이 나오자 마왕은 고개를 한 번 끄덕였다. 이 일은 렌과 타하라가 주도해서 진행하고 있으니 자신이 끼어들 필요는 없다고 판단한 모양이었다.

실제로 렌과 타하라가 진행하는 일에 이 남자가 걱정할 필요는 어디에도 없다. 계획 입안이나 현실적인 **실무** 같은 부분에서는 한참 모자라니까.

측근들이 이 남자에게 가장 요구하는 것.

그건 실무가 아니라—— **통솔**이다.

대제국의 마왕이라는 존재가 없다면 측근들은 성격이나 견해 차이로 맹렬하게 충돌해서 끝내 목숨을 건 전투로 번질 테니까.

"그리고 제노비아에서 파견되었다는 장군 말씀입니다만——."

"제노비아라. 언젠가 대응해야만 하겠군."

다음으로 요구하는 것—— 그것은 **독재자**로서 내리는 결단이다.

이 남자는 선거로 뽑힌 민주주의 리더 같은 게 아니다. 커다란 안건은 항상 이 남자가 허락해야만 실행할 수 있다.

다행인지 불행인지 이 남자에게는 독재자로서 귀한 자질이 있었다. 그건 다른 사람의 생각 따위는 짓밟고 자신의 뜻을 밀어붙인다는 점이었다.

선악은 별개로 놓더라도, 다른 사람에게는 잘 없는 타입의 자질이라 할 수 있다.

"그리고 그 자매의 아버지는 무사히 가족과 재회했습니다."

"혹시나 해서 물어보는 거다만………… 그 아버지의 이름은 샘이었나?"

"…………! 마스터께선 처음부터 전부 알고 계셨군요."

렌은 미약하게 놀란 표정을 지었지만, 마왕은 민망하다는 듯 천장으로 시선을 던졌다. 그 머릿속에는 은색 구슬이 이리저리 날아다니는 무언가가 어른거리고 있을 게 틀림없다.

"그나저나 대략 2천 명의 대이동이라…………. 떠들썩한 여행이 되겠군."

그 외에 마족령에 잡혀있던 1천 명 가까운 인간도 라비 마을로 이주를 마친 상태다. 여기에 슬럼 주민들도 더해지면 단기간에 3천 명이나 되는 노동력을 획득한 셈이다.

그 규모는 마을이라고 부를 수 있는 범주가 아니라 동쪽 황야에 갑자기 툭 튀어나온 교역 도시 그 자체다. 마왕은 떠들썩해지는 라비 마을을 상상하며 희미하게 웃었는데, 그때 머릿속에 기묘한 메시지가 나타났다.

그것은 대망의 권한 해방이었다.

———— CONGRATULATIONS ————

복수 조건 클리어, 에어리어 설치 항목이 증가했습니다.

진료소 —— 성화 1닢

부락 오두막 —— 성화 5닢

탄광터 —— 성화 5닢

폐공장 —— 성화 10닢

"——오, 오오오오오오오!"

관리화면에 떠 있는 글자를 본 마왕은 큰 소리를 내며 일어났다.

땅을, 아니, 세계 그 자체를 바꾸는—— 에어리어 설치 해방이었다.

그 모습에 렌과 미츠히데는 움찔 어깨를 흔들었지만, 마왕의 기쁨이 심상치 않아 보였기에 휘둥그레진 눈으로 가만히 지켜보았다.

마왕은 빠르게 머리를 긁적이며 흥분한 듯 무언가를 소리쳤다.

"그래, 노동자 증가가 어떠한 조건을 달성한 거구나! 확실히 해방된 에어리어는 노동자에게 적합하지. 설마 에어리어 해방에 인구수나 직종이 관련된 건가? 그렇다면 상인이 늘어나면 상업시설? 그냥 우연? 아니면 동쪽의 영지 헌상이 원인인가?! 아니, 그보다 왜 성화인 거지? 다른 지폐로는 안 되는 이유는?!"

옆에 미소녀가 두 명이나 있는데도 마왕은 두 사람이 전혀 시야에 들어오지 않는다는 듯 실내를 빙글빙글 걸어 다녔다. 때로는 술을 쭉 들이켜고는 만족스러운 듯 힘차게 웃었다.

얌전히 표현해도 미치광이 같은 모습이었다.

"렌, 나는 밤바람을 맞으며 잠시 숙고에 들어가겠다!!"

그 말을 끝으로 마왕이 부리나케 방에서 뛰쳐나가자 실내에는 렌과 미츠히데만이 남았다.

마스터의 커다란 기쁨을 느낀 건지 렌도 은은하게 기뻐 보였다.

하지만 미츠히데에겐 긴장한 나머지 기절할 것 같은 공간이 되고 말았다.

"소, 소인은, 그………… 아케치 쥬베에 미츠히데라고, 합니다…………."

"저를 부르실 때는 렌이라고 불러주십시오."

렌의 날카로운 시선이 미츠히데에게 꽂혔다.

거기에 타의는 없었지만, 렌의 시선은 얼핏 보면 차가워서 자칫 전신이 얼어붙을 것 같은 분위기를 띤다. 렌에게서 고귀한 **핏줄**을 느끼는 미츠히데는 견딜 수 없었다.

"사, 사람들을 이주시킨다는 이야기를 하고 계셨습니다만……소, 소인이라도 괜찮다면, 부디 당신의 호위라는 영광을 받고 싶습니다………!"

"저에게 호위 같은 건 필요하지 않습니다. 앞으로도 계속."

렌의 대답은 칼 같았다.

이 또한 다른 뜻은 없었다. 그녀만큼 호위가 필요 없는 사람도 또 없을 것이다.

렌은 '완전·완벽'으로 설정되어서 누구의 도움도 필요하지 않다. 차갑게 거절당한 미츠히데의 눈에 눈물이 고였지만 다음 말에 포니테일이 거꾸로 치솟았다.

"미츠히데 씨. 당신에게 여쭙고 싶은 게 있습니다."

"소, 소인이라도 괜찮으시다면…………!"

렌은 미츠히데가 고향이라고 부르는 히노모토에 대해 자세히 들으려고 했다.

그녀가 여기에 온 경위, 지리, 화폐, 교통망, 음식물, 유행, 무기, 화약, 총기, 이동 수단, 군대 규모, 각지의 특산물, 농업, 어업, 그런 것들을 상세하게, 그리고 집요하게 캐내며 노트에 기록했다.

당연하지만 과거 회장── 대제국이 존재하는 세계에 일본은 없다.

미국도, 유럽도, 중국도, 아시아도, 중동도, 아프리카도 존재하지 않고 다만 그런 나라를 모델로 삼은 유사 국가가 있을 뿐이다.

미츠히데는 숨 막히는 긴장감을 느끼며 렌의 질문에 대답했는데, 렌은 그 정보가 필요해지면 '마스터'에게 전달할 생각이었다.

렌은 지금도 옛날에도 결코 '결정'하는 포지션이 아니다. 따라서 비서로서 마스터의 판단 근거를 늘리려고 하는 것이다.

"당신은 각국의 정세를 퍽 잘 알고 계시는군요."

"소인이 섬기기에 적절한 주군을 찾아 여러 곳을 방랑하고 있었기 때문입니다."

미츠히데는 어쩐지 가슴을 펴고 자랑스러워하는 표정을 지었다.

사실 그녀는 '에조'와 '류큐' 말고 다른 지역에는 직접 찾아갔던 대단한 정보통이었다. 각지의 정세를 잘 아는 사람은 때로 다이묘의 부름을 받아 다양한 이야기를 들려주게 된다.

그렇게 돈을 벌거나 사관의 길이 열리기도 한다.

"조금 더 자세한 이야기를 들려주시겠습니까."

"소, 소인이라도 괜찮다면 기꺼이!"

미츠히데의 얼굴에 희색이 만연해지더니 만쥬를 먹으며 이야기를 계속 이어 나갔다.

렌의 목소리를 듣고 곁에 있는 것만으로도 기쁜 건지 미츠히데의 얼굴은 내내 방긋거렸다. 거기에는 이미 투기장에서 보여준 용맹함은 없고, 사랑하는 주인님 앞에서 꼬리를 붕붕 흔드는 강아지 같았다.

"저, 저기…… 그분과 렌 님은 어떤 관계이십니까…………?"

"제게 경칭은 필요하지 않습니다. 그리고 그분은 제 마스터입니다."

"마, 마스터…………. 그건, 그, 남만 특유의 단어가 맞소?"

"마스터는 마스터입니다."

그런 선문답 같은 대화에 미츠히데의 표정이 어두워졌다. 본래대로라면 더 자세히 듣고 싶었으나 상대가 상대였다.

한편 렌도 짧은 대화에서 미츠히데의 본질을 파악한 모양이었다.

"저는 마스터의 비서로서 여태까지 적지 않은 인간과 대면했지만, 당신은 제 동료보다 훨씬 신뢰할 수 있는 사람 같군요."

그 동료가 누구인지 굳이 말할 필요는 없을 것이다.

측근들의 사정 같은 건 아무것도 모르는 미츠히데는 '신뢰할 수 있다'는 말을 듣고 환희했다. 그대로 침대에 걸터앉아있는 렌의 다리에 매달렸다.

"…………신뢰, 신뢰란 말이오? 소인은 조국에서 거악을 치기 위해 맞섰으나 주변 사람들에게서는 배신자라고 멸시당하며 울분의 나날을 보냈소이다…………!"

"당신은 혼돈보다 질서를 선호하고, 악을 간과하지 않고, 역사 깊은 권위에는 머리를 조아리고, 인의를 중시하는 무인으로 보았습니다. 미츠히데 씨, 당신에게——."

"렌 님…… 렌 니이이임! 부디 소인의 충성을 받아주시오! 소인은 평생 렌 님에게 충과 의를 바칠 것을 맹세하겠습니다!”

“아, 아뇨, 저에게 충성을 맹세하셔도 곤란할 뿐입니다…….”

“싫어어어어! 소인은 이미 정했습니다아아아! 이건 결정된 일입니다아아아!”

취해서 그런 건지 다른 이유가 있는 건지.

미츠히데는 렌의 다리에 매달리며 어린아이처럼 떼를 썼다. 아무리 렌이라고 해도 이런 반응이 돌아온 건 처음이었던 건지 말문이 막혀버린 모양이었다.

“제, 제가 아니라, 당신은 마스터께.”

“소인이 섬기는 건 렌 님이십니다! 소인이 렌 님의 오른팔이 될 겁니다!”

완전히 어린아이가 **투정을 부리는** 모습에 렌은 누군가를 떠올린 건지 쿡쿡 웃었다.

동료 중에도 비슷한 아이가 한 명 있었다.

“미츠히데 씨. 제가 임무로 떨어져 있는 동안 당신은 마스터의 호위를 맡아주십시오.”

“…………네?”

렌은 미츠히데에게 구석구석 세심한 지시를 내리며 향후 움직임에 대비했다. 마왕 옆에서 떨어지게 된다고 해도 완벽한 태세를 갖추려고 하는 모양이었다.

한편————.

아침 해가 떠오르는 왕도를 걸으며 마왕은 해방된 에어리어

목록을 곱씹었다.

'좋은 에어리어가 해방되었어…………. 성화가 들어오면 진료소는 유우에게 선물해야지.'

본인이 들으면 기뻐 죽어버릴 법한 운명적인 생각을 하면서.

마왕은 길거리에서 잠든 주정뱅이의 몸을 넘어가며 소란스러운 거리를 걸어갔다. 주변에는 술병과 옷, 쓰레기 등이 난잡하게 떨어져 있어서 무척 엉망이었다.

'완전히 시부야의 할로윈 다음 날 풍경을 보는 것 같군……….'

마왕은 그런 생각을 했지만 대충 맞는 소리였다. 유리티아스의 백성들에게는 할로윈 정도가 아니라 독재자에게서 해방된 기념일이었으니까.

"앞으로는 자유롭게 장사할 수 있어! 이것도 킹 님 덕분이야!"

"킹, 킹 아주 난리네…………. 그 녀석은 어차피 외부인인데."

"외부인이든 뭐든, 이 나라를 바꿔준 은인이잖아!"

"아무튼 외부인은 인정 못 해. 유리티아스의 브랜드에 흠이 생기니까…………."

"브랜드는 개뿔! 잭의 횡포를 허락한 왕궁에 권위 같은 건 없거든요!"

"뭐라고…………?"

도시 안에서 들리는 목소리에 마왕은 무심코 목을 움츠렸다. 잭을 쓰러트린 건 맞지만 딱히 그 후에 전망이 있었던 건 아니었기 때문이다.

'하지만 생각하기에 따라 다르지…………. 이 나라를 실질적

인 지배 하에 두면 권한이 한층 해방되는 게 아닐까? 예를 들어 **속국**이라는 형태로 묶는다면?'

마왕이 봤을 때, 이번 권한 해방은 순수하게 노동자 증가가 조건이었던 것 같았다. 전에도 판도 내의 활동 수라는 멘트가 나온 적도 있었다.

'인구든 판도든, **증가**해서 마이너스가 될 일은 없어 보여⋯⋯.'

제멋대로인 논리로 타국을 지배하고 종속시킨다── 그런 건 일반적으로 봤을 때 말도 안 되는 짓이었다.

하지만 이 남자는 모든 권한을 되찾는다는 목적에 관해선 전혀 주저가 없었다.

'광명은 있어.'

해방된 에어리어, 그리고 미츠히데가 사용하던 풍로.

마왕은 새삼 느꼈다. 이 세계에는 '연료'가 없다.

마석이라는 대용품이 있긴 하지만 목탄, 석탄, 석유, 전기 같은 것과도 거리가 먼 세상이다.

'탄광터에서는 얼마든지 석탄과 목탄을 채굴할 수 있어. 다른 물자도⋯⋯⋯⋯.'

본래 탄광에서 채굴되는 건 석탄이지 목탄이 나올 리 없다. 하지만 이 남자가 설치하는 건 현실에 있는 탄광이 아니라 게임 회장의 탄광터이다.

과거 회장에서는 일정한 체온을 유지하기 위해 '열을 확보'할 필요가 있었다.

예를 들어 눈보라가 치는 에어리어에선 저체온증이 되지 않도록 모닥불을 지폈고, 사냥해서 얻은 짐승 고기를 구울 때도 불은 필수였다.

탄광터에서는 그런 연료를 풍부하게 입수할 수 있기 때문에 격전구로 불리던 에어리어였다.

자신이 채굴하기보다는 채굴한 상대를 죽이고 빼앗는 게 더 빠르니까.

'슬럼에 있던 녀석들은 부락 오두막에 살게 할까…………. 낡은 건물밖에 없으니 상당한 불만이 나오겠지………….'

그곳은 장옥과 낡은 아파트가 밀집된, 쇼와 시대를 고스란히 재현한 에어리어였다.

회장에서는 조촐한 아이템밖에 나오지 않아서 인기가 전혀 없는 에어리어였지만, 설정상으로는 과거에 5천 명의 인간이 살던 부락이었다.

집에는 욕조도 없고 수도조차 나오지 않았지만, 각지에 우물이 있고 부락 내에는 대중목욕탕도 곳곳에 흩어져 있었다.

마루에 이로리(취사, 난방용 장치)가 설치된 집도 있고, 낡은 드라이어나 다이얼 전화기, 구형 TV 등 내부 인테리어는 박물관 같은 모양새였다.

단순히 쇼와 시대를 재현한 거주 에어리어이긴 하나, 인테리어만 보면 밥상, 선풍기, 형광등, 장롱, 구형 냉장고, 얇은 이불 등이 갖춰져 있으니 살려고 마음만 먹으면 그날 바로 입주할 수 있다.

'지금은 아직 멀었지만………… 언젠가 입이 떡 벌어지는 에

어리어를 설치해줘야지………….'

마왕은 결의로 가득한 표정이 되어 담배를 물고 불을 붙였다.

부락 오두막 말고도 당연하다는 듯이 존재하는 에어리어—— 주택단지, 주택가, 고급 주택가, 타워 맨션, 하이 리조트 에어리어도 존재한다. 그걸 설치했다간 이 대륙이 어떻게 되어버릴지는 아무도 모른다.

'미안하지만 노동자들은 당장은 부락 오두막으로 참으라고 해야지………….'

마왕은 고뇌하는 얼굴로 그렇게 생각했지만, 그게 정말로 **참는 건지** 아닌지는 그들의 반응을 기다릴 수밖에 없다.

아직 열기가 식지 않은 왕도였지만 투기장 주위는 더욱 심각했다.

노상 음주자 정도는 그나마 나은 편이고, 취한 사람들이 여기저기에서 난투를 벌이면서 누가 이길지 판돈이 오갔다.

유리티아스에서 이뤄지는 각종 도박은 잭 상회가 관리하고 있었지만, 앞으로는 무법지대가 된다는 걸 보여주는 듯했다.

'저쪽 텐트 무리는 야전병원인가…………?'

십자 마크가 달린 텐트들로 다가가자 그곳에는 낯이 익은 남자가 있었다.

등장할 때마다 요란한 엔조이었다. 그는 엉덩이를 훤히 내밀고 침대에 엎드린 자세로 간호사에게 뭐라 아우성치고 있었다.

"거기, 더 섬세하게 약을 바르란 말이야! 엉덩이에 화상을 입었다고!"

“그, 그렇게 말씀하셔도………… ㅇㅇ………….”

“이 엔조이 님의 엉덩이를 만지다니 운 좋은 여자로군…….
너도 내심 흥분한 거 아니야? 헤헤, 네가 정 그렇다면 특별히
이 몸의 물건에도…….”

“하, 하지 마세요!”

신나게 성희롱하는 모습을 보며 마왕도 한숨을 쉬었다. 전투
에서도 져놓고 젊은 여성에게 치근덕거리는 꼴은 눈 뜨고 봐주
기 힘든 광경이었다.

“…………한심함, 흉함, 꼴사나움, 징그러움, 하찮음 모든 걸
겸비한 듯한 모습이군.”

“뭐라고! 너는 누구…… 앗!”

기가 막힌다는 얼굴인 마왕을 보고 엔조이는 민망한 듯 고개
를 홱 돌렸다. 하지만 그 정도로 눈감아줄 만큼 이 남자는 착하
지 않았다.

“큰 남자가 되겠다고 호언장담했었는데, 설마 조촐한 물건을
크게 만든단 소리였을 줄이야.”

“젠장, 항상 성가신 타이밍에 나타나다니…………!”

“큰소리를 치는 건 내 알 바 아니다만, 너는 거기에 걸맞은 노
력을 하고 있나?”

“시끄러워! 잘 들어. 나는 언젠가 대륙 전체에 명성을 드높이
는 남자가 될 거야!”

그런 변함 없는 태도에 마왕도 쓴웃음이 나왔다. 아무런 근거
도 노력도 없이 성공이 알아서 굴러들어올 리가 없으니까.

"너는 모험가인 것 같던데, 그쪽 길로 성공할 만한 무언가라
도 있나?"

"흥, 모험가 같은 건 일시적인 돈벌이지. 언젠가는 큰일을 해
서 거금을 벌 거야. 좋은 여자는 남김없이 이 몸의 것이 되겠지.
미캉도 그렇고."

기세만은 등등하지만 엉덩이를 까고 짖어대봤자 설득력은 전
혀 없었다. 바꿔 말하자면 지금은 아무것도 없다는 소리이기도
하다.

마왕도 기민하게 그 점을 지적했다.

"직업도 없고 돈도 없고 여자친구도 없나 보군. 무적 커맨드 3
중첩이라도 하는 건가?"

"시끄럽다고, 새끼야!"

엔조이도 그렇지만 엔조이를 도발하는 이 남자도 참 그랬다.
일종의 동정인 건지 마왕은 슬럼가의 주민이 이주한다는 걸 알
려주었지만, 엔조이는 코웃음을 칠 뿐이었다.

그로부터 며칠 뒤————.

렌이 슬럼의 주민들을 데리고 떠나는 날이 왔다.

짐마차에 탄 노인, 가재도구를 실은 짐차를 끄는 사람, 아이
의 손을 잡은 어머니들도 열을 지어 잇따라 대로를 걸어갔다.

그 얼굴과 옷은 아주 더러워서 참으로 볼품없는 집단이었다.

그런 집단을 호위한다기보다는 **호송**하는 듯한 모습으로 말을
탄 병사들도 나아갔다.

　왕도의 민중들은 삼삼오오 모여서 무슨 일이냐고 제멋대로 떠들어댔다.

"뭐야 저건………… 슬럼 녀석들인가?"

"드디어 녀석들도 쫓겨나는 건가."

"잭도 사라졌으니까. 슬럼을 싹 청소해버린 거겠지."

　왕도의 주민들 눈에 이 행렬은 슬럼가 강제 철거에 불과했다.

　동시에 노예로서 어딘가로 팔리는 모습으로 보였다. 슬럼가는 강한 멸시의 대상이니, 노골적으로 손가락질하며 비웃는 사람도 있었다.

　슬럼의 불결한 환경 때문에 전염병이 창궐할 가능성도 있었고 난투 소동도 많아서 주민들에게는 골칫거리를 치워버린 듯한 기분이었다.

　하지만 이 집단의 중앙에서 대신이 탄 마차를 보고 주민들의 목소리가 바뀌었다.

　대신의 얼굴은 어째서인지 뿌듯했으며 왕성을 힐끔힐끔 돌아보고는 득의양양한 표정을 짓고 있었기 때문이다. 주민들은 이해할 수 없었다.

"저 자식, 잭에게는 굽신거렸던 주제에…………."

"아마 슬럼 녀석들을 팔아치우는 책임자가 된 거겠지."

"팔자 한번 좋다."

"뭐, 이제 여기도 깨끗해지겠어. 개운하다."

　적나라한 멸시를 보내며 코웃음 치던 주민들이었지만, 집단 맨 뒤에 말을 탄 렌이 나타났을 때는 사방이 조용해졌다.

다들 그 투명한 미모에 시선을 빼앗겼다가 그녀가 든 인간무
골을 보고는 생물로서 근원적인 차이를 느꼈기 때문이다.

실제로 그녀는 사냥하는 쪽의 인간이고, 지배계층의 정점에
선 존재이기도 했다.

선혈이 연상되는 흉흉한 붉은 창을 들고 검은색의 긴 머리카락
을 나부끼는 렌의 모습은 도망칠 수 없는 마지막을 선사하러 온
사신과도 같았고, 들떠있던 주민들의 입을 강제로 다물게 했다.

Maousama Retry!
마왕님, 리트라이!

허허실실의 싸움

소란스러웠던 왕도에 잔잔한 시간이 흘렀다.

잭이 도망치고 슬럼의 주민들까지 모조리 사라졌기 때문이었다. 사람들의 얼굴에도 평온함이 돌아오자 참으로 목가적인 분위기가 되었다.

마왕도 오랜만에 느긋한 나날을 보냈다. 여느 때처럼 술을 마시고 때로는 왕도 여기저기를 관광하는 중이었다.

관광이라고는 해도 전부 쓸모없는 시간 낭비인 건 아니었다. 이건 이거대로 앞으로 지식으로서 도움이 될 것이다. 이 남자는 과거 루키에 갔을 때도 모험가 시스템을 이용하여 마을 운영에 다양한 형태로 이득을 불러온 적이 있었다.

"주………… 킹 님, 저곳이 이 나라의 수원이오."

"흠, 상당히 큰 강이군."

미츠히데가 오늘도 왕도 내의 여기저기를 안내해주고 있었다.

수인국에 잇는 높은 산에서 흘러오는 물이라고 한다. 쿠도를 지나 유리티아스를 관통하고 북쪽에 있는 밀크까지 흐르는 넓은 강이다.

여름에는 풍부한 수량을 자랑하지만, 겨울에는 급격하게 줄어든다고 했다.

"주………… 킹 님, 그 외에도 우물이 있소이다."

"아아아! 매번 그렇게 틀리지 마!"

렌이라는 소녀가 주인이라고 부르는 존재를 두고 미츠히데는 '주상', 혹은 그 피가 흐르는 고귀한 일족이라고 판단한 모양이었다. 이국의 말로 왕을 가리키는 킹이라는 명칭도 그걸 암시하는 게 아닌가 추측한 듯했다.

'못 참겠다! 이 착각만큼은 도저히 안 돼!'

이 남자로서도 넘어갈 수 없는 착각이었다.

몇 번이나 아니라고 설득하고 소리치다가 결국 '킹이 그나마 낫나………' 하고 타협한 결과가 이것이었다.

"자, 잘 들어…………. 계속 말하지만 나는 절대 주상 같은 존재가 아니다! 그런 황공한 소리 하지 마. 절대로! 연기가 아니야!"

"주…… 음, 전부 이해했소이다! 킹 님!"

"불안해 죽겠네!"

두 사람이 아우성치는 가운데 토시미츠는 강으로 다가가 물을 마셨다.

그러자 근처에 있던 병사가 소란을 피웠지만 '킹'의 모습을 보고는 침묵했다. 당연하게도 강물은 국가가 관리하고 있으니 자유롭게 쓸 수 없다.

다른 주민들은 감시병에게 돈을 내고 물통에 물을 가득 받아 가는 게 고작이다.

"저 물은 비싼가?"

"지금 계절이라면 통 하나에 동화 2닢~5닢 정도의 시세를 형성하오. 겨울에는 값이 올라가니 저렴한 시기에 많이 사두는 자도 있소.”

“하루에 물통 하나 정도로는 한참 부족할 텐데………….”

식수만이 아니라 빨래, 취사, 세척에도 물이 필요하다. 빈민들은 물통 하나로 며칠씩 버티기 위해 소중히 아껴 쓰고, 때로는 공유도 한다.

몸을 씻고 옷을 빨 수 있는 날이 드무니 그들이 더러워지는 것도 당연했다.

‘이 세계의 빈곤계층은 하루 1천 엔 정도로 생활하는 거군…….’

마왕은 대략적으로 그렇게 파악했지만 딱히 틀리지도 않았다.

빈민의 일감이라고 해봤자 쓰레기나 오물 운반·처리 정도가 주류고, 폐품 회수, 물 운송, 그 외엔 시궁창 청소, 나뭇가지 모으기, 구두닦기, 쇠붙이 수선 등이 있다.

때로는 알선업자에게서 무거운 짐을 운반하는 일이 넘어오는 일도 있지만, 대부분 짐이 더러워진다는 이유로 거절당한다. 미래 전망 같은 건 손톱만큼도 없는 생활이었다.

“내 마을에서는 일이 없는 모험가에게 대동화 5닢을 지불하고 있다만………….”

“상당히 적당한, 아니, 좋은 급료구려. 미궁에 들어가 마물을 사냥하는 건 목숨이 위험한 일. 한 번이라도 크게 다친다면 재기하는 건 힘들다오.”

목숨을 거는 것치고는 수입도 불안정하다. 한편으로는 목숨의 위험 없이 고정급을 받을 수 있는 일이라면 그쪽을 선택하는 건 당연하다고 미츠히데는 말했다.

라비 마을에 정착한 많은 사람들도 비슷한 생각인 듯했다.

"그 대신이라고 하기는 어렵지만…… 미궁에서 큰 놈을 잡고 값비싼 부위로 일확천금의 꿈을 좇는 자도 많소이다."

"안정적인 일용직과 일발 역전이라. 거기서 거기군…………."

마왕은 새삼 생각했다── 언젠가는 노동자의 적성을 가려서 전문가를 육성해야 한다고. 특히 탄광이나 공장 근무는 그런 일거리의 전형이 될 것이다.

새 에어리어로 출현한 폐공장은 거의 자동화되어서 라인을 돌리는 방식이긴 하지만 역시 사람의 손은 꼭 필요했다.

라인을 지켜보는 사람, 이상이 생기면 라인을 멈추는 사람, 특히 완성한 상품을 운송하려면 다수의 일손이 필요하다. 굳이 말하지 않아도 알 테지만 이 세계에는 포크 리프트도 없고 대형 트럭도 존재하지 않는다. 대량의 짐을 한 번에 나를 수단이 없다.

'폐공장에서 만들 수 있는 건…… 방화벽, 방탄유리, 알루미늄 수지, 티타늄 합금판. 그리고 액체 비료와 구형 가전제품 정도인가. 이런 라인업으로는 영………….'

마왕은 설정을 상세하게 떠올리며 생각에 잠겼다.

방탄벽이나 방탄유리는 거점에 합성하면 방어력을 올려주는 아이템이 되고, 알루미늄 수지는 거점의 내구력을 올려준다.

물론 회장에 있던 폐공장은 그냥 에어리어일 뿐 실제로 가동했던 건 아니다.

다만 이 세계라면 실제로 가동할 것이다. 최신 대형 가전이나 고도의 기기는 폐공장보다 더 상위시설이 필요하다.

“아직도 부족한 것 투성이군………….”

“잘 이해하지 못했소이다만, 소인이 주…… 킹 님과 렌 님에게 조력하겠소이다!”

“아니, 사양하겠다.”

“너무하오! 소인을 버릴 생각이시오? 어젯밤에는 함께 달고 하얗고 끈끈한──.”

“미친………… 너 무슨 소리 하는 거야!”

“으으읍…………!”

마왕은 다급히 미츠히데의 입을 틀어막았지만 때는 이미 늦었다. 강을 경비하던 병사들이 수군수군 귓속말하는 모습이 눈에 들어왔다.

단순히 만쥬와 떡을 먹었단 소리였을 뿐이지만 주변에서 들으면 음담패설로밖에 들리지 않는 내용이었다.

평화(?)롭게 아우성거리는 마왕과 미츠히데를 보며 한 남자가 비명을 질렀다.

“흐어어어어어억! 괴, 괴………….”

“히이이익! 아직 왕도에 남아있었잖아요, 아이즈 씨!”

“멍청한 놈! 그러니까 이름 부르지 말라고! 저쪽이 외우면 어떡해!”

“잠깐, 목 조르지 마세요, 아이즈 씨! 그만 하세요, 아이즈 씨!”

“이 새끼아아아아아!”

며칠 전에 마주쳤던 아이즈와 신입이었다. 상회의 인간은 잭과 함께 북쪽으로 도망쳤지만, 아이즈는 길동무가 되는 건 사양이라며 왕도에 남았고 신입도 아이즈를 따라 남았다.

전투의 상식으로 따지면 킹은 이미 잭을 쫓아가고 있어야 했으니 여유롭게 왕도를 산책하고 있을 줄은 상상도 하지 못했다.

패닉에 빠진 아이즈의 모습을 보고 마왕의 시선이 점점 날카로워졌다. 전에도 《은밀자세》를 간파당하면서 이 남자의 눈에서 트론 같은 특별한 힘을 느꼈기 때문이다.

"상당히 겁을 먹은 모양인데—— 너는 뭐가 **보이는** 거지?"

"아아아아아! 주, 죽, 죽이지 마…………!"

"대답해라."

마왕이 한 걸음 다가갈 때마다 아이즈가 뒷걸음질 쳤다. 솔직히 도망치고 싶지만 이미 다리에 힘이 들어가지 않는 모양이었다.

신입은 엉덩방아를 찧고 눈을 까뒤집은 상태였다.

"대, 대답할게! 그러니까 죽이지 마! 나는, 나는 그런 **원념**이 되고 싶지 않아!"

"오호————?"

아이즈의 외침에 마왕은 히죽 웃었다.

이 남자는 트론과는 다른 눈을 가진 모양이었다. 그게 타고난 것인지, 이 세계의 고유 스킬인지는 알 수 없다.

어쨌거나 그건 과거 회장에는 존재하지 않았던 능력이다.

"……재미있군. 너는 망자나 원념이 보이는 건가? 아니면 영혼의 색이라고 하려나. 혹시 색이 아니라 **수치**로 보이기라도 하나?"

아이즈를 캄시병 오두막의 벽까지 몰아세우자 마왕은 즉시 손을 뻗었다.

절대로 놓치지 않겠다는 모습이자 이 세상에서 가장 무서운 벽치기였다.

"아, 아니………… 마, 막연하게, 위험한 게 보이는 것뿐이야. 나는 아무것도 안 했어! 당신을 해칠 마음도 없어! 믿어줘!"

"위험한 것이라. 자세히 들려주실까──?"

아이즈는 쩔쩔매면서도 눈에 대해 설명했다. 본인은 어렴풋하게만 파악한 상태지만 그건 희귀한 레어 스킬──《위험 예지》, 《경계 신호》, 《사신(死神)의 낫》이라고 불리는 것.

제6감 같은 걸 넘어선, 완천한 사기 스킬이었다.

죽음이나 위험을 알아차리는 아이즈의 그 눈은 **불행하게도** 숙련도가 천장을 치기 직전까지 도달해서 그의 인생에 아무런 플러스 요소로 기여하지 않았다.

행동하기 전에 위험을 알아차리고 죽음을 감지한다.

이런 인간이 큰일에 도전할 수 있을 리 없다. 인생이란 때로는 모험도 하고, 커다란 벽에 용기 있게 달려들어야만 하는 국면이 있다. 아이즈의 인생은 항상 도전하기 전에 포기하고 결과가 보인다는 이유로 행동하지 않는 것을 반복해왔다.

아이즈의 레어 스킬은 그의 성장과 도전을 가로막고 용기를 꺾어버렸다.

"그래서 나는 계속 도망쳤어…………. 위험을 피해서, 현명하게, 처신하고…………."

뒤로 갈수록 내용도 푸념이나 다름없는 한탄으로 넘어갔다. 아이즈도 우울한 감정을 어딘가에 토하고 싶었던 모양이었다.

"위험과 죽음을 가시화한단 말이지. 너는 그걸 **변명**으로 삼고 행동하지 않으며 머뭇거렸던 건가."

"벼, 변명이라니…………. 당신처럼 대단한 사람은 내 기분 같은 건…………."

마왕의 적나라한 지적에 아이즈는 고개를 숙이고 주먹을 꽉 움켜쥐었다.

하지만 다음 말에는 눈이 튀어 나갈 뻔했다.

"기뻐하도록. 오늘 네 인생은 바뀐다. 아니, 바뀌었다."

"…………어?"

"내가 너를 고용하지. 무언가를 바꾸고 싶다면 나에게 몸을 맡기도록."

"무, 무슨 소릴…………."

굳어버린 아이즈를 무시한 채 마왕은 양 어깨를 붙잡고 퍽퍽 두드렸다.

당연히 라비 마을에서 부려먹을 생각이다.

"정말 좋은 남자와 만났군! 네 재능은 내 밑으로 들어와야 꽃을 피울 수 있지! 이건 이미 결정된 사항이다. 미리 말해두지만——**도망쳐도 소용없다**?"

"아, 아니, 잠깐만…………!"

"거기 기절한 남자도 장래성이 있다고 했었지. 그렇다면 함께 고용하마. 안심하도록, 내 직장은 지극히 화이트 기업이다. 그도 눈물을 흘리며 기뻐하겠지.”

마왕의 모습은 색상적으로 완전히 블랙이었지만, 상대의 의향 같은 건 전혀 신경 쓰지 않고 마음대로 밀어붙였다. 이런 사소한 부분에서도 이 남자의 독재자 기질이 드러났다.

때로는 상대의 사정 같은 건 태연하게 짓밟으며 가차 없이 자신의 뜻을 우선시키니까.

아이즈는 갑작스러운 폭풍에 휘말린 꼴이었다.

“콘도의 눈과 트론의 눈이 있으면 완벽하다고 생각했지만, 휴일도 필요하니까. 그 점에서 감시가 4명이 되면 경비체제는 더 단단해지겠지.”

마왕의 머리에 떠오른 것은 콘도를 정점으로 둔 ‘감시부대’였다.

콘도는 감시 카메라나 얼굴 인증 시스템 같은 방범기기를 다수 소지하고 있으며 이미 그걸 마을 여기저기에 설치해놓았는데, 그걸 한층 강화할 생각이었다.

“자, 잠깐만………… 나는 아직, 아무 말도 안했…………!”

“뭘 망설일 필요가 있는데? 애초에 네 급여는 얼마 정도 받았지?”

“어? 그, 그게, 나는…… 금화 1닢과 동화 5닢 정도…… 이 녀석은 은화 7닢…….”

마왕은 그 내역을 빠르게 계산했다.

아이즈는 월급 15만, 휴일을 빼면 하루 6천 엔이라고 볼 수 있었다. 신입은 월급 7만, 하루 3천 엔 미만이었다.

현대 경비원에도 해당하는 부분이지만, 아무래도 감시라는 건

심심한 일이다. 평소 아무 일도 없으면 서 있기만 하다가 하루가 끝나버린다.

옆에서 보면 일을 전혀 하지 않는 것이나 마찬가지이기 때문에 여기에 고액을 낸다는 건 이 대륙에서는 말도 안 되는 일이었다.

잭은 나름대로 감시의 중요성을 이해하고 있었지만, 그래도 그들에게 고액의 급여를 준다면 다른 사람들이 강렬한 불만을 품었을 것이다.

어느 세계든 인간은 눈에 보이는 움직임만 인정하는 부분이 있다.

"사전에 범죄자를 알아차리는 건 할리우드 영화 속 슈퍼 히어로라고 해도 불가능하겠지. 그런 영웅에게 참으로 박봉이로군. 내 직장에서는 좋은 대우를 약속하마."

마왕은 그렇게 말하더니 명함 뒤에 술술 메모를 적은 후 아이즈의 손에 대금화를 쥐여주었다.

그 무게와 눈을 찌를 듯한 광채에 아이즈의 시야가 어질어질 흔들렸다.

"이건 준비금이다. 내 비서가 슬럼의 주민을 데리고 성광국에 있는 라비 마을에 가는 중이지. 그녀와 합류해서 이 명함을 건네도록."

"어, 그………… 네…………?"

마왕이 떠난 뒤에도 아이즈는 그 자리에 멍하니 서 있었다. 대금화와 함께 받은 종잇조각에는 두 사람의 월급이 적혀있었는데, 각자 대금화 1닢과 금화 7닢이었다.

악질적인 농담으로밖에 보이지 않는 액수였다. 여태까지 받던 급여와 비교해도 10배는 더 많았다.

보통은 잠꼬대한다면서 비웃었겠지만 아이즈의 손에는 이미 묵직한 대금화가 들려 있었다.

꿈이 아니라 현실이었다.

'영, 웅………. 영웅이라고? 내가??'

여태껏 들어본 적이 없던 말에 아이즈의 머리가 굳어버렸다.

이 세상에 태어난 이상 다들 한 번은 목표로 삼는 길일지도 모른다. 그리고 자비 없는 현실의 벽에 부딪혀 자신의 왜소함을 깨닫는 길이기도 하다.

아이즈는 생각하는 걸 멈추고 눈부신 대금화로 시선을 떨어트렸다.

영웅 운운하기 전에, 우선은 눈앞에 있는 이 거금과 마주 봐야만 한다.

"이, 이봐, 신입………… 언제까지 기절해있을 거야! 일어나! 이걸 봐!"

"히이이익! 죽이지 마세요!"

"언제까지 벌벌 떨 거냐. 이걸 봐, 대금화라고!"

"히이이익! 눈부셔!"

"답답해 죽겠네, 대화 좀 하자!"

그 후 아이즈와 신입은 허둥지둥 렌을 쫓아가 함께 라비 마을로 향하게 되었다.

그들이 신천지에 도착하는 건 조금 더 나중 일이다.

그로부터 며칠 뒤——.

마왕은 모습을 감추고 왕도 각 곳을 돌아보며 느긋하게 관광을 이어갔다.

대로에 즐비한 상품을 감상하고 때로는 뒷골목을 들여다보았다. 잭 상회가 파멸한 덕에 약물 매매는 보이지 않게 되었지만 밤 장사는 상당했다.

화려한 드레스를 입은 여성들이 가게 앞에 서서 남자들의 손을 마구 잡아당긴다. 어느 펍이든 창관이든 만석인 걸 보면 사람들은 해방감에 취해있는 모양이었다.

'예전에 루나에게도 말했던 것 같지만………… 라비 마을에는 밤 시설이 없지.'

음식점은 풍부하지만 성인을 위한 가게가 없다.

이 남자는 캬바쿠라나 풍속점에 거부감은 없고, 도시에 꼭 필요한 기능이라고 생각했다.

스트레스 발산이나 성범죄 억제라는 의미로도 중요한 역할을 한다고.

'기왕이면 세계 최고의 환락가를 만들고 싶은데. 누군가 잘 아는 사람은 없으려나………….'

네온사인이 번쩍번쩍 빛나는 웅장한 구역을 떠올리며 마왕은 생각에 잠겼다.

그동안 렌과 미츠히데는 매일밤 《통신》을 이용해 무언가 대화하는 모양이었다.

현황 파악만이 아니라 앞으로에 대해서도 자세히 지시하는 듯했다. 그리고 렌이 떠난 뒤 얼마 지나지 않아 고르곤에서 온 사자, 아쟈리콩이 왕도에 도착했다.

허허실실의 싸움이 시작되었다──.

"킹 님, 고르곤 상회에서 사자가 찾아왔소이다."

"음."

그날도 아침부터 와인을 마시던 마왕은 그 소식에 술기운이 날아가는 걸 느꼈다. 요즘은 주변에서 일어나는 소동이며 사태가 어떻게 복잡해졌는지 렌과 미츠히데의 보고를 통해 파악하고 있었으며, 어떻게 대응해야 할지 고심하던 중이었다.

'하아, 결국 왔나………….'

마왕은 절절히 한탄했다. 어째서 이렇게 된 걸까.

처음에는 아주 작은 계기였다. 그게 구르고 굴러서 터무니없는 착각이 눈덩이처럼 불어났고, 국경 부근에서는 요란한 싸움이 벌어지고 있다고 한다.

'언젠가 부딪칠 세력이었다고 하지만, 그럼 날 끌어들이지 말고 알아서 하라고………….'

불을 지른 범인이면서 마왕은 그런 이기적인 생각을 했다.

하지만 이렇게까지 성대하게 퍼진 화재를 보고도 제대로 된 소화 작업조차 하지 않고 돌아가는 건, 이 인간 말종이라고 해도 양심이 따끔거린 모양이었다.

마왕은 잔을 내려놓고 마지못해 의자에서 일어났다.

‘애초에 뭐가 천옥이냐고! 촌스러운 중이병 이름이나 쓰고 말이야. 고릿적 폭주족도 아니면서 무슨 생각인 건지…………’

자기가 가장 흉악한 폭주족을 만들어놓고 입은 잘도 나불거렸다.

하지만 이 남자 입장에선 본 적도 들어본 적도 없는 이상한 중이병 군단의 일원이 되어버렸으니 웃음이 나올 수 없었다.

‘뭐, 됐어. 적당히 얼버무리면서 그림을 그리자. 애초에 나는 천옥이라는 녀석들도 킹이란 녀석도 모르니까.’

정말로 모른다는 점이 가장 악질이다.

하지만 지금은 이 남자가 누구보다도 킹이고, 아예 본인보다 더 킹이 되어버렸다는 영문을 알 수 없는 지점에 와 있었다.

“귀찮지만 가야겠군——.”

“함께 하겠소이다.”

“…………음.”

미츠히데가 생글생글 웃으면서 옆에 서자 마왕은 쓴웃음을 지었다.

그녀의 기분을 반영하는 건지 포니테일이 귀엽게 살랑거렸다.

렌에게서 지시를 받고 있는 건지, 그 후로 미츠히데는 항상 마왕 옆에 붙어서 마치 대대로 섬겨온 가신이라도 되는 것처럼 정력적으로 정보를 수집해주었다.

차갑게 밀어내면 울면서 매달리기 때문에 지금은 마왕도 마음대로 하도록 내버려 두게 되었다.

“그래서, 사자는 어떤 녀석이지?”

"훌륭한 무인이었소. 그자라면 히노모토의 무사에도 뒤지지 않을 것이오."

"오호……?"

그 말에 마왕도 흥미로워했다.

미츠히데는 귀찮은 구석도 있지만 본인의 능력은 지극히 우수했다. 역사상에서는 지략과 무용을 겸비한 명장으로 불렸고, 예법, 다도, 시가에도 통달했다고 한다.

실제로 마왕이 봐도 평소에는 참으로 예의 바르며 동작 하나하나가 아름다웠다. 겉모습은 미소녀지만 투기장에서는 늠름한 모습도 보여준 적이 있으며, 어린아이 같은 면모도 있다. 보는 방향에 따라 모습이 바뀌는 신비한 여성이었다.

"킹 님. 이번 일이 마무리되면 또 떡을 함께 굽고 싶소이다!"

"너에게 떡을 먹이면 무슨 소릴 할지 모르는데…………."

"아니……! 그것을 하얗고 끈적하다고 표현하는 게 무엇이 이상하단 말이오! 그건 듣는 사람의 문제이지, 소인의 표현은 잘못되지 않았──으읍!"

"미, 미츠히데! 나중에 줄 테니까 길 한복판에서는 그만 닥칩시다. 알았지?"

내버려 두면 무슨 소릴 할지 알 수 없어서 마왕은 황급히 미츠히데의 입을 틀어막았다.

지난번 사태의 리플레이는 사양이었다.

"키, 킹 님은 조금, 강압적이오…………! 그런 굵은 팔로 항상 소인의 몸과 입을 눌러서 자유를 빼앗──으으읍!"

"너 일부러냐?! 일부러 그러는 거냐?! 이 포니테일 사무라이가!"

미츠히데의 입을 막은 채 마왕은 포니테일을 꾹꾹 잡아당겼다. 옆에서 보면 커플끼리 노는 것처럼 보이기도 했고, 어째서인지 미츠히데의 얼굴도 기뻐 보였다.

이 땅에 흘러든 뒤로 다른 사람과 그리 친밀하게 스킨십을 한 적이 없었던 모양이다. 미츠히데에게 지금은 매일 즐겁고 밝은 나날인 게 틀림없다.

하지만 두 사람의 모습을 본 왕도의 주민은 설탕이라도 토하는 것 같은 얼굴이 되었다.

"저게 그 킹 님인가…………. 쳇, 좋은 여자를 데리고 있잖아…………."

"성의 기쁨을 알다니…………."

"크으윽…… 저 이상한 복장의 여자, 킹 님은 넘겨주지 않을 거야…………!"

길을 오가는 사람에게 다양한 반응을 받으며 두 사람은 간신히 사자가 기다리는 고급 여관에 도착했다. 미츠히데는 잘 아는 장소라는 얼굴로 앞서 걸어가더니 이윽고 방 앞에 섰다.

"──사자님, 준비하시오! 소인의 주군께서 걸음하셨소!"

'누가 주군이냐고!'

마왕은 반사적으로 태클을 걸고 싶었지만 사자 앞이라서 자중했다.

방 안으로 시선을 주자 그곳에는 거대하고 거무튀튀한 산이

떡하니 앉아있었다.

"──당신이 소문으로 듣던 킹인가."

'무서워! 이건 사자가 아니라 프로레슬러잖아!'

그곳에 앉아있던 건 요란한 프로레슬링 복장을 한, 한눈에 봐도 무시무시한 여자였다. 다리에는 딱딱해 보이는 검은색 부츠를 신고 있었고 머리카락은 펀치 파마로 볶아났다. 심지어 얼굴에는 별을 모티브로 한 페인트까지 칠해놓았다.

누가 봐도 흉악한 프로레슬러라고 판단할 것이다.

"그래, 그 당수님을 상대하려고 들만한 남자로군. 오랜만에 무서운 낯짝을 보았어."

'무슨 소리야! 무서운 낯짝은 그쪽이잖아!'

"에이, 그런 얼굴로 노려보지 마. 나는 이래 봬도 겁이 많거든. 오줌 지리겠네."

'그건 대가 할 말이거든! 링으로 돌아가!'

마왕은 절대 눈이 마주치지 않도록 조심하며 의자에 앉은 뒤 담배에 불을 붙였다.

우리 안에서 맹수와 대치하고 있는 듯한 심정이었지만, 겁먹은 태도를 보여줄 수도 없다. 마왕은 천천히 담배 연기를 뱉으며 묵직한 분위기를 조성했다.

"인사가 늦어졌군, 나는 아쟈리콩이라고 해. 잘 부탁한다."

'왕년의 흉악한 레슬러잖아!'

그 이름에 맹렬하게 태클을 걸고 싶어진 마왕이었으나, 마음을 달래려는 건지 폐 속 깊이 연기를 삼킨 후 탁자 위 재떨이에

재를 탁 털었다.

"킹, 당수님께서 당신에게 전해달라고 하신 말씀이다—— 그쪽의 의기와 실력을 높이 평가한다고 하시더군."

"호오————?"

마왕은 하얀 연기를 뻐끔거리며 천장으로 날카로운 시선을 던졌다. 그 중후한 모습은 생각에 잠긴 것처럼 보이기도 했고, 간계를 굴리는 것처럼 보이기도 했다.

아쟈리콩이 본 킹은 영 대하기 까다로워 보이는 남자였다.

단순한 무력만이 아니라 그녀의 주인인 고르곤을 닮은 '깊은 지혜'가 느껴지는 존재로 비쳤다.

"대답을 들려주겠어? 킹."

"대답이라—— 그렇다면 반대로 물어보지. 그쪽 당수는 나에게 무엇을 원하지?"

"무슨, 소리…………."

마왕의 입에서 그런 무책임한 발언이 튀어나왔다. 생각하는 게 귀찮아졌기 때문이지만, 그 말을 들은 아쟈리콩은 말문이 막혔다.

그녀는 총명한 당수의 말을 전달하러 왔을 뿐이고, 무엇보다 고르곤이 그 남자라면 그걸로 충분히 전해질 거라 말했기 때문이었다.

설명할 필요도 없겠지만 그녀는 무관이지 문관은 절대 아니다.

본래 사자에는 적합하지 않으나 고르곤이 굳이 그녀를 보낸 건 어디까지나 무력을 어필하는 킹에게 한 방 먹이는 의미도 담겨있었을 것이다.

실력에 자신이 있는 건 그쪽만이 아니라고——.

더불어 킹 같은 무투파 인간에게는 문관을 파견해봤자 성격이 맞지 않을 거라는 고려도 있었다. 전장의 최전선에서 칼을 맞대는 자와, 후방의 막사에서 책략을 짜는 자.

이 둘은 동서고금 대화가 안 맞는다. 입장에 따라 시야도 달라지고 사고방식도 달라지니 당연했다.

"아니, 나는………… 당수님의, 전언을…………."

그런 대답은 예측하지 못했던 건지 아쟈리콩은 말끝을 흐렸다.

그녀는 적을 박멸하고 죽이는 건 특기지만, 이런 외교 자리에서 말솜씨를 뽐내며 상대를 농락하는 싸움은 해본 적이 없다.

이번만큼은 고르곤의 경험에서 나온 배려가 완전히 반대로 작용한 셈이었다.

하지만 눈앞에 있는 남자가 진짜 킹이라면.

아니면 천옥의 일원이었다면. 고르곤이 무슨 말을 하려는 건지 알아차리고는 쌍수를 들고 기뻐했을 것이다.

그 고르곤 상회의 당수가 '실력을 높이 샀다'고 말해주었으니까.

어떤 용병단이든 신이 나서 춤을 출 법한 상황이었다.

하지만 킹의 표정은 전혀 변함이 없었다. 오히려—— 반대로 품평하는 듯한 시선으로 아쟈리콩에게 신랄한 말을 던졌다.

"너는 고르곤이 보낸 사자잖나. 설마 어린애 심부름 보내는 것도 아니고,"

그런 킹의 말에 아쟈리콩은 이를 악물었다.

자신의 대응에 따라 그 총명한 당수님이 망신을 당하게 된다.

그녀는 모든 힘을 쥐어짜서 평소에는 사용하지 않는 뇌를 굴려 무관다운 심플한 대답을 끌어냈다.

"다, 당수님께서 원하시는 건………… 잭의 목, 이겠지."

"……'목이겠지'? 이런, 참으로 허술하군. 너는 의문을 느끼면서 사자로서 역할을 다할 수 있다고 생각하나?"

"아, 아니, 틀림없다! 당수님께서는 잭의 목을………… 원하고 계신다."

이마에서 흐르는 땀을 닦으며 아쟈리콩은 헐떡이듯 말했다.

만약 '너로는 대화가 안 통하는군. 다른 사람을 보내라'라는 말이 돌아왔다간 그 총명한 당수님에게서 얼마나 큰 질책을 받을까.

그걸 상상하기만 해도 아쟈리콩의 거구가 부르르 떨렸다. 한편 마왕의 머리에도 물음표가 떴다.

'그 녀석은 이미 쓰러트렸잖아………….'

뇌리에 떠오르는, 투기장에서 대자로 쓰러진 남자.

굳이 찾아가서 다시 싸워야만 하는 상대는 아니다. 하지만 이 기묘한 소동에서 해방되려면 잭의 신병을 확보할 수밖에 없는 모양이었다.

"잭의 목이라. 그렇다면 성화를 21닢 준비하도록──."

웬일로 마왕이 그럴싸한 대답을 돌려주었다.

이 나라에 온 뒤로 계속 트럼프 카드와 관련된 단어를 듣다 보니 블랙잭의 최고 점수를 꺼내 보았다. 상대의 이름이 잭이기도 하니 절묘한 농담이 되겠다며 던진 말이었으나, 아쟈리콩은 조금도 웃지 않고 새파랗게 질렸다.

'어라, 썰렁했나…………?'

새로 해방된 에어리어 설치에 성화가 필요하니 잘하면 성화도 얻을 수 있는 걸 노린 쓰레기 발언이었는데, 생각지 못한 무거운 침묵이 찾아왔다.

마왕은 얼버무리듯 담배를 끄고 바로 한 개비를 새로 꺼내 입에 물었다. 그러자 미츠히데가 자신만만하게 품에서 라이터를 꺼내 공손히 불을 붙였다.

'이 녀석, 렌에게서 뭔가 들었구나? 나는 캬바쿠라에 다니는 아저씨가 아니라고!'

마왕은 그런 생각을 했지만 미츠히데는 천연덕스러운 얼굴로 포니테일을 살랑거렸다.

그 모습이 아주 귀여웠지만, 아쟈리콩은 그런 거에 신경 쓸 여유가 없었다. 머리에서 연기라도 날 것 같은 기세로 맹렬하게 머리를 굴렸다.

"서, 성화…………? 2, 21닢…………?"

성화란 시기나 타이밍에 따라 가치가 크게 변동하기 때문에 쉽게 계산할 수 없다. 화폐라기보다는 주식에 가깝다고 할 수 있다.

현재는 최저가라고 해도 대금화 1백 닢, 대략 2억의 가치가 붙어 있다.

하지만 그 가격도 유동적이다.

이 대륙의 역사를 돌아보면 한때는 1닢의 가격이 대금화 3백 닢, 때로는 6백 닢까지 간 적도 있을 만큼 그 가격은 심하게 변동한다.

계산은 그리 특기가 아닌 아쟈리콩에게 성화 요구는 극심한 난제였다.

생각이 막힌 건지 아쟈리콩은 기운이 다 쇠한 듯한 표정으로 말했다.

"………알았다, 킹. 당신의 말을 그대로 당수님께 전달하지."

"어?"

"…………응?"

순간 서로의 입에서 얼빠진 반응이 튀어나와 민망한 분위기가 흘렀다. 마왕은 다급히 수습하듯 기침한 후 무게감 있게 대답했다.

"으, 음. 그리고 그쪽에 이걸 전달해다오."

마왕이 꺼낸 것, 그것은 《비밀기지》에서 가져온 **목탄**과 **석탄**이었다.

이 남자는 잭의 목 같은 것에 이제 와서 아무런 관심도 없다. 그보다 앞으로 채굴할 연료를 어디에 팔아먹을지 고뇌하고 있었다.

라비 마을에서 사용할 물량을 확보하면 나머지는 팔아서 돈을 벌겠다는 허술한 계획이었다.

참고로 과거 회장에서 석탄은 주로 무기 수리나 가공에 쓰였는데, 한편으로는 **석탄폭탄**으로 사용되는 일도 많았다.

생산이나 보수를 담당하는 후방지원 플레이어를 고뇌하게 만든 아이템이기도 했다.

"그것도 함께 당수님께 말씀드리지…………."

그 말을 끝으로 아쟈리콩은 서둘러 자리에서 일어나 여관을 떠났다. 이런 귀찮은 남자와 계속 말을 섞었다간 무언가 실수를 저지를지도 모른다고 생각한 모양이었다.

사자가 바삐 떠나간 뒤, 마왕은 안도의 한숨을 흘렸다. 상대가 언제 일어나 자신에게 프로레슬링 기술을 걸 지 조마조마했기 때문이다.

"킹 님! 훌륭한 교섭이었소! 상대는 완전히 당황했소이다!"

"아무래도 그런 것 같군…………."

마왕은 근엄한 분위기로 담배 연기를 뱉었지만, 지금 대응이 정말 잘한 건지 내심 자문자답했다.

미츠히데는 훌륭한 외교 수완이라고 받아들인 건지 표정이 아주 밝았다.

"킹 님, 오늘은 축배를 듭시다―――!"

"축배? 축배라………. 그래, 경사스러운 날이라면 마셔야지."

미츠히데의 말에 넘어가듯 마왕도 흡족하게 웃으며 바로 의자에서 일어났다. 대낮부터 술을 마실 대의명분을 손에 넣은 셈이었다.

"자자, 킹 님. 여관으로 돌아가 떡을 구웁시다!"

"잠깐 기다려라. 같은 것만 계속 먹으면 멋이 없지. 오늘은 건

강을 기원하며 《나나쿠사가유》를 먹자.”

“주…… 죽이란 말이오?!”

감격에 겨운 건지 미츠히데는 펄쩍 뛰어오르며 마왕의 팔에 매달렸다.

과거 회장에서는 체력과 기력을 동시에 50 회복시켜주는 희소 아이템이었다.

이 세계에서는 희소하다는 수준이 아니다. 빈사의 환자라고 해도 입에 넣으면 그 자리에서 춤을 출 수 있다.

“소인이 이 땅에 온 것은 킹 님과 렌 님을 모시기 위해서였구려!”

“아니, 뭐, 렌과 잘 지내주면 그걸로 충분한데………….”

“킹 님! 그 말씀, 소인에게 무언가 불만이 있다는 뜻이오?!”

불편해하거나 껄끄러워하는 태도에 트라우마라도 있는 건지 미츠히데가 격렬하게 추궁했다.

반면 마왕은 귀찮다는 듯, 아니, 그 말을 그대로 입에 담았다.

“아아아, 역시 귀찮아………….”

“싫어어어어! 귀찮다고 하지 마아아아아아! 좋아한다고 말해애애애애!”

“너 좀, 몸에 달라붙지 마! 뱀이냐!”

커플의 연애 행각으로밖에 보이지 않는 두 사람의 모습에 여관 주인이 혀를 찼다.

맨정신으로는 차마 봐주기 힘든 광경이었다.

그로부터 며칠 뒤——.

유리티아스와 도시국가의 국경 부근에서는 최전선에 진을 친 고르곤의 모습이 있었다.

평소에는 저택 안쪽에 틀어박혀 각종 모략을 구사하는 고르곤 치고는 대단히 드문 일이라고 할 수 있다. 그만큼 잭 상회 구축에 진심인 모양이었다.

더불어 후방에서 신나게 날뛰고 있는 게릴라 부대를 좀처럼 잡지 못하고 있다는 점도 컸다.

'본대를 부수면 가지도 자연스레 시들어버릴 테죠………….'

고르곤은 그렇게 생각하고 우선 국경에 자리 잡은 본대를 쓰러트리기로 했다.

도시국가는 크고 작은 도시가 모인 변칙적인 국가이기에 소수의 게릴라가 항상 움직이며 여기저기 도망쳐 다니면 아주 골치 아프다.

현대에서도 도도부현을 건너면 수사권이 엮여서 범죄자를 추적하는 게 어려워지는데, 그것과 비슷한 감각이라고 할 수 있다.

"당수님, 보고드립니다."

사자로 보낸 아쟈리콩이 귀환하자 고르곤은 그 보고에 귀를 기울였다. 그리고 성화 이야기에 희미하게 웃었다.

"후후, 블랙잭입니까. 상대방의 이름을 인용하다니 제법……아니, 자기 일인데도 대단한 배짱이군요."

아쟈리콩과는 다르게 고르곤에게는 의미가 통한 모양이었다.

그대로 받아들인다면 성화 21닢을 요구하는 말이자, 현대의 가격으로 환산하면 대략 40억을 넘는 금액이다. 하물며 가격이 심하게 변동하는 성화라는 걸 감안하면 21닢 한 세트의 가치는 1백억을 넘을지도 모른다.

"당수님, 그런 말도 안 되는 금액은 내지 않아도……… 제가!"

"하지 마세요, 아쟈리. 잭은 아주 위험한 남자입니다."

고르곤은 단칼에 그 말을 거절했다.

물불을 가리지 않는 그녀가 구덩이에 빠진 개에게 물리는 건 손해라고 판단한 모양이었다.

잭은 상처 입은 짐승 같은 상태이니, 그걸 처리하는 데는 같은 짐승인 천옥을 쓰는 게 적절하다고 생각했다.

하지만 성화 21닢이라는 말도 안 되는 요구에 무언가 생각하는 바가 있었던 걸까.

고르곤 옆에 있던 캐서린도 조심조심 입을 열었다.

"하지만 당수님. 왜 성화인 걸까요? 이 어리석은 노파는 통 모르겠습니다."

"캐서린, 자신을 비하하지 마세요……. 그 나이까지 여전히 아름답다는 걸 성대히 자랑스러워해야죠."

"다, 당수님…………."

두 사람 사이에 독특한 분위기가 흐르고 주변 사람들은 말문이 막혔다.

하지만 이걸 지적하는 사람은 아무도 없었다.

좋게도 나쁘게도 고르곤이나 잭은 강력한 톱다운 방식으로 상회를 경영하고 있으며, 건의하는 게 어려운 타입이었다.

그런데다 고르곤은 머리가 아주 뛰어난 남자라서 다른 사람의 의견을 필요로 하지 않는다.

자신이 더 우수하다 보니 그가 원하는 건 제 수족이 되어 기꺼이 불구덩이에 뛰어드는, 용맹한 아쟈리콩 같은 존재였다.

수족이 멋대로 생각하고 움직였다간 전략이 성립되지 않는다는 스탠스였다.

하지만 캐서린에게는 더없이 무른 고르곤은 그녀의 질문에 다정히 대답했다.

"성화는 그리 특별한 게 아닙니다. 그들은 성광국과 무언가 밀약을 맺고 있는 듯하니 그쪽과 관련이 있는 거겠죠."

"어머나…………!"

이미 슬럼의 인간이 뭉쳐서 성광국으로 이동하기 시작했다는 보고를 받았다.

고르곤의 눈에 그 나라가 성화를 모으는 건 국가 방침에 가까운 감각이므로 딱히 신기한 일이 아니었다. 역사를 돌아봐도 때로는 국가를 동원해 미친 듯이 성화를 사들이는 바람에 그 가치가 천문학적 수치에 도달한 적도 있었다.

고르곤은 담담한 표정으로 성광국의 광기 어린 태도를 이야기해주었다.

"광신자는 시대를 초월해 몇 번이고 나타납니다. 약 500년 전에도 전 세계에 퍼져있던 성화를 모으면 지천사를 만날 수 있다거나, 사후 세계에서는 성화만 사용할 수 있다는 등 황당한 이야기를 진지하게 받아들이고 수집한 자가 있었다더군요."

"그럼 킹은 성화를 모아 그 나라에 팔려는 겁니까…………?"

"판다는 건 어폐가 있군요. 거래 재료 중 하나겠죠."

고르곤의 말에 주변 사람들은 군침을 삼키며 귀를 기울였다.

아무도 킹의 꿍꿍이를 읽지 못하고 휘둘리기만 했었다. 하물며 고르곤은 평소 부하에게 이렇게 설명해주는 일이 없다.

캐서린이기 때문에 친절하게 대답하는 것이다. 그런 의미에서도 그녀의 존재는 고르곤 상회 사람들에게 구원의 빛이었다.

"그 나라는 노예 보유를 공식적으로 금지하고 있지만, 현실은 다릅니다. 노예는 확실히 존재하고, 지금도 2천 명의 인간이── 팔려 가는 중이죠."

고르곤의 발언에 전원이 군침을 삼켰다.

사정을 모르는 사람이 보면 그 대이동은 인신매매의 현장이었다.

전쟁의 결과로 수많은 포로가 발생하는 일은 흔하지만, 도시에서 대량의 인간을 데려가는 건 전대미문이었다.

"거래 상대에게 금제를 깨트리게 만들기 위해서도 성화가 필요한 거겠죠. 명목은 생계가 곤란한 슬럼의 주민을 **구제**한다고 내세울 겁니다. 더불어 성화를 1닢이라도 많이 고국에 모으기 위해서라고 보면 될까요."

"키, 킹은, 정말 무시운 남자로군요…………."

"오히려 성화를 방패로 당당히 금제를 깨는 사람이야말로 무시무시한 건지도 모릅니다."

캐서린이 본 킹은 완전히 인신매매범이었지만, 고르곤은 금제를 깨는 상대에게도 흥미가 솟았다.

그럴싸한 소문이 퍼져있는 마왕을 자칭하는 남자, 혹은 서쪽 광산 지대의 패자인 도나 도나, 남쪽 광산 지대를 지배하는 버터플라이 자매.

도시국가에서 본 성광국은 신분사회의 극한이며, 빈부 격차가 지나치게 벌어져 있다. 구매력 같은 건 지극히 일부에게만 존재하는 나라였다.

업종상 그리 중요시할 필요가 없는 지역이기 때문에 정보량도 한정적이었다.

하지만 미약한 정보에서 모든 것을 간파하는 고르곤의 모습에 부하들은 감탄을 흘렸다.

이 총명한 당수님을 따라가면 아무 문제도 없다. 이해할 수 없었던 킹의 행동도 이렇게 훤히 밝혀냈으니까.

'성화를 이쪽에서 빼내고 노예는 유리티아스에서 확보. 정말 밑천이 필요 없는 좋은 장사로군요, 킹………….'

고르곤은 무심코 큭큭 웃었다.

덤으로 자신들의 존재를 이쪽에 훌륭히 홍보하는 것도 성공했다.

물론 고르곤은 잭을 처리한 뒤에 보수인 성화의 갯수를 교섭할 생각이었으나, 그리 어려운 이야기라고 보진 않았다.

돌이켜보면 킹의 행동은 시종 일관적이었다. 적은 걸음으로 목적지에 도착하는 최단 루트를 걸어가고 있다.

이렇게 효율을 추구하는 상대라면 교섭은 아주 빨라진다.

"잭의 목을 선물로 이쪽에서는 성화를. 유리티아스에서는 노예를. 마지막엔 성화와 함께 대량의 노예를 성광국에. 그로 인해 얻는 이득은 어느 정도일지……… 참으로 훌륭한 그림입니다, 킹—— 아니, 그 뒤에 있는 흑막."

고르곤이 본 킹의 거친 행동은 마치 변칙적인 삼각무역 같았기에 이 냉철한 남자도 무의식중에 웃음이 나올 정도였다. 기분이 좋아 보이는 고르곤을 보고 아쟈리콩은 두 개의 나무 상자를 살며시 내밀었다.

중요한 이야기가 시작되었기 때문에 중간에 끼어들지 않고 있었던 것이다.

"음? 이건 목탄입니까. 상당히 **야만적**이네요. 하지만, 음……이건 섬세하게 만들어졌군요."

반복하지만, 이 대륙에서 목탄은 어엿한 금제품이다.

이걸 팔았다간 즉각 잡혀갈 것이다.

"마석이 있으면서 왜 이것을…………."

마석을 오래 사용하려면 마법을 담을 필요가 있고, 거기에는 비용이 발생한다. 사용할 때마다, 충전할 때마다 마석은 소모되며 마지막엔 평범한 돌멩이가 된다.

'목탄이라……. 비용과 각국의 반발을 고려하면 상품으로 다루기에는 위험이 너무 크죠.'

간단히 목탄이라 부르지만 이걸 만들려면 상당한 공정이 필요하다.

먼저 크기를 맞춰 자른 목재를 가마에 넣고 수분을 뺀 뒤 일정

온도에서 찌면서 가열하는데, 그동안 숙련된 장인들이 불이나 연기의 상황을 계속 지켜봐야만 한다.

자칫 일주일은 걸리는 작업이다.

하루 만에 간단히 만들 수 있는 건 화력도 약하고 보존기간도 짧다.

그 막대한 수고와 비용, 한정적인 목재 소비량 등을 생각하면 긴 역사 속에서 불의 마석을 쓰게 된 것도 필연적인 흐름이었다.

'최근에 대패한 나라라도 있었던가…………?'

고르곤은 북방국가군의 나라들을 떠올렸다.

전쟁 결과에 따라 목재를 배상금으로 지불한 건지도 모른다고 생각했기 때문이었다. 설령 그렇다고 해도 그걸 목탄으로 만들 이유는 없지만.

고르곤이 다른 한 상자를 열었을 때, 그 수려한 얼굴이 경악으로 일그러졌다.

"마, 말도 안 돼………! 어째서 잃어버린 검은 돌이…………!"

그것은 수천 년 전에 잃어버린 자원, 석탄이었다.

고대에 천사와 악마의 신화 전쟁이 격화하여 급속도로 소비된 석탄은 모조리 채굴되고 말았고, 지금은 문헌에 이름이 남아있을 뿐인 고대의 오파츠였다.

상회의 보물창고에는 미량의 샘플이 남아있었기에 고르곤은 바로 그것이 검은 돌이라는 걸 이해할 수 있었다.

"…………아쟈리콩! 킹은 이걸 줄 때 뭐라고 말했죠?!"

고르곤의 외침에 아쟈리콩의 커다란 몸이 떨렸다. 마수조차 두려워하지 않는 그녀라고 해도 이 총명한 당수님은 무서운 존재였다.

배신자는 가차 없이 숙청하며 적이 된 자는 백 가지 책략으로 파멸시킨다.

당연히 무능하다는 낙인이 찍힌 자의 말로도 비참해진다.

"어, 그, 그게, 그것을, 아무튼, 당수님께 보여드리라고……."

"잘했습니다! 정말로……… 이걸 이렇게 **무사히** 가져오다니!"

"어, 넵!"

고르곤은 의자에서 벌떡 일어나더니 은화가 가득 담긴 주머니를 휙 던졌다.

그는 무서운 남자였지만 공적을 거둔 사람에게는 두둑한 보수를 준다. 공포만이 아니라 이득으로 부하를 제어하는 기술을 터득한 것이다.

그 후 고르곤은 주변을 완전히 잊어버린 것처럼 바쁘게 걸어 다녔다.

총명한 당수님의 흥분한 모습을 본 적이 없는 사람들은 숨을 쉬는 것도 저어된다는 듯 침묵을 지켰다. 고르곤의 생각을 방해했다간 그 자리에서 죽을 것이다.

'킹………… 이걸, 이것을 어디에서! 설마 성광국에서 새롭게 광맥이 발견된 건가?!'

검은 돌── 아니, 석탄의 용도는 많다.

그 화력이 대단하여 고대에는 바다에 인접한 나라에선 소금을 만들 때도 사용했었지만 석탄이 고갈되는 바람에 사용할 수 없게 되었다.

무기 제작에도 강한 화력은 아주 매력적이다. 드워프는 불을 교묘히 조종할 수 있기 때문에 인간의 제조 기술을 아득히 넘어서는 수준에 도달했다.

이걸 드워프에게 판다면 막대한 이익을 만들 것이다.

'아니, 아니야…………. 검은 돌이 있다면 우리 인간도 하이엔드급을 제작할 수 있게 될지도 몰라. 아니, 반드시 가능해!'

말할 것도 없이 고르곤은 인간이다. 다른 종족이 인간보다 뛰어난 주조기술을 보유하고 얕잡아보는 현재 상황이 못마땅했다.

잃어버린 검은 돌이 발굴되었다면 그건 무한한 가능성을 만들 것이다.

참고로 석탄을 연소한 뒤에 남는 석탄재는 석고와 혼합하면 강도나 수밀성을 크게 만들어주고 그건 시멘트의 원재료가 된다.

이 대륙에서는 정말로 버릴 게 없는 자원이었다.

"돌랍군요. 이런 비장의 패를 꺼낼 줄이야…………!"

고르곤은 이건 북방국가군에서 발견된 게 아니라고 바로 결론을 내렸다.

검은 돌이 발견된 날에는 틀림없이 큰 소란이 일어났을 것이다. 그 점에서 국내에 수많은 광산을 보유하여 마석 배출량도 많은 성광국이라면.

새로 광맥이 발견되었을 가능성도 0은 아니다.

"아니, 잠깐————!"

그때 고르곤의 머리에 벼락이 떨어졌다.

무언가 복잡하게 엉켜있던 실의 끄트머리가 보인 느낌이 들었다.

"그 2천 명이나 되는 노예는 검은 돌을 채굴하기 위해 필요했던 것 아닌가………? 광부로서! 그런 거라면 전부 하나로 이어져! 여차할 때 입막음을 하는 것도 타국의 노예라면 주저 없이 가능하지!"

고르곤의 외침에 주변에서는 그저 숨을 삼키기만 했다.

이 총명한 당수님마저 놀랄 만큼 어마어마한 음모가 뒤에서 움직이고 있었다.

실제로 마왕도 마을 확장 작업만이 아니라 탄광터에 투입할 광부로도 고려하고 있었으니 고르곤의 추측은 틀리지 않았다.

모든 배후를 다 알고 있는 신의 눈이라도 지니지 않는 한 일련의 움직임을 전부 파악하는 건 도저히 불가능하다. 그러나 고르곤은 그 일부를 훌륭히 잡아챘다.

그의 무시무시한 지혜라고 할 수 있지만, 설마 그 모든 일이 전부 되는 대로 행동한 결과라는 건 그야말로 신이 의자에서 자빠질 만한 진상일 것이다.

감격에 겨웠던 건지 고르곤은 기어이 홍소를 터트렸다.

"아하하! 전부 검은 돌로 이어지는 것이었군요………. 그래요, 우리에게 그렇게 맹렬하게 어필했던 것도 이해가 갑니다!"

검은 돌을 판매하기 위해 이쪽과 인맥을 만들려고 열심히 움직였던 거다.

그리고 고르곤의 뇌내에서 도나 도나와 버터플라이 자매가 사라졌다.

이 두 세력이라면 자기들의 권익을 위해 검은 돌과 도시국가를 엮는 짓은 절대 하지 않을 것이다.

'그렇다면 남은 선택지는 하나………….'

동부의 황량한 대지에서 활약하는, 마왕을 자칭하는 남자.

고르곤은 그 남자를 어느 시대에나 나타나는 전형적인 야심가라고 생각했었다. 그런 남자가 검은 돌을 손에 넣어봤자 난감하기만 할 것이다.

팔아치울 판로도 갖고 있지 않고, 아무런 신용도 없는 상대에게서 검은 돌을 사려는 어리석은 상인도 없다. 확실하게 출처만 털린 뒤 파멸을 부를 뿐이다.

'그 점에서 우리는 다르지. 킹 녀석, 안목이 좋아……. 아니면 마왕을 자칭하는 남자인가?'

고르곤 상회의 이름과 신용.

그 간판에 트집을 잡는 사람은 존재할 리 없다. 실제로 이들의 판로는 대륙 전역에 뻗어있으며, 거래 상대로서 이보다 더 적절한 존재도 달리 없을 것이다.

검은 돌의 발견은 본래대로라면 서로 자기가 가지겠다며 확실하게 전쟁이 일어날 사태다. 그러나 고르곤 상회가 엮여있다면 어느 나라도 침묵할 수밖에 없다.

'그래…………. 수천 년 동안 버려져 있던 화외(化外)지역이라면 새 광맥이 발견될 만도 하죠. 그 남자는 운이 아주 좋군요.'

고르곤의 두뇌가 쌩쌩 소리를 내며 회전했다. 성광국 동부는 고르곤만이 아니라 대륙의 모든 이가 거들떠보지도 않던 땅이었다.

고르곤은 맹점이 찔린 기분이었다.

'게다가 그곳은 지천사가 소멸했다는 사연이 있는 장소이기도 하죠. 그 땅에는 제 생각보다 더 많은 가능성이 잠들어있는 건지도 모르겠군요………….'

고르곤의 지략은 아직 보지 못한 많은 것들을 훌륭하게 끌어냈다.

실제로 검은 돌을 산출하는 탄광터는 성광국 동부에 불쑥 나타날 것이다.

다른 나라에서 본다면 마치 새로 발견된 광맥처럼. 또 노예처럼 끌려간 사람들의 일부도 그곳에서 일할 게 틀림없다.

하지만 가장 중요한 문제── 천옥의 킹이라고 인식된 남자가 마왕 본인이라는 걸 어디의 누가 알 수 있을까. 하물며 일련의 모든 흐름이 우연의 산물일 줄은 아무도 짐작할 수 없다.

고르곤의 머리에서 잭의 이름이 사라졌다.

'그런 남자도 유리티아스도 어찌 되든 상관없어! 검은 돌만 있다면 우리 인간에게 혁명이 일어날 거야! 게다가 **그것도**──.'

오랫동안 생각에 잠겨있던 고르곤이 잠에서 깨어난 듯 차례차례 부하에게 지시를 내리기 시작했다.

"헐크, 병사를 전부 맡기겠습니다. 즉시 적을 격멸하세요. 조만간 킹이 선물을 들고 찾아올 겁니다. 그때까지 적을 남김없이 소탕해두도록. 제 얼굴에 먹칠하지 마십시오."

“⋯⋯⋯⋯예스! 아이 엠 넘버원!”

근육이 불끈불끈한 남자가 기세 좋게 소리치자 고르곤은 이어서 거구의 남자에게 시선을 주었다. 목을 꺾어 올려다봐야 할 만큼 커다란 몸은 인간이라기보다는 산맥이라고 부르는 게 어울렸다.

“안드렐라, 수단은 묻지 않겠습니다. 게릴라가 잠복한 곳은 마을째로 쓸어버리세요.”

“⋯⋯⋯⋯전부 **납작** 눌러주겠습니다.”

마지막으로 고르곤은 아쟈리콩에게 시선을 주었다. 자신에게 지시가 내려오는 걸 가만히 기다리고 있었던 건지 그녀의 시선은 활활 타오르는 것 같았다.

“아쟈리, 킹에게 가서 그의 행보를 지켜보세요. 가능하다면 이쪽의 무위를 보여주는 것도 잊지 마시길. 그 남자를, 검은 돌을 **절대** 다른 자에게 넘기지 마십시오.”

“⋯⋯⋯⋯모든 것은 당수님의 뜻대로.”

아쟈리콩의 든든한 대답에 고르곤도 만족스러운 듯 고개를 끄덕였다.

그의 부하는 혈기 왕성한 인간들뿐이지만, 실력은 보장할 수 있었다.

그중에서도 아쟈리콩은 전장의 화신과도 같은 존재였다.

“그럼 전원, 이 땅에서 물러납니다.”

고르곤이 손가락을 튕기자 주변에 있던 자들이 일제히 달렸다.

당수님이 최종적으로 어떤 결론을 내렸는지 그들은 가늠할 수 없었지만, 지시를 따르면 큰 문제 없이 일이 진행된다.

이 젊은 당수는 그만한 실적과 신뢰를 확보했다.

딱 하나 단점을 꼽으라면 그의 극단적인 노파 애호일 것이다. 지금도 캐서린의 머리카락을 보석처럼 조심스럽게 쓰다듬으며 수려한 얼굴에 환한 미소를 머금고 있었다.

"그나저나 당수님…………."

"캐서린, 둘만 있을 때는 이름으로 부르라고 했을 텐데요."

또다시 독특한 분위기를 만들어내는 두 사람이었지만, 누가 어떻게 보든 본인들은 지극히 행복해 보였고 그걸 방해하는 사람도 없다.

그 마왕이라고 해도 이 광경을 본다면 말없이 못 본 척할 수밖에 없을 것이다.

아이즈
Eyes

【종족】 인간 【나이】 34세

【레벨】 6 【스테이터스】 불명

스킬

위험 예지
각종 위험을 일정 확률로 예지한다.

경계 신호
인식범위 내에 있는 각종 생물을 '파랑', '노랑', '빨강'의 색채로 본다.

사신의 낫
온갖 '죽음'과 관련된 사상(事象)을 다양한 형태로 눈에 투사한다.

위험이나 죽음을 느끼는 반칙급의 '눈'을 지닌 남자.
문지기로서 허송세월을 보내고 있었으나, 다행인지 불행인지 마왕을 만나고 만다.
앞으로 그의 인생은 확 달라질 것이다.
물론 그 사악한 마왕은 선택의 여지를 주지 않는다.

Maousama
Retry!
마왕님,
리트라이!

인형사

──────유리티아스, 북부 국경──────

그곳에는 가도를 느긋하게 걸어가는 마왕과 미츠히데의 모습이 있었다.

아쟈리콩이 떠난 뒤에도 두 사람은 태평하게 왕도를 관광하다가 밤이 되면 연회를 열며 세간의 소란 같은 건 시야에 들어오지 않는다는 듯 나태한 나날을 만끽했는데, 다시 아쟈리콩이 찾아온다는 말에 간신히 무거운 엉덩이를 뗀 것이었다.

"킹 님. 그자들은 밀크 국경에 있는 성으로 도망쳤다고 하오."

"지ㅇ군 잔당처럼 끈질기군…………."

질린다는 표정을 지은 마왕이 맑은 하늘을 올려다보았다.

한번 때려눕혀서 털어버린 상대를 다시 잡으러 간다니 너무나도 귀찮았다. 미츠히데 옆을 걷는 토시미츠도 어딘가 기운이 없어 보였다.

"그 사슴, 타 주지 그러냐?"

"렌 님께서 주군이라 부르는 킹 님 앞에서 그러한 무례는……."

"그런 건 신경 쓰지 말고. 오히려 탄 모습을 보고 싶다."

"…………그, 그렇소이까? 그럼 실례하오."

미츠히데는 훌쩍 몸을 날려 토시미츠의 등에 올라탔다.

미츠히데는 갑주 중에서도 오오소데나 쿠사즈리라고 불리는 부분을 장비하고 있어서 나름 중량이 나가지만, 토시미츠의 다리는 조금도 흔들리지 않았다.

　전국시대의 당세구족은 20~30킬로그램 정도 나간다고 하는데, 여기에 인간의 몸뚱이와 무기까지 싣고 날랐으니 굉장한 무게였다.

　'조금 시험해볼까…………?'

　마왕은 토시미츠의 성능을 확인하듯 달리고, 갑자기 멈추고, 급커브를 트는 등 곡예사처럼 잇달아 지시를 내렸다.

　하지만 토시미츠는 전혀 피로를 보이지 않았고 그 움직임은 놀라울 만큼 빨랐다.

　히노모토가 자랑하는 기승수라는 말은 과대 표현이 아니었던 모양이다.

　'오오! 온 힘을 다해 달리면 이 녀석의 민첩도는 어느 정도의 수치가 될까………….'

　마왕은 무심코 과거 회장의 데이터에 접목해 보았다. 속도를 실어서 저 흉악한 뿔을 처박으면 어떤 갑옷이라고 해도 뚫어버릴 수 있을 것 같았다.

　"그러고 보면 이 녀석은 술만 마시고 먹이는 제대로 먹지 않던데."

　"이국의 것은 영 입에 맞지 않는 것 같았소."

　"일단 초식동물일 테니까…………. 이걸 시험해보기로 할까."

　마왕은 품에서 아이템 파일을 꺼내 당근을 빼냈다.

　마을에서 나올 때 콘과 모모가 대량으로 건네준 것이었다. 이 세계에서는 큰 가치가 있다고 들었는데, 역시 슈퍼에서 평범하게 팔고 있다는 감각이 사라지지 않았다.

"오오! 그것은 **남만 당근**이 아니오!"

"날로 먹을 수도 없으니까. 이 녀석에게 먹여봐야지."

당근을 내밀자마자 토시미츠가 확 달려들었다.

호쾌하게 이파리까지 모조리 먹어 치웠다.

"흠……. 사슴 전병만 먹는다는 이미지가 있었는데 역시 야채도 먹는군. 아니, 이파리까지 먹어버리는구나, 너."

마왕이 묘한 포인트에서 감탄했다.

이 남자는 사슴의 생태 같은 건 모르니까 대충 나라 공원에 있다는 정도의 이미지밖에 없다.

굳이 설명할 필요도 없겠지만 사슴은 이파리나 나무 열매를 좋아하며 당근, 양배추 같은 것도 아주 잘 먹는다.

"좋아, 하나 더 주마."

"루~~♪"

"그렇게 값나가는 것을…… 킹 님은 참으로 그릇이 넓구려!"

"호들갑은…………."

이 남자에게는 역시 당근은 당근일 뿐이다. 선뜻 당근을 계속 줬고, 그때마다 토시미츠의 태도가 바뀌었다.

코를 바싹 대거나 손가락을 핥는 토시미츠에게 마왕도 손을 뻗어 머리와 목을 부드럽게 쓰다듬어주었다.

"생각보다 더 감촉이 좋군. 반들반들한데."

"~~♪"

"어떠냐. 이런 주정뱅이 여자는 버리고 나를 주인으로 삼는 건."

“~~~~♪”

“무, 무슨 말씀을 그리 하시오! 토시미츠도 왜 기뻐하는 것이오!”

떠들썩하게 걸어가던 일행이었지만, 국경에 들어선 순간 분위기가 확 뒤집혔다.

바람을 타고 피비린내가 풍기더니 여기저기에 시체가 널브러져 있는 처참한 풍경이 시야에 들어왔기 때문이었다.

“이건 아주 잔혹한 손속이구려………….”

“이 녀석들은 왕도에 있던 놈들인가.”

여기저기에 굴러다니는 건 전부 잭 상회 사람들이었다. 어떤 시체도 심하게 훼손되었으며, 보란 듯이 커다란 쐐기가 몇십 개씩 땅에 박혀 있었다.

고약하게도 모든 쐐기에 인간을 꼬챙이처럼 꿰어놔서, 구슬처럼 이어놓은 검은 시체까지 굴러다녔다.

“이건 유리의 북쪽에 있는 밀크의 부족 소행이구려. 궁지에 몰려 원군을 요청하였으나 정체는 늑대였소이까………….”

미츠히데는 학살의 흔적을 냉정하게 분석했고, 마왕도 비슷한 말을 떠올렸다.

미캉도 ‘쓰레기 집단’이라고 불렀다는 것을.

“아무래도 심각한 놈들인 모양이군………….”

마왕은 입에 문 담배에 불을 붙이며 다시금 주위를 둘러보았다.

어느 나무에도 밧줄로 매달린 시체가 걸려있어서 완전히 지옥도였다. 상대방을 같은 인간이라고 인식하지 않는 잔인한 부족인 모양이었다.

"킹 님, 이 상황을 보면 잭은 이미 죽었을지도 모르겠소."

"골치 아파졌군…………."

그곳에 두 사람을 쫓아온 아쟈리콩의 일행이 합류했다.

다른 자들은 말을 타고 있었는데, 아쟈라콩은 새카만 체모의 거대 고릴라를 타고 있어서 위압감이 어마어마했다.

주변의 학살 현장을 보고는 다들 얼굴을 일그러트렸지만 아쟈리콩의 표정은 평소와 다르지 않았다.

"…………퉁가 녀석들인가. 잭도 갈 데까지 갔군."

눈앞의 풍경을 보고 아쟈리콩은 바로 범인을 알아차렸다. 그녀는 상단 호위를 맡는 일이 많아서 밀크의 부족과는 몇 번이나 충돌했기 때문이다.

아쟈리콩은 시선의 방향을 슥 바꿔 마왕을 도발했다.

"이봐, 킹. 겁먹었으면 내가 잭의 목을 가져올 수도 있다만?"

'나는 네가 제일 무섭거든! 왜 고릴라 같은 녀석이 고릴라를 타고 있는 거야!'

마왕은 그렇게 소리치고 싶었으나 담배 연기를 삼키며 어떻게든 정신을 안정시켰다. 어쨌거나 성화를 얻기 위해서는 앞으로 가야만 한다.

"내키진 않지만 가기로 할까…………."

마왕은 고릴라를 탄 비상식적인 존재에게서 시선을 돌리고는 저 멀리 보이는 성인 듯한 건물로 향했다. 그 뒤로 미츠히데와 아쟈리콩이 따라왔다.

두 사람은 시선으로 불꽃을 튀겼다.

"여전히 묘한 몰골이로군. 시골에서 놀러 왔나? 아가씨."

"묘한 몰골이란 그대를 가리키는 말인 듯하오. 거대 원숭이를 타다니, 완전히 멧돼지 무사구려. 히노모토에서는 그대처럼 생각 없는 무사는 쉽게 쓰러진다오."

"그 부러질 듯한 얇은 막대기로 내 몸을 벨 수 있다고?"

"히노모토의 칼을 우습게 보다니, 그대는 견식이 한참 부족하구려."

두 사람은 서로를 노려보며 상대를 도발했다.

둘 다 호전적이라서 어느 쪽이 위인지 보여주고 싶은 모양이었다. 물론 앞서 걷는 마왕에게는 영락없는 민폐였다.

'싸우고 싶으면 링에 올라가!'

일촉즉발의 분위기 속에서 일행의 시야에 국경을 지키는 성이 들어왔다.

예상대로라고 해야 할까, 성벽 앞에는 본보기처럼 꼬챙이에 꿰인 시체가 즐비하며 산더미 같은 시체가 쌓여 있었다.

그걸 보고 아쟈리콩은 사납게 웃었고, 미츠히데는 말없이 화승총을 돌렸다.

성벽에 걸린 깃발은 유리가 아니라 밀크의 깃발이 걸려있는 모양이었다.

"너희는 여기서 기다려라."

마왕은 그 말만 하고는 활작 열린 성문으로 다가갔다.

혈기 왕성한 두 사람과 같이 갔다간 예측할 수 없는 사태를 부를지도 모른다.

‘성 함락이라…………. **그때**는 이렇게 처참한 분위기가 아니었는데.’

마왕은 복잡한 기분으로 깃발을 보았다. 시체를 아무렇게나 쌓아놓은, 이런 광경 같은 건 멸망의 풍경 중에서는 하급이다.

“이걸 저지른 녀석들은 멸망의 미학도 모르나 보군………….”

마왕이 그렇게 중얼거린 순간 성벽 위에 한 남자가 모습을 드러냈다.

상당한 경장이긴 했으나 특징적인 모자를 쓰고 커다란 화살을 등에 멨다. 그 눈매는 차갑고, 냉혹함이 표정에도 드러나 있었다.

‘어라? 이런 차림새를 어디선가 본 적이 있는 것 같은데……. 몽골의 일본 침공 파트였던가?’

그 모습은 교과서에서 봤던 몽골의 병사와 비슷했고 딱 봐도 기동력이 탁월해 보였다. 여러 부족이 할거하는 밀크 내에서도 지극히 잔인하다고 유명한 퉁가 족의 남자였다.

한편 남자도 특징적인 **슈트**를 보고 귀찮다는 듯 입을 열었다.

“그 갑갑해 보이는 옷………. 도시국가인가. 무슨 용건이지?”

“여기에 잭이 있다고 들었거든.”

“그놈은 우리가 잡았다. 슈트 남자, 원한다면 돈과 먹을 것을 가져와. 도시 내의 돈을 긁어모아서 이 높이까지 쌓아보라고.”

남자는 킬킬 웃었다. 처음부터 교섭할 마음은 없는 건지 남자는 등에 멘 화살을 풀더니 익숙한 손놀림으로 화살을 쏘았다.

화살은 정확하게 노린 듯 마왕의 발치에 꽂혔다.

"슈트 남자는 항상 돈이라니까. 도시에 돌아가서 윗분에게 울며 매달리든가."

도시국가의 인간을 싫어하는 건지 남자는 경멸을 숨기지도 않고 말했다. 대자연 속에서 사는 밀크의 인간과 **슈트 남자**는 원래 성향이 안 맞는 건지도 모른다.

마왕도 한숨을 쉬며 어떻게든 입을 열었다.

"이쪽으로서는 평화롭게 대화로 해결하고 싶다만."

"좋은 거 하나 가르쳐주마, 슈트 남자. 우리는 원하는 게 있으면 힘으로 빼앗아. 돈밖에 모르는 나약한 놈들. 그 거만한 혓바닥을 잘라줄까?"

남자는 웃으면서 옷 아래에 걸었던 목걸이를 꺼냈다.

얼핏 보면 철로 만든 고리처럼 보이지만, 고리에 수많은 혀를 꿰뚫어놓은 아주 징그러운 목걸이였다.

"우리는 목숨을 구걸하는 녀석들의 혀를 잘라서 겁쟁이가 되지 않도록 담력을 키우지. 우리 앞에서 말재주 같은 건 아무 도움도 안 돼. 얌전히 돈을 바쳐라, 약골."

"………너희 같은 녀석들이 라비 마을에 왔다간 도저히 웃음이 안 나오겠는데."

마왕은 그렇게 말하며 물고 있던 담배를 손가락으로 튕겼다.

담배는 남자의 이마에 정확히 직격했다.

"앗뜨! 이 새끼, 눈깔을 파내줄까?!"

남자는 재빨리 활을 들어 마왕의 얼굴을 겨누었다.

그 순간 남자의 얼굴이 튕겨 나갔다.

물론 마왕이 투척한 소돔의 불꽃이 원인이었다. 뽑는 손이 보이지 않을 만큼 빠르게 날아가는 바람에 죽은 것조차 이해하지 못한 건지, 몸뚱이는 머리를 잃고도 잠시 그대로 서 있었다.

그것이 통나무 같은 소리를 내며 쓰러진 순간 성벽이 일제히 시끄러워졌다.

"뭐, 뭐야?!"

"적습이다! 적이 왔어!"

"뭐? 유리 녀석들은 전부 죽였을 텐데…………."

성벽 위로 병사가 우르르 모이자 소란을 들은 미츠히데도 달려왔다.

그 얼굴은 상기되어서 어째서인지 기뻐 보였다.

"킹 님! 이 전투, 소인이 선두………… 를…………."

흥분해서 외치던 미츠히데였으나 점점 말끝을 흐렸다.

마왕의 분위기가 확 바뀌었기 때문이다. 미츠히데는 그 싸늘한 안광이 의미하는 바를 다행인지 불행인지 알고 있었다.

상대를 사람이 아니라 단순한 **숫자**로만 보는 눈이다.

"미츠히데, 너는 나를 모시고 싶다고 했었지만 아쉽게도 내 측근은 8명으로 정해져 있다."

"네, 네…………."

"하지만 드물게도 렌은 네가 마음에 든 모양이다. 특별히 렌의 측근………… 아니, **요리키**(전국시대에 상급 가신을 섬기며 그 지휘하에 있던 기마 무사.)로 생각해줄 수도 있다."

마왕은 그런 옛날 단어로 표현하더니 성벽에 몰려드는 병사를 향해 턱짓했다.

아무 말도 하지 않아도 그 태도가 말하고 있었다.

"진심으로 그 애를 섬기고 싶다면 그에 걸맞은 실력을 보여 봐라."

"⋯⋯⋯⋯⋯⋯존명!"

말을 마치자마자 미츠히데는 등에 메고 있던 활에 화살을 걸 더니 어마어마한 힘을 담았다.

그것은 이 대륙에서는 마법, 히노모토에서는 **법술**(法術)이라고 불리는 것──.

"⋯⋯⋯⋯나무팔번대보살(南無八幡大菩薩)!"

────카구츠치(加具土命)!────

불을 휘감은 화살이 멀리 상공으로 날아가며 거대한 불덩어리 가 되었다. 소용돌이치는 불꽃은 이윽고 매서운 섬광과 함께 대 폭발을 일으키며 성벽 위로 홍련의 비를 흩뿌렸다.

"으어어어억! 불, 불이 쏟아진다!"

"어이! 누가 물을⋯⋯⋯⋯ 끄아아아아아악!"

"젠장! 이 불은 뭐야! 물을 뿌려도 안 꺼져!"

붉은 비는 사람도 성벽도 쇠마저 태우면서 주변 일대를 훑었 다. 쏟아지는 불꽃에는 눈이 없었고, 그저 희희낙락 살점과 뼈 를 태우는 것 같았다.

미츠히데는 활짝 열려있는 성안으로 혼자 돌입했다.

성안은 불을 끄려는 사람, 도망치는 사람으로 지극히 혼란스 러웠다.

이 불은 사라지지 않으니까—— 미츠히데가 다루는 화염은 특수한 카테고리에 속해서 물이나 흙을 뿌린 정도로는 진압되지 않는다.

즉시 검은 연기로 가득해지며 대규모 화공이라도 당한 것 같은 몰골이었다.

"멀리 있는 자는 소리로라도 들으시오! 소인의 이름은 아케치 쥬베에 미츠히데!"

미츠히데는 고풍스러운 관용구를 외치며 토시미츠에 탄 채로 칼을 휘둘렀다. 토시미츠의 앞에 선 병사는 가차 없이 찔러 죽였고, 그걸 회피한 자도 칼을 회오리바람처럼 날려 목을 쳤다.

본래대로라면 수적인 열세로 즉시 포위당했을 테지만 성벽에 쏟아진 불꽃은 한층 매섭게 타오르며 바람을 타고 어마어마한 기세로 퍼져나갔다.

오랜만에 임하는 전장에 흥분한 건지 토시미츠는 어마어마한 속도로 달리며 눈에 띄는 병사를 모조리 찔러 죽인 뒤 하늘로 던져버렸다.

잔인하고 흉악하기로 유명한 퉁가 족 남자들도 이런 전장은 본 적이 없었기에 그저 유린당할 뿐이었다. 앞다퉈 도망치는 병사들을 보고 미츠히데는 드높이 웃었다.

"그대들, 그만한 숫자가 있으면서도 남자는 한 명도 없구려!"

미츠히데의 그 외침에 호응하듯 토시미츠의 양쪽 뿔이 눈 부신 빛을 내며 주변을 싹 **쓸었다.**

————카마이타치(鎌威太刀)————

이 대륙의 '풍속성' 제4마법에 필적하는 바람의 칼날이 휘몰아
치며 가까스로 서 있던 병사들이 남김없이 난도질당했다.

"자, 다음은 누가 상대요!"

미츠히데는 성안의 창고로 향한 뒤 다시 카구츠치를 쏴서 하
늘까지 붉은색으로 물들였다. 신나게 날뛰는 모습을 보며 마왕
도 기가 막힌다는 듯 웃었다.

'정말이지…………. 역사대로 **불 지르기**가 특기라는 건가?'

마왕은 내심 웃었지만, 이 남자야말로 대륙 전역에 불을 질러
대고 다니는 장본인이었다.

이런 방화범에게 불 지르기가 특기란 말을 들어봤자 미츠히데
도 황당할 것이다.

끊임없이 소란에 속이 뒤집어진 건지 성 안쪽에서 장군이 부
대를 이끌고 모습을 드러냈다.

그 남자는 주변과는 다르게 철제 갑옷과 투구를 장착한 중갑
전사였다. 외관에서부터 역전의 전사라는 게 보였다.

"…………이런 어린애 한 명에게. 부끄러운 줄 알아라."

남자는 못마땅한 표정으로 침을 뱉은 뒤 두꺼운 사벨을 빼 들
었다.

그 모습을 보고 도망치던 병사들도 용기가 생긴 건지 일제히
소리쳤다.

"유격장군이다! 유격장군께서 오셨다!"

"하항! 저 꼬맹이는 이제 끝장이야!"

병사들을 가르며 나타난 남자를 보고 미츠히데도 말없이 토시

미츠에게서 내렸다.

정면에서 마주 본 두 사람의 모습은 마치 고대 몽골 병사와 카마쿠라 무사와도 같았다.

"꼬마 계집, 네 목을 뜯어서 돼지똥에 처박아주마."

"이국의 민족은 말투까지 저급하구려."

미츠히데는 희미하게 웃으며 하단세를 취했다.

유격장군이라고 불린 남자는 괴조 같은 함성을 지르며 거리를 좁히더니 머리 위로 힘껏 치켜든 사벨을 내리그었다. 교차하는 찰나, 미츠히데는 가볍게 사벨을 튕겨내고는 여우처럼 칼을 날렸다.

"쿠리카라고우(俱利伽羅鄕) 카무이(神威)——!"

다음 순간 남자의 그림자가 두 쪽으로 갈라졌다.

미츠히데가 날린 칼이 철제 투구와 갑옷째로 항문까지 찢어버린 결과였다. 말 그대로 두 덩어리가 되어 쓰러진 유격장군을 보고 병사들은 말문이 막히더니 뒤이어 허둥지둥 도망쳤다.

이런 장소에 있다간 목숨이 몇 개 있어도 부족하다고 생각한 모양이었다. 일련의 움직임을 지켜본 건지 마왕 옆에 아쟈리콩이 다가왔다.

"참 야만적인 부하로군, 킹. 아주 혈기 왕성해."

'너만은 그런 소리 하면 안 되지!'

거대 고릴라를 타고 팔짱을 낀 그 모습은 야만을 넘어서 야생의 왕 그 자체였다.

마왕이 그런 생각을 하거나 말거나 아쟈리콩은 입꼬리를 끌어

올려 절절히 읊조렸다.

"반반한 얼굴이지만 저 여자는 나와 동류야."

"흐음, 동류라?"

"살인과 피비린내를……… 세끼 밥보다 좋아한다는 뜻이지."

그 말을 끝으로 아쟈리콩은 유유히 성안으로 향했다. 그녀와 교대하듯 흥분한 얼굴의 미츠히데가 다가왔다.

"키, 킹 님! 소인의 전투는 어땠소이까?!"

"…………대단하더군."

"그, 그렇다면 합격이오?!"

강아지처럼 눈을 빛내는 미츠히데를 보며 마왕은 한순간 쓴웃음을 지었다가 조용히 고개를 끄덕였다. 그 전투력을 보고 거절할 이유는 없었다.

'게다가 렌은 성격이 그렇다 보니 아카네 말고는 친구가 없으니까………….'

사실 그 점이 크게 작용한 건지도 모른다. 렌 앞에서는 매정한 척을 하면서도 마음속으로는 걱정했었던 모양이다.

이 남자도 하여간 귀찮은 성격이다.

두 사람은 그 후 느긋하게 성으로 향했는데, 입구는 이미 아쟈리콩 일행이 제압한 모양이었다. 칼소리가 들리는 방으로 향하자 그곳에는 부대장인 듯한 거구의 남자 앞에 선 흉악한 레슬러의 모습이 있었다.

남자의 손에는 오랫동안 쓴 듯한 창이 들려 있었는데, 마왕도 흥미롭다는 듯이 싸움의 추세를 지켜보았다.

‘저 여자는 어떻게 싸울까? 설마 전장에서 프로레슬링 기술을 사용할 리는 없고………….’

남자도 맨손인 아쟈리콩을 보고 얕잡아보면서 창을 찔렀는데, 그 움직임은 너무나도 완만했다.

아쟈리콩은 그 거구에서 나왔다는 게 믿기지 않는 속도로 남자의 품에 파고들더니 덥석 들어 올려 그대로 수직낙하식 브레인버스터를 꽂았다.

쿠와아앙! 어디서 들어본 적도 없는 소리와 함께 격렬한 진동이 퍼지며 남자의 상반신이 바닥에 박혔다.

지면에서 다리만 솟아난 그 모습은 어설픈 공포 영화보다 더 무서웠다.

‘진짜로 프로레슬링 기술을 썼잖아! 아니 무슨 스케키요*냐!’

상상을 초월하는 전개에 퉁가 족 남자들도 무심코 굳어버렸지만, 아쟈리콩의 움직임은 멈추지 않았다.

“자식들아, 가져와——!”

““네, 넵!””

우락부락한 남자들이 10명씩 뭉쳐 사각 페인트통처럼 생긴 물체를 수레에 싣고 가져왔는데, 그녀는 한 손으로 그걸 우악스럽게 잡고는 눈앞에 어안이 벙벙해져 있는 퉁가 족 남자에게 꽂았다!

먼저 남자의 머리가 터지더니 그대로 상반신까지 갈가리 터져나갔다.

마치 박격포라도 직격한 듯한 몰골이었다. 그녀가 애용하는 사각캔(?)은 초중량 흉기라서, 여기에 맞으면 트럭에 치인 듯한

---

*이누가미 스케키요. 이누가미 일족의 등장인물. 거꾸로 박힌 시체로 발견된다.

타격을 준다.

'인간'으로 분류되는 사람이 휘두를 수 있을 법한 물건이 아니었다.

"크하하하하————!"

사각캔을 든 아쟈리콩이 기어이 큰 소리로 비웃었다.

초중량 사각캔을 무자비하게 휘두를 때마다 그 방향에 있던 남자의 상반신이 뜯겨나갔다. 아쟈리콩은 군세 속으로 돌진하더니 좌로, 우로, 정면으로 사각캔을 마구 휘둘렀다.

걸어 다니는 폭풍우 같은 존재에 아무도 접근하지 못하고 초 단위로 시체가 양산되었다. 그걸 보던 마왕의 얼굴도 점점 파랗게 질렸다.

"저건 뭐야…………. 흉악한 레슬러 정도가 아니잖아!"

"저 모습을 보면 조총으로 처치할 수밖에 없겠구려."

"어째 백발을 맞혀도 웃으면서 일어날 것 같은 느낌이 드는데…………."

"혹은 거리를 두고 장창으로 처리할 수밖에 없겠구려."

퉁가 족 남자들도 미츠히데와 같은 결론에 도달한 건지 창을 들고 여럿이 밀집한 대형을 짜고 아쟈리콩에게 맞섰지만, 그녀는 입에 손을 가져가더니 강렬한 기세로 불을 뿜어댔다.

화염방사기를 연상하게 하는 어마어마한 불꽃이 분사되자 전방에 있던 약 20명의 남자들이 순식간에 불덩이가 되었다.

"뭐야 저거! 기어이 불을 뿜었다고, 저 녀석! 고지라잖아!"

"끄으응………. 저런 방법이 있을 줄이야! 참으로 묘수구려!"

"묘수 같은 소리 하고 있을 때냐! 그냥 괴수라고!"

눈앞의 광경을 보고 제멋대로 떠들어대는 두 사람이었지만 상대도 가만히 있었던 건 아니다.

근육이 불끈불끈한 거구의 남자가 아쟈리콩 앞을 가로막고는 소의 목도 쳐버릴 수 있을 법한 거대 도끼를 휘둘렀다.

"건방 떨지 마라, 이 괴물아! 그 머리를 둘로 쪼개버리겠다!"

"오냐, 할 수 있다면 해 봐라——.《금강체》."

아쟈리콩의 머리를 향해 거대 도끼가 휘둘러졌으나, 이마에 부딪친 순간 도끼 쪽이 산산조각이 났다.

남자는 손에 남은 도끼의 잔해를 보고는 잠시 어안이 벙벙해졌다. 그런 남자에게 거목이 연상되는 아쟈리콩의 래리어트가 날아왔다.

"으라차!"

그 통나무 같은 팔을 당긴 순간 목을 뜯어버린 건지 남자의 머리가 기괴한 방향으로 날아갔다. 절단면에서는 펌프처럼 피가 치솟으며 아쟈리콩의 전신을 선혈로 물들였다.

"그런 장난감 같은 도끼로 내 목을 벨 수 있다고 생각한 거냐?"

마치 그녀가 가는 길이 전부 피투성이의 링이 되어버리는 듯한 모습이었다.

너무나 심한 광경에 질린 건지 마왕의 입은 반쯤 벌어졌고, 미츠히데는 목에 힘을 줘서 고개를 끄덕이더니 감탄을 흘렸다.

"참으로 훌륭한 《금강체》였소! 대단한 무사구려!"

"아니, 저건 이미 터미네이터의 일종이라고 봐…………."

그 후에도 아쟈리콩은 가는 곳마다 시체를 양산했고 당황한 병사들이 잇달아 쓰러졌다.

부대를 이끄는 장군도 미츠히데가 쓰러트렸으니 완전히 혼란 상태였다. 이윽고 통가 족 병사들은 하나둘씩 무기를 버리고 항복한다고 소리쳤다.

그 선언을 듣고 아쟈리콩은 승리에 찬 표정으로 돌아보았다. 그 얼굴은 적의 피로 붉게 물들어서 지옥에서 온 사자 같았다.

“……………항복이라는데. 이럴 때 당신이라면 어떻게 할 거지? 킹. 생매장? 톱질형? 아니면 증살?”

“…………아쉽지만 전부 내 취향엔 맞지 않는군.”

“뭐야, 나처럼 소를 쓴 거열형을 좋아하는 거였나. 의외로 보는 눈이 있네.”

‘마음대로 동지로 삼지 마! 그런 걸 좋아할 리 있냐!’

마왕이 대답하기 난감해하고 있었더니 안쪽에서 사슬로 묶인 두 명의 남자가 끌려 나왔다. 과거 잭 상회의 사천왕으로서 권세를 휘두르던 클로버와 다이아였다.

두 사람은 목에 칼이 들이 밀어진 인질 같은 모습으로 모습을 드러냈다.

“무기를 버려라! 이 녀석들이 어떻게 되어도 모른다!”

“한 걸음이라도 움직이지 마! 간부의 신병을 원한다면 얌전히 있어!”

잭만이 아니라 상회 간부의 신병도 원한다고 판단한 모양이었다. 본래대로라면 그 판단은 틀리지 않았겠지만 상대가 문제였다.

마왕에게 잭 상회의 간부는 그저 적이니까. 미츠히데와 아쟈리콩이 확인하듯 돌아보자 마왕은 말없이 고개를 끄덕였다.

미츠히데는 화승총을 겨누었고 아쟈리콩은 사각캔을 들어 올렸다. 그 이상한 모습을 보고는 나이프를 들이밀던 남자들이 당황하며 소리쳤다.

"너, 너희들, 알고 있는 거냐! 이 녀석들은 잭 상회의 간…… 푸헉!"

"하, 하지마! 잠깐, 그런 거 던지지………… 아으아아아아악!"

미츠히데는 아무런 주저도 없이 인질째로 납탄을 박았고, 아쟈리콩이 던진 사각캔은 상대방을 말 못 하는 고깃덩어리로 바꿔놨다.

마왕도 입에 문 담배에 불을 붙이며 기가 막힌다는 듯 말했다.

"너희는 겁쟁이가 되지 않도록 배짱을 키우는 것 아니었나? 다른 사람은 처참하게 죽이지만 자기가 당하는 건 사양하다니, 앞뒤가 안 맞는군."

그 말에 주변에 있던 병사들은 일제히 비명을 지르며 도망쳤다. 아쟈리콩의 부하가 그들을 쫓았지만 마왕은 이미 관심이 없는 것 같았다.

"자, 잭 군과 오랜만에 재회하도록 할까…………."

그랜드 홀로 이어지는 문을 열자 그곳에는 걸레 같은 몰골로 옥좌에 앉은 잭의 모습이 있었다.

의식이 몽롱한 건지 침입자에게 반응조차 하지 않았다.

"뭐야, 설마 죽은………… 음?"

옥좌 뒤에서 어딘가에서 본 의상의 남자가 나타나자 마왕은 경계하는 눈빛이 되었다.

이전에 몇 번 마주쳤던 사타니스트의 복장과 흡사했다.

"처음 뵙습니다. **검은 날개**를 참칭하는 자여——."

그는 사타니스트를 이끄는 리더이자 상급마족인 유토피아였다. 그 모습과 목소리만 들으면 마치 대귀족과 같은 우아함을 지닌 남자였다.

"사타니스트라고 했던가? 이런 곳까지 오다니 고생이 많군."

"정확하십니다. 저는 사타니스트를 이끄는 유토피아라고 합니다. 부디 잘 부탁드립니다."

유토피아는 공손하게 손을 놀려 고상한 귀족처럼 인사했다. 미츠히데와 아쟈리콩이 그걸 무시하듯 무기를 겨누었으나 마왕이 두 사람을 막았다.

상대방에게 물어보고 싶은 게 있었기 때문이다.

"사타니스트를 이끄는 자라…………. 너희의 목적은 뭐지?"

"세상에 혼돈과 파멸을——."

"뭐라고?"

들어본 적 있는 말에 마왕의 얼굴이 일그러졌다.

좌천사에게 받은 반지가 바로 그 두 가지를 바랐기 때문이다. 유토피아도 그걸 아는 건지 즐겁다는 듯 조소했다.

"절묘하게도 그 끔찍한 좌천사와 저희는 같은 뜻을 지니고 있었던 겁니다. 천사와 악마가 상사상애라니, 참으로 유쾌한 이야기 아닙니까?”

“정말 재미없군. 너는 농담 센스가 없는 모양이다.”

“매정하시군요. 케일이나 오루이트만이 아니라 저와도 놀아 주시겠습니까? 이래 보여도 저는 인형사라고 불립니다. 그쪽 분야에는 조금 자신이 있죠.”

유토피아는 경쾌하게 손가락을 튕겼다. 그 순간 바닥에 커다란 마법진이 떠오르더니 보라색으로 빛나기 시작했다.

“검은 날개를 참칭하는 자여. **이번에는** 방해할 수 없습니다――.”

유토피아는 그 말을 끝으로 잭의 머리카락을 잡더니 거울 속으로 사라졌다.

그 뒤를 쫓아갈 새도 없이 그랜드 홀에 기분 나쁜 진동이 퍼지더니 이윽고 마법진에서 으스스한 괴물이 소환되었다. 세간에서는 헬 워리어라고 불리는 고위 마족이었다.

과거 꼬챙이공의 심복으로 원인들을 가로막았던 자와 같은 종족인데, 유토피아는 인형사라는 이명에 걸맞게 아주 간단히 소환해낸 것이다.

헬 워리어의 위용을 보고 미츠히데는 정안 자세로 칼을 들었고, 아쟈리콩은 무의식중에 혀를 찼다.

“킹 님, 아무래도 골치 아픈 상대인 것 같소…………!”

“쯧, 귀찮은 마법진 같으니. 이봐, 킹! 이 녀석은 계속 나타날 거다!”

아쟈리콩의 말대로 그건 대량의 마물을 웨이브 형식으로 계속 보내는, 서몬 웨이브라 불리는 마법진이었다.

국지적인 역침공이라고도 부르는 재해급 소환술이었다.

하지만 그 말을 들은 마왕은 귀찮다는 듯 한마디를 흘릴 뿐이었다.

"…………계속? 그런 것에 맞춰 줄 여유는 없다만."

그 말이 끝나기 전에 헬 워리어가 거대한 낫을 휘둘러 마왕을 공격했다. 무정하게도 눈앞에 전개된 어썰트 배리어가 그 공격을 막아냈다.

"말해두겠는데, 너 같은 건 본래 내 앞에 설 자격이 없다——**편법 쓰지 마라.**"

옆에서 들으면 기묘한 발언이었으나 마왕의 표정은 조금도 변하지 않았다.

레벨을 너무 올리면 불리해지는 회장에서 그래도 만렙까지 단련한 용사만이 최종보스와 대치할 자격을 갖는다. 그건 과거 회장의 흔들림 없는 규칙이자 이 남자의 마음속에 깊게 뿌리내린 무언가였다.

본래 마왕이라는 존재에 맞설 수 있는 건 드물게 나타나는 용사뿐이라고.

무엇보다 이 남자의 미학상—— 최종 보스와 싸우는 사람에게는 그에 맞는 역량과 준비, 그리고 영혼을 깎아내는 듯한 섬세한 작업과 긴장감을 강요하는 구석이 있다.

그건 참으로 제멋대로인 요구였으나, 최종 보스를 쓰러트리고 '세계'를 뒤집으려면 그만한 노력은 당연히 해야 한다고 생각하기 때문이다.

따라서 이 남자는 미안해하지 않는다.

오히려 분노를 담아 상대의 몸뚱이에 발차기를 꽂았다.

"나무토막 주제에…………. 과거 플레이어 중에 너 같은 나약한 놈은 없었다!"

마왕은 씹어뱉듯이 그렇게 쏘아붙이고 소돔의 불꽃을 투척했다! 그 공격에 직격한 헬 워리어는 산산조각으로 흩어졌다.

압도적인 폭력에 미츠히데와 아쟈리콩은 말문이 막힌 듯 서 있었으나, 마왕의 입에서 더욱 충격적인 말이 튀어나왔다.

"…………이 공간째로 부숴버린다. 밖으로 나가 있도록."

""어?""

그 기묘한 말에 두 사람의 목소리가 겹쳐졌다.

마왕은 가타부타 없이 두 사람을 그랜드홀에서 복도로 내던진 뒤, 무슨 생각을 한 건지 소돔의 불꽃을 바닥에 꽂았다.

"이런 촌극에 어울려 줄까 보냐……. 사라져라──!《신뢰》."

소돔의 불꽃에서 강력하고 무자비한 서드 스킬이 발동되어 그랜드 홀의 바닥에서부터 벽을 타고 올라가 천장에 이르기까지 어마어마한 뇌격이 뻗어나갔다.

벼락이 떨어진 듯한 뇌명이 울려 퍼지며 마법진은 그 힘에 굴복하듯 일그러지더니 마침내 바닥과 함께 붕괴했다.

"…………귀찮은 오브젝트 같은 건 파괴하면 그만이지."

마왕은 그렇게 지껄이며 마치 아무 일도 없었다는 듯 성 밖으로 향했다.

미츠히데와 아쟈리콩도 몽유병 환자처럼 그 등을 따라갔다. 무슨 일이 일어난 건지 아직 정확하게 파악하지 못한 모양이었다.

정원으로 나온 마왕이 담배를 한 대 태우기 시작했을 때 한층 큰 소리가 울려 퍼졌다. 그랜드 홀의 붕괴와 함께 성의 일부가 무너지는 소리였다.

이 세상의 소리 같지 않은 굉음을 지르며 성이었던 것이 무너진다.

유토피아가 준비한 재해를, 그보다 더 큰 규모의 재해로 덮어씌운 셈이었다.

참으로 극단적인 방법이었다. 무너지는 성을 보며 아쟈리콩은 꿈에서 깬 것처럼 큰 소리로 웃었다.

"크하하하하! 제법이잖아, 어이! 킹! 마법진을 넘어서 성을 통째로 부숴버리다니! 너와는 맛있는 술을 마실 수 있겠어!"

아쟈리콩은 그렇게 말하며 마왕의 어깨를 철썩철썩 때렸다.

자신의 동료라고 인식한 모양이었다.

"킹 님, 성을 함락하는 건 최고로 기분이 좋구려! 자, 축연을 엽시다!"

미츠히데도 태평한 표정으로 부채를 부쳤다.

주변에는 시체가 즐비했지만, 이 두 사람은 전혀 신경 쓰이지 않는 모양이었다.

'불을 뿜는 괴수와 주정뱅이 여자와 연회라니, 벌 게임도 아니고…………!'

그 자리로 토시미츠와 고릴라가 다가오자 한층 더 시끄러워졌다. 주인을 닮은 건지 두 마리도 술을 원하는 모양이었다.

"루♪"

"우호우호! 우호오오오오오오오!"

"…………희귀동물원이잖아!"

마왕의 태클은 그렇다 치고, 유토피아의 난입이라는 트러블이 있긴 했지만 북방을 둘러싼 소동은 우선 이것으로 막을 내리게 되었다.

다음 무대는 대륙의 경제를 지배하는 도시국가이다.

신입

Shinjin

【종족】인간 【나이】20세

【레벨】3 【스테이터스】불명

스킬

위험 감지

어렴풋한 예감이나 위험을 감지하는 제6감.
숙련도가 올라가면 '예지'로 승격한다.

경계 경보

위험인물을 보면 머릿속에서 희미한 경보가 울린다.
성장하면 '신호'로 변화하지만,
본인이 대상에게 위험을 느끼지 못하면 발동하지 않는다.

사신의 눈

온갖 '죽음'과 관련된 감각.
성장하면 다행인지 불행인지 사신이 휘두르는 낫까지 환시하게 된다.

한창 성장 중인 신입.
까불거리는 성격이지만 천성이 순수하고 착한 사람이기도 하다.
순수함이란 일종의 재산이기도 하며, 그리 머지않은 미래에
다양한 벽을 넘을지도 모르는 존재.

Maousama
Retry!
마왕님,
리트라이!

정상회담

──────도시국가, 고르곤 상회 본부──────

그로부터 며칠 뒤, 긴 소동의 결말을 맞을 때가 왔다. 소란의 한복판에 있으면서도 항상 킹의 동향을 주시했던 남자가 무대로 올라올 때가 온 것이다.

"그렇습니까. 잭은 사타니스트, 아니, 마족에게…………."

호화로운 집무실에는 아쟈리콩의 보고에 귀를 기울이는 고르곤의 모습이 있었다.

턱을 괸 그 표정에는 미미한 우울이 담겨있었다. 오랜 숙적의 마지막을 듣고 무언가 느끼는 바가 있는 모양이었다.

"악마에게 매료되어 악마로 인해 마지막을 맞다니, 아이러니하군요."

고르곤은 뛰어난 정보망으로 잭의 몸에 마족의 피가 섞여 있다는 것, 사타니스트의 배후에는 마족이 존재한다는 사실을 알아차리고 있었다.

그런 만큼 일련의 소동이 완전히 끝났음을 확신했다. 마족에게 끌려가고 부하를 잃은 잭 같은 건 두려워할 가치가 없다.

"어쨌거나 그 남자가 유리에서 권력을 되찾는 일은 없을 테죠."

그렇게 말하면서도 고르곤의 머리는 다른 생각으로 가득했다. 그에게 이미 잭의 신병이나 유리티아스 같은 건 관심 밖의 문제였다.

고르곤의 머리는 검은 돌—— 석탄으로 가득 차 있었다.

"그래서, 킹은 이쪽으로 오는 중입니까?"

"네! 저는 한발 먼저 당수님께 보고하러 왔습니다."

"…………아주 잘해주었습니다. 고치, 아쟈리에게 포상을."

고치라고 불린 남자는 집사복을 입고 있었는데 그 육체는 근육으로 넘쳐나서 옷이 찢어질 것 같았다. 나이는 50은 넘은 것 같았지만 아주 정정한 모습이었다.

고치가 가져온 작은 상자에는 보석이 가득 담겨있었다.

헐값으로 팔아버린다고 해도 호화저택 하나쯤은 가볍게 세울 수 있을 것이다. 이 냉혹한 남자가 부하에게 흔들림 없는 충성을 받는 이유 중 하나였다.

아무리 아쟈리콩이라고 해도 눈 부신 보석 더미 앞에서는 목소리가 떨렸다.

"다, 당수님…………. 제게는, 이만한 포상을 받을 정도의 공적은…………."

"괜찮습니다. 그 남자 앞에서 무위를 충분히 보여주었다면서요. 저는 물불을 가리지 않는 당신의 충성심과 포악함을 높이 평가하고 있습니다."

"크, 크나큰 행복입니다!"

아쟈리콩은 거듭 머리를 숙이고 황송해하며 집무실을 나섰다.

실제로 그녀가 신나게 날뛰는 모습을 보고 마왕은 완전히 질겁했으니 무위를 보여주었다는 평가는 틀리지 않았다.

고치는 집무실에서 나가는 커다란 등을 바라보며 고르곤에게 조심스레 진언했다.

"당수님. 슬슬 결혼을 생각하시는 게 어떻습니까?"

"…………결혼? 저에게는 캐서린이 있습니다."

고르곤은 그런 진언에 코웃음 쳤으나 오랫동안 일족을 모셔 온 고치에게는 웃어넘길 수 없는 대답이었다. 마음이 어떻든 캐서린은 이미 아이를 낳을 수 있는 나이가 아니기 때문이다.

"죄송하지만 그녀의 나이에는 아이를 볼 수 없습니다."

"그게 어떻다는 말인가요. 제 사랑은 그런 것으로는 조금도 흔들리지 않습니다."

"…………아쟈리는 신중함이 부족한 면도 있지만 튼튼한 아이를 낳아줄 겁니다."

"확실히 그녀는 좋은 여자가 되겠죠. 앞으로 40살 정도 더 나이를 먹는다면요."

고르곤의 변함없는 대답에 고치는 내심 두통을 느꼈다.

하지만 고르곤이라고 해도 아무 이유 없이 노파 취향이 된 건 아니다. 일족 중에서 가장 우수한 사람이 당수로 선택받는다는 인습이 그의 인생을 바꿔버렸다.

고르곤의 형제자매와 그 지지자가 계속 그의 목숨을 노렸고, 따라서 항상 신경이 마모되는 생활을 보내야 했다.

그의 인생을 돌아보면 잠을 자는 중이든 목욕하는 중이든 한시도 방심할 수 없는 나날이었다. 당연히 식사에 독이 들어있는 건 일상다반사였다.

주변 사람이 매수당해서 배신당한 적도 셀 수 없이 많다.

그런 가혹한 유소년기와 청년기를 거치는 동안 캐서린은 늘 고르곤을 지키고 고르곤 옆에 있어 주었던 여성이었다.

그가 캐서린에게 느끼는 신뢰는 어느새 애정으로 변하고, 익애(溺愛)라고 부르는 수준까지 왔다.

고르곤은 자신을 지키는 게 아니라 오히려 그녀를 지키기 위해 일족에 이빨을 드러냈다.

그 결과—— **일족 몰살**이라는, 역사에 남는 대숙청을 실시했다.

그런 경위를 아는 고치이기에 복잡한 기분이었다. 강요하고 싶지 않지만 그렇다고 상회를 이어받을 후계자가 없는 건 치명적인 문제였다.

일족을 모조리 죽여버렸기 때문이다. 고르곤이 죽으면 일족의 피가 완전히 끊어지고 만다.

"당수님. 하다못해 이것을 봐 주십시오."

"………또 맞선 초상화입니까. 고치, 당신은 캐서린 다음가는 고참이긴 하지만, 제 의견을 무시할 수 있는 권한은 주지 않았습니다."

"자랑스러운 고르곤 일족의 피를 당수님 대에서 끊어지게 둘 수는 없습니다. 제발."

고치의 처절한 표정에 고르곤도 지친다는 듯 초상화를 들었다.

그곳에는 아름다운 외모의 영애가 여럿 그려져 있었다. 가문도 확실하고, 모든 여성이 16살~25살 정도의 젊은 나이였다.

"…………고치, 이런 **갓난아기**를 제게 보여줘서 어떡하라는 겁니까?"

"가, 갓난아기는 말씀이 지나치지 않습니까? 다들 젊고 건
강한…….."

"……저는 아기에게 사랑을 바치는 성벽은 없습니다. 여성은
60이 넘어야 비로소 아름답게 빛난다고 몇 번이고 대답했을 텐
데요. 왜 이런 **상식**을 모르는 건지…………."

그 말을 끝으로 고르곤은 초상화를 휙 던져버렸다.

들고 있기만 해도 더러워진다는 듯한 태도였다.

고르곤에게 접근하는 젊은 여성이나 젊은 남성은 자객이 많았
기에 고르곤 안에서는 생리적인 혐오마저 느끼는 존재였다.

완강한 거부반응에 고치는 초상화를 정리하며 남몰래 한숨을
쉬었다. 이 번뇌에서 그가 해방되려면 신의로 이름 높은 유우와
만나야만 했다.

그리고 방화범으로 이름 높은 마왕도 드디어 도시국가에 도착
했다. 지략가로 두려움을 받는 고르곤과 희대의 사기꾼이 벌이
는 세기의 일전이 시작되려 하고 있었다.

————회담 당일————

호화롭기 그지없는 영빈관의 한 방에서 마왕과 고르곤이 마주
보고 앉았다.

마왕의 뒤에는 미츠히데가 천연덕스러운 얼굴로 서 있고, 고
르곤 옆에는 캐서린이 테이블 위에 홍차와 접시를 가져다주는
등 바쁘게 움직이고 있었다.

격조 높은 테이블 위에는 사치스러운 요리와 과일, 각종 와인

이 놓여 있어서 참으로 화사했다.

물론 이런 건 의례적으로 놓은 것들이고, 손을 댈 여유는 없을 것이다.

'이 남자가 소문으로 듣던 킹입니까………….'

눈앞의 소파에 앉아있는 남자를 보며 고르곤은 내심 신음했다.

범상치 않은 안광과 위압감이었다.

잭도 어지간히 광포한 남자였으나 이건 차원이 다르다는 느낌이었다. 더불어 동작 하나하나에 세련됨이 묻어나서 마치 대국에서 온 사자 같기도 했다.

'몸에서 묻어나는 '폭력'의 기운과………… 기품이 하나로 어우러졌어.'

여태까지 많은 인간을 봐 온 고르곤이었으나 이런 기묘한 인간을 보는 건 처음이었다. 그 모습에는 거친 용병들을 이끄는 용병단 간부로는 보이지 않을 만큼 품격이 있었기에 조금 전부터 묘하게 불편했다.

"우선은 인사부터 할까요. 처음 뵙겠습니다."

고르곤이 말문을 떼자 마왕도 컵을 들었다.

고작 그 동작만 보고도 고르곤은 묘한 패배감을 느꼈다. 이쪽에서 먼저 인사하게 만들고 자신은 이름도 대지 않고 유유히 컵에 입을 대고 있다니.

그 모습은 자신이 더 윗사람이고 갑의 위치에 있다고 말하는 듯했다.

'자만심에 취했나. 아니, 검은 돌을 지닌………… 배후에 있는

사람의 지시겠죠.'

　교섭을 유리하게 진행하기 위해 고압적인 자세로 임하는 사람은 많지만, 고르곤은 그런 사람의 허를 찌르는 게 특기였다. 무엇보다 그의 배후에는 거대 상회가 있으니 말의 무게가 다른 사람과는 전혀 다르기 때문에 섣부른 태도를 보인 자에게는 파멸만이 기다린다.

　"우선은 킹. 당신의——."

　"그 전에 한가지 정정해둔다만—— 나는 너희가 말하는 킹이라는 남자는 모른다. 본 적도 없지."

　"…………무슨 농담입니까? 그리 유쾌하지 않습니다만."

　"추가로 설명하자면 천옥이라는 자들도 모른다."

　마왕이 품에서 꺼낸 담배를 물자 미츠히데가 불을 붙였다. 이제 그만 킹이라는 쪽팔린 이름을 치워버릴 생각인 모양이었다.

　하지만 그 말을 들은 고르곤 쪽은 혼란스러웠다.

　그게 농담인지, 무언가를 노리고 한 발언인 건지, 아니면 트랜스 중독으로 헛소리라도 하는 건지 이해할 수 없었기 때문이다.

　"실례지만 킹. 당신은 트랜스라도 하셨습니까?"

　용병 중에는 전장의 가혹함을 앞에 두고 두려움을 잊기 위해, 때로는 전투 후의 흥분이 떠미는 대로 트랜스를 사용하는 사람도 있다.

　그 외에도 부상에서 오는 고통을 지우기 위해 사용하는 사람도 많다. 용법과 용량만 지킨다면 의약품이긴 하기 때문이다.

　하지만 마왕은 그런 말을 일축하듯 입을 열었다.

"나는 있는 그대로의 사실을 말했을 뿐이다. 너희는 아무래도 큰 착각을 하고 있는 모양이더군."

"난감하군요…………. 그런 반응이면 무엇부터 이야기해야 할지."

고르곤은 난처하다는 듯 안경 너머에 있는 냉혹한 눈을 가렸다. 트랜스 중독자든 주정뱅이든 본인은 제정신이라고 믿으니까 골치 아프다.

취하지 않았다고 주장하는 사람일수록 취한 것과 같은 경우다.

"미리 말하지만 나는 그런 종류의 약물을 싫어한다. 사회를 망치는 것이라고 인식하고 있지."

"저런, 용병치고는 드문 윤리관을 지녔군요. 박수라도 보내면 됩니까?"

고르곤은 내심 짜증을 느끼면서도 상대방이 무엇을 노리는 건지 생각했다.

중요하지 않은 이야기로 느물거리면서 이쪽에서 검은 돌에 대한 이야기를 꺼내지 못하게 막으려는 건지, 정말로 트랜스 중독인 건지.

이런 이야기는 먼저 꺼낸 사람이 지는 셈이지만, 고르곤은 일부러 선택했다.

"좋습니다, 이쪽에서 먼저 말씀드리죠. 솔직하게 묻겠습니다. 당신의 배후에 있는 사람은 우리에게 검은 돌을 팔고 싶은 거죠?"

"흠——."

"유리에서 데려간 슬럼의 주민은 검은 돌을 채굴하는 광부고,

당신 배후에 있는 사람은 각종 일을 추진하기 위해 성화가 필요
하겠죠. 그 나라는 아직 성화에 강한 환상과 꿈을 품고 있으니
까요."

"…………호오?"

"잭을 제거해준 보답으로 이쪽에서는 원하시는 대로 성화를
드리겠습니다. 이로써 그쪽의 목적 중 하나는 달성한 셈이죠.
밑천도 없이 대단한 책사입니다, 당신 배후에 있는 사람은."

"…………그렇군."

고르곤이 유창하게 말하고 마왕도 무게감 있는 태도로 고개를
끄덕였다. 보고 있으면 말 하나하나를 음미하는 듯한 모습이기
도 했다.

동시에 고르곤의 말을 혓바닥 위에서 굴리며 즐기는 것처럼
보이기도 했다. 옆에서 보는 그 모습은 참으로 불손하기 그지없
었다.

"그래서 킹. 당신 배후에 있는 사람은 성화를 얼마나 필요로."

"──그 전에, 내가 그 배후에 있는 사람이라고 한다면?"

"네?"

마왕이 비웃고, 고르곤의 얼굴이 굳었다.

입에는 내지 않아도 얼굴에는 '진짜 트랜스 중독자인가?'라고
적혀있었다.

애초에 고르곤에게는 《검은 돌》이 핵심이므로 성화 같은 건
이미 끝난 이야기였다. 이쪽에서 내겠다고 했으니까 얼마나 필
요하냐는 문제일 뿐이다.

그런 이야기는 빨리 끝내고 본론으로 들어가야 한다. 검은 돌의 가격, 산출량 예측, 수송 수단, 상의해야만 하는 내용이 산더미처럼 많다.

마음만이 앞서서 조급해진 듯 고르곤이 말했다.

"킹. 죄송하지만 당신이 아니라 배후와 직접 회담하고 싶습니다."

"그러니까 그 본인이 눈앞에 있다고 했잖나."

"이제 그만——."

거기까지 말한 고르곤의 말문이 막혔다.

황당한 소리이긴 하지만, 조금 전부터 킹이 거듭 주장하는 내용이 전부 사실이라면? 문득 그런 생각이 들었기 때문이다.

"…………당신이 성광국에 나타난 **마왕**을 자칭하는 남자라는 겁니까?"

"조금 전부터 그렇게 말하고 있다만."

"이해할 수 없군요. 그렇다면 왜 킹이라고—— 앗!"

고르곤은 무언가를 떠올린 듯 짧은 신음을 흘렸다.

마왕은 있는 그대로의 사실을 늘어놓았을 뿐이지만 고르곤의 뛰어난 두뇌가, 뛰어나기 때문에 엉뚱한 대답을 내놓았다.

'이 남자가 그 마왕이라고 가정하고, 킹인 척 위장한 이유…….'

가장 먼저 떠오르는 건 모든 화근을 다른 사람에게 떠넘기는 것.

잭 상회는 괴멸했다지만 도망친 잔당도 아직 많다. 도시국가 내에서 꿈틀거리는 게릴라 부대도 건재하다. 하지만 고르곤은 그 생각을 바로 버렸다.

이제 와서 이 남자가 잭 상회의 잔당 같은 걸 두려워할 것 같지 않다.

‘…………틀렸어! 위장했던 게 아니야!’

고르곤이 그 대답에 도달한 순간 등을 타고 식은땀이 흘렀다.

일종의 착각에, 여태까지 지닌 상식에 자신의 시야까지 좁아져 있었다는 쓰라림이 치밀었기 때문이다.

고르곤은 이마를 짚고 날카로운 눈매로 천장을 노려보았다.

“설마 유리티아스 그 자체까지 노린 것이었다니. 아주 우회적인 길이지만 확실히 노력은 적게 들이고도 저쪽에서 알아서 굴러들어오겠군.”

고르곤의 혼잣말에 마왕은 희미하게 웃었다.

그 사악한 미소를 보고 고르곤은 자신의 생각이 맞았다고 확신했다.

물론 마왕은 고르곤이 무슨 소릴 하는 건지 이해하지 못해서 일단 웃어야겠다고 판단했을 뿐이지만.

“위장이 아니라 새로 만들어낸 것이군요—— 민중이 원하는 영웅을. 그래, 확실히 모른다고 주장할 만도 합니다.”

마왕은 담배 연기를 내뿜으며 시선을 옆으로 흘렸다.

본격적으로 머릿속이 멈춰버렸기 때문이다.

‘이 자식은 아까부터 뭔 소리야?? 트랜스 중독자는 너 아니냐?!’

마왕이 당황하거나 말거나 고르곤은 재미있다는 듯 웃었다. 세간이 지략가로 칭송받는 뛰어난 두뇌는 놀랍게도 미래까지 웅변했다.

"당신이 노린 대로 잭이 사라졌으니 그 나라는 국내외로 혼란이 이어질 겁니다. 가만히 있어도 타국이 침공할 가능성이 크죠. 지금은 일시적인 해방감에 잠겨있겠지만 이윽고 **현실**을 깨달을 겁니다."

고르곤의 말대로 좋게도 나쁘게도 강력한 권력을 휘두르던 잭이 사라지는 바람에 유리티아스의 경제와 군사는 휘청거릴 것이다.

여태까지 잭의 뜻대로 휘둘려온 왕궁에는 이런 상황을 재건할 힘도, 지도력도 남아있지 않다. 민중은 이미 완전히 등을 돌렸기 때문이다.

"아무도 넘보지 못했던 잭, 그런 잭을 타도한 영웅. 혼란 속에서 현실을 깨달은 민중은 누구에게 도와달라고 할까요? 왕궁조차 **영웅**이 도와주길 바랄 겁니다."

"흠…………."

"하지만 그게 성광국에서 활약하는 자칭 마왕이라면 조금 곤란하죠. 제2의 잭으로밖에 보이지 않을 테고, 민중도 왕궁도 확실하게 거절했을 겁니다. 그렇다면 새로 영웅을 만들어내면 된다—— 당신은 그렇게 생각한 겁니다."

"…………그렇군."

마왕은 살짝 고개를 끄덕였지만 속으로는 크게 감탄했다.

복잡하게 뒤엉킨 오해를 풀고 킹이라고 불리는 걸 피하려고 했는데, 고르곤의 이야기를 들으니 거기에는 지략으로 넘쳐나는 대단한 남자의 모습이 있었기 때문이다.

마왕은 생각했다—— 다음에 타하라가 왜 그랬냐고 물어보면 이걸 써먹자.

호랑이의 위세를 빌린 여우라는 말이 있다. 이 남자는 남의 지혜를 냉큼 가져다 자기 좋을 대로 써먹기로 결심했다. 완전히 쓰레기 업계의 절대적 왕이었다.

"국경에 있는 성의 일부까지 파괴했다면서요. 참 꼼꼼하시군요."

시니컬한 얼굴로 고르곤이 쓴웃음을 지었다.

마치 밀크에서 침략하라고 재촉하는 듯한 행위였다.

실제로 밀크의 부족이 이런 기회를 놓칠 리 없었다. 고르곤의 말은 나중에 현실이 된다.

"잭은 감을 손에 넣으려고 나무를 흠씬 두들겨놓았지만, 당신은 잘 익은 감이 알아서 떨어지기를 기다리기만 하면 되는 거군요."

"…………흠."

"천옥의 킹이라는 것도 딱 좋았죠. 대단한 기세로 명성을 날리고 있는 용병단의 간부쯤 되면 설득력이 있으니—— 저도 잭도 훌륭하게 놀아났습니다."

"제법이군…………."

마왕은 감탄한 듯 맞장구를 치면서 고르곤의 말을 통째로 암기했다. 내용 자체는 거의 머리에 들어오지 않았지만 이건 써먹을 수 있다고 생각한 모양이었다.

과장되게 어깨를 으쓱한 마왕은 난처하다는 양 입을 열었다.

"들은 것보다 지모(智謀)가 더 뛰어나군. 역시 도시국가의 왕이라고까지 불리는 당수님이야──.”

“놀아난 몸으로서는 그것도 비아냥으로 들리지만요.”

그런 계략 같은 건 한 톨도 없었으나 정답──이라는 듯 마왕은 묵직하게 고개를 끄덕였다. 속으로는 좋은 아이디어를 얻었다며 회심의 미소를 지었다.

한편 고르곤도 상대방의 노림수를 완벽하게 읽었다며 만족스러운 표정이었다.

“그러고 보면 슬럼가 주민의 이동에는 대신까지 붙였다고 들었습니다.”

“저런, 당수님은 소식이 참 빠르군.”

그 대답을 듣고 고르곤은 절절히 느꼈다.

이 남자는 처음부터 전부 계산하고 유리에 왔다고.

이미 국가의 중추까지 훌륭하게 손에 넣지 않았는가.

고르곤은 그 견고한 계획에 좋은 평가를 내렸지만, 계획 같은 건 마음만 먹는다면 누구든, 그야말로 어린아이라고 해도 탁상공론이라면 충분히 세울 수 있다.

고르곤이 전율한 건 그 계획을 끝까지 빠짐없이 굴려 갔다는 점이다. 계획을 완벽하게 수행하는 건 아무나 할 수 있는 일이 아니다.

하물며 이 남자는 책략 하나로 왕궁과 민중, 잭 상회와 고르곤 상회라는 모든 세력을 동시에 공략했다.

정신을 차리고 나니 모든 세력이 휘둘려서 보기 좋게 당해버린 상태가 아닌가.

'곧 유리의 국경이 뚫리고 민중의 생활은 붕괴할 테죠………'

전란의 시대에 약해진 나라를 주변 국가가 내버려 둘 리 없다.

밭을 파헤치고, 상품을 강탈하고, 여자를 겁탈하고, 남자를 노예로 끌고 간다. 해방의 꿈에서 깨어나 현실을 깨달은 민중은 허상으로 만들어진 영웅을 박수와 함께 환영할 것이다.

이건 여담이지만, 때때로 강력한 독재자가 사라진 뒤에는——해방이 아닌 혼란이 기다리곤 한다. 현대에도 짧은 역사를 돌아보면 이라크의 사담 후세인이 사망한 뒤 한때는 해방 소동이 이어졌으나 그 후에 찾아온 혼란은 아직 수습되지 않았으니까.

'괴물 같으니…………. '마왕'이라고 자칭할만해.'

고르곤은 이 남자가 성광국을 삼키는 것도 시간문제라고 확신했다.

어리석은 대귀족이 막대한 부를 쥐고, 허수아비가 되어버린 성녀가 있는 게 고작인 나라 같은 건 이 무시무시한 남자가 모조리 손에 넣어버릴 것이다.

그 원동력이 되는 게 **성화**라고 짐작했다. 오히려 고르곤 같은 상인의 입장에서 보면 혼란보다 안정적인 상태가 장사하기 유리하다.

여기선 과감한 양의 성화를 내놓아야 할 것 같다고 생각에 잠겼다.

"그럼 킹—— 아니, 마왕. 성화와 검은 돌의 이야기를 진행하고 싶습니다."

"이쪽에서는 성화 21닢을 요구하고 싶다."

그 대답을 듣고 고르곤은 내심 신음했다.

앞으로 성화의 가치는 하늘을 찌를 듯이 치솟지 않을까.

유리티아스의 지배를 생각하면 고가를 요구해도 무법이라고 는 할 수 없으나, 눈앞의 남자는 그 나라의 지배를 꾀하고 있다.

그걸 따지면 지금은 잭의 토벌 같은 것에 가치는 없다.

하지만 마왕은 무시무시한 거래를 입에 담았다.

"그 대신이라고 할 정도는 아니나……… 앞으로 1년간 석탄 1 톤당 대금화 10닢에 그쪽에 제공하지."

"…………뭣?! 그렇게 저렴, 아, 아니, 실례."

그 반응을 보고 마왕은 절절히 느꼈다.

역시 석탄에는 큰 가치가 있는 모양이다.

마왕은 탄광터에 우선 500명의 인간을 투입할 생각이었다.

그리고 한 명당 채굴할 수 있는 양은 하루에 고작 2킬로그램 정도다.

플레이어 중에는 군함도 애호회라고 불리는 특수한 집단도 있 었는데, 그들이라고 해도 하루에 10킬로그램 정도가 한계였다.

기력도 적은 초보자를 투입해봤자 총 생산량은 하루에 1톤 정 도일 것이다.

탄광으로 알려진 군함도가 최고 전성기 때는 하루에 1,062톤 이나 되는 채굴량을 자랑했던 것을 생각하면 미미한 수준이지 만, 고르곤에게는 말도 안 되는 소리였다.

그는 머릿속으로 재빠르게 계산했다. 고작 30금화 10닢으로 잃어버린 비보를 손에 넣을 수 있다.

마왕도 필사적으로 주판을 튕겼다. 적자만큼은 피해야 한다고.

'탄광터의 일은 중노동이니까. 최소한 급료라도 넉넉히 줘야지………….'

한 명당 하루에 은화 2닢을 지불해도 마왕의 수중에는 막대한 순이익이 남는다는 계산이었다. 하루 동안 일하게 해서 현대의 가치로 1천만 정도의 수입일까.

물론 탄광터에서 산출되는 자원이 고갈되는 일은 없다.

당연한 것이, 연료를 얻기 위한 에어리어로 설계했는데 고갈되었다는 알림창이 떴다간 플레이어에게서 대규모 항의가 들어왔을 것이다.

마왕의 생각으로는 1년쯤 단련하면 작업에도 익숙해질 것이라는 계산도 있었다.

'어쩐지 직업 훈련소 같지만, 뭐 앞으로를 기대해야지……….'

마왕은 오랜만에 현대 일본의 사회 시스템을 떠올렸다.

이 세계에는 면허도 자격도 없으니까 실무를 통해 직무를 배울 수밖에 없다.

이번 훈련은 이 남자에게도 아주 유익했다. 언젠가 설치하게 될 채석장이나 채굴소에서 그 경험을 살릴 수 있으니까.

다종다양한 자원을 채굴하고, 석재를 자르고, 때로는 나무를 벌목한다.

이 남자가 원하는 건 그런 전문가들이고, 그것들을 운반하는 프로다.

마왕이 그런 생각에 잠겨있는 동안 고르곤은 치밀어오르는 희열을 차마 억누르지 못하겠다는 듯 몸을 떨고 있었다. 평소의 고르곤이라면 비즈니스 회의 중에 이런 태도를 보인다는 건 말도 안 되는 일이었다.

"아주 강렬한 제안이군요. 그만큼 성화로 벌충한다는 겁니까."

고르곤에게는 꿈만 같은 가격이지만, 그만큼 성화의 요구량도 많다. 이 마왕을 자칭하는 남자는 어지간히 성화를, 그것도 시급히 원하는 것이라고 추측했다.

상식적으로 생각하면 성광국에서 한층 세력을 확장하기 위해 주요 인사들에게 뿌리려는 것이리라.

한편 마왕은 장시간의 회담에 지친 건지 미츠히데에게 말없이 신호를 보냈다.

"잠시 휴식 시간을 갖는 게 좋지 않겠습니까. 당수님도 술을 즐기신다고 들었습니다."

"네, 좋은 생각이군요. 오늘은 희귀한 와——인을?!"

미츠히데가 공손히 내민 것은 화주였다.

그것을 보고 아무리 고르곤이라고 해도 말문이 막혔다. 인간을 싫어하기로 유명한 드워프가 화주를 쉽게 양도할 리 없으니까.

'이 남자, 성광국의 대귀족에게 막대한 돈이라도 들인 건가……?'

화주를 보고 고르곤은 깊은 숲을 머릿속에 떠올렸다. 사실 고르곤 상회는 일부 드워프와 연줄이 있어서, 극소량이긴 하지만 1년에 한 번 거래하고 있다.

즉 인간 사회에서 도는 화주는 전부 고르곤이 조달한 것이다.

그 사실을 떠올린 고르곤은 승리한 기분이 들었으나 이내 그 얼굴이 얼어붙었다. 미츠히데가 뇌수로 보이는 병까지 꺼냈기 때문이었다.

"말도 안 돼…………! 어째서 그런 것을 갖고 있는 겁니까?!"

뇌수는 고르곤조차 조달하기 힘든 물건이었다.

드워프가 완강하게 거래를 거부하며 거래조건조차 들으려 하지 않기 때문이다. 이걸 입수하려면 그야말로 강탈이라도 할 수밖에 없다.

아는지 모르는지 마왕은 태연한 모습으로 뇌수를 잔에 따랐다.

"이야기가 잘 통하는 친구가 있지. 그가 만드는 술은 무조건 찬양할만해."

'이 남자, 드워프와 개인적인 인연이 있다는 걸 나에게 과시하는 건가…………!'

마왕은 딱히 악의가 있었던 건 아니다. 오히려 성화나 이후 거래를 생각해서 관계를 돈독하게 만들려고 좋은 술을 꺼냈을 뿐이다.

하지만 고르곤의 눈에는 우열을 확실하게 가르려는 행위 같아서 유쾌하지 않았다. 자기조차 입수하기 힘든 술을 유유히 잔에 따르고 있으니까.

마왕에게서 잔을 받은 캐서린은 《천사의 스푼》이라고 불리는 스킬을 발동해 독이 들어있지 않은지 확인했다.

"당수님, 문제없습니다."

"…………그렇습니까."

고르곤은 캐서린이 확인한 것만을 먹는다. 어릴 때는 반발심도 있었던 건지 그녀가 제지하는 것도 듣지 않고 먹었다가 몇 번이나 생사의 갈림길을 떠돈 적도 있었다.

고르곤은 말없이 잔을 들어 올렸고 마왕도 마주 응했다. 몇 년 만에 마시는 뇌수에 고르곤도 무심코 표정이 풀어졌다. 말 그대로 **짜릿한** 감각이 입안을 자극했다.

희미하게 미소 지은 고르곤을 보고 캐서린이 안도한 듯 물었다.

"당수님, 맛은 어떠십니까?"

"드워프의 거만한 태도는 못마땅하지만, 이 술은 각별합니다. 가능하다면 이 술은 눈이 소복소복 내리는 밤에 둘이서 오붓하게 마시고 싶었습니다…………."

독특한 분위기를 조성하는 두 사람을 보고 마왕도 민망하다는 듯 시선을 돌렸다. 담배에 불을 붙이며 이 노파는 어떤 사람인 건지 생각해봤지만 답은 나오지 않았다.

'시녀라기에는 너무 친밀한데……. 아, 그런가! 할머니로군?'

두 사람의 관계를 아무것도 모르는 마왕은 적당히 할머니와 손자라고 짐작했다. 오히려 나이 차이가 너무 나는 두 사람을 보고 연인이나 부부라는 단어는 바로 떠오르지 않을 것이다.

'할머니에게 효도하는 청년이었나…………. 요즘 시대에 별일 인데. 의외로 좋은 점도 있잖아.'

이 남자는 가족의 정이 약해졌다고 시끄러운 현대 사회에서 살았던 사람이라 그런지 고르곤에게 뜻밖의 소박한 호감을 품었다.

"당수님, 이 뇌수를 선물하지. 둘이 함께 마음 편히 즐기도록 해.”

“…………뇌수를?? 세상에, 정말 놀랍군요.”

말할 것도 없이 고르곤은 여태까지 수많은 선물과 뇌물을 받았다.

사람들은 다양한 이득을 원하며 그에게 애원하듯이 머리를 숙였다.

하지만 어떤 물건을 받는다고 해도 고르곤의 마음이 움직이는 일은 없었다. 고르곤은 대륙을 대표하는 대상회의 수장이므로 손에 들어오지 않는 물건은 없었으니까.

하지만 뇌수나 석탄 같은 건 그가 아무리 갈망해도 입수할 수 없는 물건이었다. 마왕의 말을 듣고 고르곤은 결심한 듯 일어났다.

“마왕, 당신에게는 특별히 보여드리겠습니다—— 저의 **보물**을.”

“호오, 보물이라니 흥미롭군.”

일행은 영빈관을 나와 바다에 있는 항구로 향했다.

그곳에는 거대한 ‘증기선’이 있었다. 그걸 본 마왕도 경악한 표정을 지었다. 하지만 무언가 이해했다는 듯 날카로운 안광으로 선체의 여기저기를 관찰했다.

‘선사문명이라…………. 과거에 고도의 문명이 존재했다는 건 이걸로 확정이군.’

배 자체는 옛날식이고, 배의 좌우에는 커다란 바퀴가 달려 있었다.

소위 외륜선이라고 불리는 타입이었다.

　현대에는 스크류를 선미에 달아서 추진력을 얻는 형태로 바뀌었으나, 지금도 관광선에는 이런 타입을 볼 수 있다.

　미츠히데도 눈앞에 떠 있는 거선을 보고는 경악한 표정을 지었으나, 회담 중이라는 걸 의식한 건지 허둥지둥 입을 다물고 태연한 척했다.

　마왕의 머릿속에 떠오른, 감옥 미궁에서 본 근대식 공장——그것은 마물을 계속해서 생산하는 리사이클 공장 같았다.

　그걸 떠올리며 마왕은 바다에 정박한 증기선으로 시선을 주었다.

　"그래, 석탄………… 아니, 검은 돌을 원할 만도 해."

　"…………네, 음."

　고르곤에게 마왕의 반응은 완전히 예상 밖이었다. 비장의 고대 오파츠를 보여주었는데도 무반응이 가까웠기 때문이다.

　이 배는 '움직이지 않는 배', '바다에 떠 있는 관짝'이라며 비웃음거리가 되었다.

　그런 만큼 이걸 보고 비웃었을 때는 성대한 비웃음을 돌려줄 생각이었는데, 그 꿍꿍이는 훌륭할 정도로 헛발질했다.

　"당수님, 이런 배가 몇 척 있는지 물어도 될까?"

　"………지금은 세 척밖에 없지만, 서방의 로제스에도 잠들어 있다고 합니다. 언젠가 모든 배를 제가 사들일 생각이죠."

　고르곤은 불편한 심기를 달래듯 캐서린의 어깨를 부드럽게 쓰다듬었다. 이 마왕은 그렇다 쳐도 마왕이 데려온 여자는 나이가 아주 어려서 몹시 거슬렸기 때문이다.

평소의 고르곤이었다면 진작에 걷어차서 바다에 처박았을 것이다.

한편 마왕도 할머니의 어깨를 부드럽게 쓰다듬는 고르곤을 보며 희미한 미소를 지었다.

'어른이 되어도 할머니를 아끼는구나…………. 젊은 나이에 훌륭한 자세야.'

손이 허전했던 마왕도 별 생각 없이 옆에 있던 포니테일을 잡아당겼다.

미츠히데가 난감한 표정을 지었지만, 이 남자는 전혀 아랑곳하지 않고 계속 만져댔다.

그걸 본 고르곤의 얼굴은 구역질이 난다는 듯 험악해졌다. 여성의 아름다움을 전혀 이해하지 못하는 남자라며 연민을 느낀 모양이었다.

"마왕. 당신은 이것이 검은 돌로 움직인다는 걸 알고 있었군요."

"음, 그렇지."

"그렇습니까………………."

고르곤은 불쑥 거선을 앞에 두고 두 팔을 벌리더니 큰 소리로 소리쳤다.

그 모습은 장난감 앞의 어린아이와 비슷했다.

"마왕, 저는 이 고대의 오파츠를 움직여서 바다를 자유자재로 달리고 싶습니다! 그건 일족을 미치게 만든 아버지나 할아버지도 불가능했던 일. 그러기 위해서는 당신이 요구하는 대가를 얼마든지 마련하겠어. 단, 나는 배신을 용서하지 않아."

　고르곤의 냉혹한 눈이 마왕을 응시하자 미츠히데가 경계하며 자세를 고칠 만큼 그 자리의 온도가 급격하게 내려갔다. 하지만 마왕은 전혀 신경 쓰이지 않는 건지 당당한 태도로 지껄였다.

　"안심하도록. 나의 탄광은 고갈되지 않는다. 이 배를 얼마든지 움직일 수 있을 만한 산출량을 약속하지. 언젠가 《선형차고》를 설치한다면. 증기기관차 같은 걸 달리게 할 수도 있게 돼."

　"…………고갈되지 않는다? 서녕차고?"

　마왕은 타하라가 과로사할 법한 소릴 아무렇지도 않게 뱉었고 고르곤은 그 발언에 고개를 갸웃거렸다.

　낯선 단어가 연속으로 나왔기 때문이다.

　"마왕, 당신은 고대의 오파츠에 대해 무언가 아는 겁니까?"

　"알고 있다고도 할 수 있고, 모른다고도 할 수 있지."

　고르곤은 그 애매모호한 발언에 짜증이 났지만 이건 마왕의 본심이기도 했다.

　예를 들어 이런 증기선 같은 거라면 '안다'고 할 수 있다. 단 고대라고 해도 그 범위는 한없이 넓다.

　지천사나 타천사 등으로 대표되는 종류에 대해서는 아무것도 모른다.

　"그런데 당수님. 이 배는 장작이나 목탄 같은 걸로는 움직일 수 없는 건가?"

　"…………그런 건 이미 시험해봤습니다. 결과는 말할 필요도 없겠죠."

　"그렇군."

마왕이 듣기에는 기묘한 이야기였다. 증기선이라면 목탄이나 장작으로도 추력을 얻을 수 있다. 석탄이어야만 한다는 부분이 묘하게 마음에 걸렸다.

그건 마치 '정해진 규칙'같았다.

한편 고르곤은 마왕의 발언이 참으로 비아냥처럼 들렸다. 자기가 주는 검은 돌이 없다면 배를 움직일 수 없다고 못을 박는 셈이었다.

지극히 불쾌했지만 배를 움직이기 위해 고르곤은 가까스로 참았다.

"마왕, 만약을 위해 물어보는 거지만 검은 돌의 거래처는 저뿐인 거겠죠?"

"물론이지. 당수님 말고 다른 곳에 팔 예정은 없다."

그 발언에는 망설임 없이 단호했다. 마왕이야 이런 귀찮은 회담을 여러 번 해 먹는 건 못 견딜 것 같았기 때문이었다.

일류 대상인인 고르곤도 그 말에는 '진실'을 느꼈다.

"그렇습니까………. 그렇다면 모든 것을 잊고 모든 것을 넘기겠습니다. 당신은 성화와 대가를 얻고, 저는 검은 돌을 얻는다. 그렇죠?"

"그래. 나도 이 배가 바다 위를 종횡무진 달리는 걸 기대하지. 이런 건 남자의 낭만이니까."

"나, 낭만…………. 뭐, 제 숙원이기는 합니다만."

얼굴을 일그러트린 고르곤과 마왕이 악수함으로서 계약이 맺어졌다.

탄광터에서 채굴되는 검은 돌의 전매 계약이다. 마왕은 일종의 직업훈련이기도 했고, 미래를 내다본 인재 육성이기도 했다.

고르곤은 미치광이 같은 규정을 만들고 일족을 마구 파괴해버린 아버지나 할아버지를 뛰어넘는 비원에 가까운 프로젝트였다.

철로 된 관이라고 내내 비웃음을 받았던 이 배가 움직였을 때 대륙의 모든 인간이 경악할 것이다. 그리고 고르곤의 이름을 칭송할 게 틀림없다.

그 명성은 장사에도 큰 영향을 준다.

사람들은 소문으로 듣던 배를 직접 보기 위해 항구로 쇄도하고, 그 배가 가져온 상품은 날개 돋친 듯 팔릴 것이다.

당연히 거기에는 그의 또 다른 꿈—— 사람의 손으로 하이엔드를 제작한다는 것도 포함되어 있었다. 그때 고르곤의 이름은 불멸의 존재로 역사에 각인될 것이다.

뿌듯하게 증기선을 바라보는 고르곤을 보고 마왕은 놀리듯 입을 열었다.

할머니를 아끼는 효심이나 증기선을 움직일 거라고 소리치는 등, 고르곤이 어쩐지 순수한 어린아이처럼 보였기 때문이다.

"⋯⋯⋯⋯⋯⋯세계 일주 여행."

"네?"

"이 배라면 거기 계신 부인에게 세계 일주를 선물해줄 수도 있겠지."

"이 배로⋯⋯⋯⋯ 세계를, 한 바퀴⋯⋯⋯⋯?"

마왕이야 손자가 할머니에게 드리는 최고의 선물이라는 뉘앙

스로 한 말이었으나, 그걸 들은 고르곤은 몸을 부르르 떨며 말문이 막혀버린 반응이었다.

"그럼 당수님. 다음 기회에."

"네, 네…………."

이렇게 서로의 꿍꿍이가 기묘하게 맞물리며 북방의 소란은 종식을 맞았다. 그 무렵, 슬럼의 주민들을 데리고 성광국으로 향하던 렌도 홀리 브레이브와의 회담에 임하려 하고 있었다.

Maousama
Retry!
마왕님,
리트라이!

진정한 이세계

──────북방국가군, 루키로 가는 가도──────

《지금쯤이면 이렇게 흘러가고 있을 거야.》

《가난한 사람들에게 일자리를 제공한다. 마스터의 자애로 군요.》

《어, 그렇지.》

렌은 슬럼의 주민을 데리고 루키로 향하고 있었다.

그동안 타하라와 《통신》을 나누었는데, 거기에는 북방에서 오가고 있을 회담을 직접 보고 온 것처럼 이야기하는 두 사람의 모습이 있었다.

말할 것도 없지만 받아들이는 방식은 전혀 달랐다.

타하라는 탄광터 설치와 이 세계에서 《석탄》이 갖는 지위, 무엇보다 킹이라는 이름을 쓴 이유에 대해 답을 하나 도출한 상태였다.

그건 책략 하나로 왕궁, 민중, 두 개의 거대 상회라는 네 가지 세력을 동시에 공략했다는 결론이었다. 딱 하나, 킹이라는 이름을 쓴 것에서 시작된 묘책이 훌륭하게 큼직한 꽃을 피웠다.

덤으로 슬럼의 난민들을 노동력으로 흡수하고, 그걸 미끼 삼아 다음은 홀리 브레이브까지 끌어들이려는 중이다. 뼛속까지 쪽쪽 빨아먹는다는 말은 이런 걸 가리키는 것이리라.

유리티아스의 미래에 대해서도 타하라와 고르곤의 생각은 일치했다.

　절대적인 독재자가 쓰러지고 언젠가 혼란에 빠질 유리티아스라는 잘 익은 감은 자연스럽게 손바닥 안으로 떨어질 것이다. 향후 전개까지 포함하면 몇 겹으로 층층이 쌓인 책략인 건지 상상만으로도 기가 빨리는 내용이었다.

　《뭐, 이번에는 감이 떨어질 때까지 시간적 유예가 있으니까 다행이지. 항상 이러면 좋을 텐데 장관님의 움직임은 너무 빠르단 말이야.》

　《마스터는 마을의 문제도 고려해서 이번에는 때가 무르익는 걸 기다리기로 하신 거겠죠.》

　마왕이 이 통신을 들으면 '뭔 소리야!' 하고 전율했을 테지만 두 사람의 대화 내용은 딱히 엉뚱한 게 아니었다.

　일본의 역사로 말하자면 오다 노부나가가 나가시노 전투에서 타케다 가를 물리친 뒤 추격하지 않고 물러난 사례와 비슷하다고 할 수 있다.

　그대로 침략했다면 고향이나 가족을, 친구를, 소중한 사람들을 지키기 위해 일반 백성들까지 맞서 싸웠을 게 틀림없다.

　하지만 노부나가는 대승을 거뒀음에도 방치해놓고 내부에서 썩어들어가기를 내다보았다는 듯 계속 기다렸다. 그리고 몇 년 뒤, 전투다운 전투도 없이 거의 무혈로 상대의 영지를 정복했다.

　《⋯⋯⋯⋯애국심이 살아있는 민중을 진정한 의미로 정복하는 건 불가능하니까.》

　타하라의 발언은 과거 대제국을 빗댄 말이었다.

그걸 듣고 렌도 고개를 끄덕였다.

《동의합니다. 상대가 우리를 원하지 않으면 통치는 불안정하죠.》

《⋯⋯⋯⋯⋯⋯그래. 명심할게.》

렌의 말에는 상대방에서 요구할 만큼 선정을 펼쳐야만 한다는 엄한 충고도 섞여있었다.

타하라는 쓴웃음이 절로 나왔다.

《그리고 타하라 씨. 검은 돌은————.》

《걱정하지 마. 장관님이 언젠가 《선형차고》를 설치하실 거라고 예상하고 레일을 깔 장소는 확보해놨어. 우선은 마을에서 신도로 연결할 예정이야. 인원이 확보되면 다음은 고속도로지.》

《미정비 가도가 많은 것 같군요. 저도 지금 골머리를 썩는 중입니다.》

《제대로 된 수송도 쉽지 않으니까 말이지. 사람도 물자도 지금의 10배 속도로 돌리고 싶은데.》

두 사람의 통신은 물 흐르듯 이어졌다.

그 남자가 '기관차가 다니면 재밌겠다.(웃음)' 정도의 감각으로 대충 떠올린 것을 몹시 진지하게 현실로 만들려는 중이다.

하필이면 이 두 사람은 그걸 현실로 만들 수 있는 능력이 있었다.

《마스터께선 검은 돌을 어느 정도의 가격으로 교섭하실 거라 생각하십니까?》

《그야 장관님이라면 황당할 만큼 싼 가격이겠지.》

《네, 저도 같은 의견입니다.》

당연히 이것도 두 사람은 다르게 받아들였다.

렌은 민중의 기술, 생활 수준 향상을 위해서도 저렴한 가격을 책정했다고 생각했지만, 타하라는 이 세계에서는 고갈된 연료를 널리 보급시켜서 그걸 무기로 삼기 위해서라고 받아들였다.

널리 퍼진 뒤에 공급을 멈춰버리면 적대 국가는 커다란 타격을 받을 수밖에 없으니까.

먼 옛날에도 곡식 반출 규제라는 전략이 있었고, 현대에서도 석유나 가스 공급을 끊어서 상대 국가를 압박하는 수법이 있다.

인간이란 한 번 편리함을 느끼면 과거로는 돌아갈 수 없다. 증기선이나 증기기관차 같은 걸 알아버리면 도저히 원래 생활로 돌아갈 수 없을 것이다.

온천여관의 인기 요소 중에도 에어컨을 틀어놔서 **시원하다**는 점이 있다. 쾌적함을, 편리함을 알아버리면 없던 시절로는 돌아가지 못하는 사례 중 하나라고 할 수 있다.

《목탄도 널리 보급해야 한다고 봅니다. 마석 비용에서 민중을 **해방**시켜야죠.》

《그래, 그게 장관님의 정책 중에서도 핵심이 되겠지.》

물과 불은 인간의 생활에서 떼려야 뗄 수 없는 존재다. 그런만큼 빈민이라고 해도 거기에 들어가는 비용을 아낄 수가 없다.

라비 마을에서는 노동자를 물의 고통에서 해방시켰다.

그다음은 불이다. 이걸 성광국 전역으로 넓히면 얼마나 큰 지지를 받게 될지, 그야말로 불 보듯 훤했다.

《그럼 대신님을 잘 부탁해. 그리고 그 아이즈라는 녀석이 골라낸 놈들의 처분은 그쪽에 맡길게.》

《알겠습니다.》

아이즈와 신입은 무사히 일행과 합류하여 렌에게 명함을 내밀었다. 마왕이 직접 스카우트했다는 부분도 작용한 건지 렌은 의심하지 않고 두 사람을 받아들였다.

지금은 가는 도중 위험인물을 골라내서 보고하는 일까지 줬다.

슬럼의 주민들은 대부분 잭에게 강제로 빚이 생겨버린 사람들이지만, 개중에는 진짜 범죄자도 있었다.

범죄자를 대강 분간해낸 아이즈는 조심조심 렌에게 말을 걸었다.

그에게 렌이라는 소녀는 이해할 수 없는 존재였다.

한 점의 얼룩도 없는 천사 같기도 했고, 반면 상급 악마조차 구축해버리는 말도 안 되는 무시무시함을 내포한 소녀이기도 했다.

"저기, 그게, 렌 씨……… 녀석들을 한 부대로 묶었습니다."

"감사합니다."

렌의 극한과도 같은 시선을 받은 순간 아이즈의 등이 얼어붙었다. 그가 본 렌은 모든 것이 완벽하고 모든 것이 이해할 수 없는 존재였다.

투명한 분위기와 가까이 가기 힘든 고귀한 기척, 눈보라 같은 싸늘함과 아름다움.

아예 인간이 아니라고 한다면 이해할 수 있었을 것이다.

아이즈는 부리나케 렌 옆에서 떨어져 신입에게 돌아갔다. 그녀 옆에 있기만 해도 어마어마한 긴장이 밀려드는 건지 땀으로 축축해졌다.

그런 고생도 모르고 신입은 불만이라는 듯 투덜거렸다.

"…………아이즈 씨 치사해요. 저한테도 한 번쯤은 보고를 맡겨달라고요."

"멍청아! 너에게 보고를 맡기면 무슨 소릴 할지 알고……….."

그 소녀를 화나게 했다간 무슨 일이 일어날지 알 수 없다. 도저히 신입에게 맡길 수 있는 일이 아니었다.

"끝내주게 예쁘단 말이죠……. 보세요, 옷까지 예쁘다고요!"

"…………너는 편해서 좋겠다."

"뭔가 좀, 예쁜데 다가가기 어려운 게 용감한 공주님 같은 느낌 안 들어요?"

"네 눈이 성장하면 도저히 직시하지 못하게 될 거다."

렌이 든 창은 아이즈의 눈에는 지옥 그 자체였다. 사실 렌은 인간무골을 종횡무진 휘두르며 셀 수 없이 많은 강자를 쓰러트렸기 때문이다.

"그나저나 그 대신님은 무슨 생각을 하는 건지………."

"진짜 치사하죠! 직권남용이에요!"

유리티아스의 대신은 그 무시무시한 존재를 보며 황홀한 미소를 지었다. 마치 공주를 지켜보는 집사로 태어난 사람처럼.

"너랑 똑같이 머릿속이 핑크빛인가봐."

"그런 사람과 똑같다고 하지 마세요! 저는 좀 더 순수한 마음으로…………."

"아, 그래…………."

여자를 보고 헬렐레하는 감정에 뭐는 순수하고 뭐는 불순하고가 있냐고 말하고 싶은 아이즈였지만, 맥이 풀려서 손만 흔들고 말았다. 대신의 모습을 보고 새삼 느낀 바가 있었기 때문이다.

인품이나 인간관계란 정말로 중요하다고. 큰 장사나 국가적 사업이라고 해도 의외로 그런 부분에서 정해지는 법이라고.

만약 그 새 고용주가 전면에 나섰다면── 대신은 절대 저런 태도를 보이지 않았을 것이다.

아마도 제2의 잭을 보는 눈으로 경계했을 게 틀림없다.

하지만 렌이라는 소녀를 사이에 끼워서 경계심이 흐려지고, 이 이송이 끝날 무렵이면 대신은 그녀의 포로가 되어 있을지도 모른다는 생각마저 들었다.

실제로 대신은 지금도 렌 옆에서 나란히 말을 타며 싱글벙글 말을 걸었다.

"그나저나 그분은 천옥과는 무관계했던 거군요."

"네. 마스터께서는 일부 사람들에게 두려움을 받고 있지만 무척 따뜻하신 분입니다."

"하지만 성광국에서는 대단한 횡포를 부린다는 소문도……."

"안심하세요. 마스터께서 만드는 '세계'를 그 눈으로 직접 보시면 됩니다. 저도 기꺼이 안내해드리겠습니다."

"음, 음, 알겠습니다."

어째서인지 이 소녀 옆에 있으면 기분이 좋았다.

몸속의 탁한 공기가 맑아지면서 전신이 되살아나는 듯한 감각이 든다. 무엇보다 그녀의 옷을 보기만 해도 자신의 청춘 시절을 떠올린다.

나이를 잊고 때로는 소리치고 싶은 충동마저 치밀었다. 젊은 시절, 도시국가에서 봤던 바다로 가 크게 소리쳤던 그 날을.

렌의 세일러복을 보고 대신은 넋을 놓은 듯이 말했다.

"그나저나 몇 번을 봐도 멋진 옷입니다."

"마스터께 받은 소중한 옷입니다."

"우리나라에도 꼭 도입하고 싶은데…………."

"라비 마을에는 실력이 뛰어난 디자이너가 있다고 합니다. 온천여관도 있으니 도착하면 그곳에서 피로를 풀어주세요."

"허허, 그거 기대됩니다."

대신은 온천녀간이라는 게 뭔지 모르는 채로 껄껄 웃었다.

일하는 중이라는 것도 잊고 완전히 여행 기분이다. 오랫동안 잭에게서 억압당했던 것도 있어서 그런지 그 해방감은 말로 다 표현하기 어려운 부분이었다.

하물며 옆에는 비현실적인 미소녀까지 있다. 대신은 이런 상황에서 설레지 않는 사람이 있다면 그건 남자가 아니라고 생각했다.

대신에게는 십수 년의 고생 후에 찾아온 포상 그 자체라고 할 수 있었다.

"어디, 슬슬 루키 마을이군요."

꼼꼼히 상의해서 계획한 덕분에 일행의 일정에는 막힘이 없었

다. 이윽고 루키와 가까워지자 거기서부터는 대신이 나설 차례
였다.

그는 국왕의 정중한 친서를 내밀고 통과 허가를 얻는 데 성공
했는데, 사전에 통고해둔 덕분인지 참으로 순탄하게 흘러갔다.

무엇보다 잭이 실각했다는 소식이 들어간 상태이므로 공화국
은 건드리지 않으면 화도 입지 않는다는 듯한 태도를 보였다.

섣불리 손을 댔다간 화상을 입을지도 모르는 문제라고 판단한
모양이었다.

대신과 관리가 절차를 밟는 옆에서 렌은 루키의 거리에 시선
을 주었다.

그곳에는 홀리 브레이브라고 불리는 인물이 복구작업을 하고
있었는데, 렌은 그 저명한 인물을 이 대이동에 동행시켜야만
한다.

생각에 잠긴 렌을 보고 슬럼의 소녀 우린이 웃으며 말을 걸었
다. 이 일가와는 적지 않은 인연도 있었기 때문인지 렌도 부드
럽게 대응했다.

"렌 님! 킹 님의 마을은 어떤 곳이에요?"

"…………음, 글쎄요. 풍광명미(風光明媚)한 장소라는 건 틀림
없습니다."

"풍강면미?"

"아주 아름다운 장소라는 뜻입니다. 여러분은 카지노, 아니,
황금의 신전에서 일하게 될 예정입니다."

"화, 황금의 신전?!! 킹 님은 황금 집이 있는 거예요??"

"네, 마스터께 불가능은 없으니까요."

"우와아아아!"

마왕이 설치한 카지노는 라스베이거스에 실재하는 건물을 모티브로 삼았다.

그 호화로움은 도저히 이 세상의 건물처럼 보이지 않고, 황금의 신전이라는 표현이 딱 들어맞았다. 그리고 건물 안은 그걸 뒷받침하듯 현란한 장식이 들어가 있으며 그곳에서 열리는 수많은 도박에서는 말 그대로 황금이 쏟아진다.

비유가 아니라 이중적인 의미로 황금의 신전인 셈이니 참으로 흉악했다.

"렌 님, 누가 와요!"

"……저 사람이 홀리 브레이브라고 불리는 분인 모양이군요."

그 인물은 체격이야 아담하지만 멀리서 봐도 빈틈이 전혀 보이지 않았다.

렌은 차가운 눈으로 문제의 인물과 접촉을 기다렸다.

―――북방국가군, 루키시―――

이곳은 미궁에 들어가 모험가로서 생계를 꾸려 나가려는 사람이 모이는 도시다.

하지만 현재는 역침공의 영향으로 감옥 미궁은 폐쇄되었으며, 도시에는 일자리를 찾지 못한 남녀가 가득했다.

홀리 브레이브의 지휘 덕분에 극도의 혼란에서는 벗어나고 있었지만, 거리를 보아도 아직 원래의 모습으로 돌아가기에는 시간이 걸릴 것 같았다.

계속되는 복구작업에도 불구하고 오타메가는 쉬는 날 없이 내내 사람들을 지휘했고, 취침하기 전에는 해머의 편지를 읽는 것이 하루 루틴처럼 정착되었다.

"오뚝이 씨는 정말 겉과 속이 똑같은 분이군요…………."

홀리 브레이브에게도 틀린 이름으로 기억된 해머였지만, 편지를 읽는 오타메가의 표정은 무척 부드럽고 희미한 미소까지 머금고 있었다.

해머는 그 고지식한 성격상 일상을 상세하게 기록했고, 그걸 매일 같이 루키시에 보내고 있다.

처음에 편지는 우편물을 담당하는 업자에게 의뢰했었으나 지금은 가루다라고 불리는 바람의 고위 정령이 배달하게 되었다.

편지라기보다는 일기에 가까운 그것을 해머가 매일 보내기 때문이었다. 그 우직함에는 아무리 오타메가라고 해도 쓴웃음이 나왔다.

"신기하군요…………. 지금은 이걸 읽지 않으면 하루가 끝난 것 같지 않아요."

내용은 시시한 중년 남자의 시시한 일상이었다.

홀리 브레이브가 읽을 만한 가치가 있는 편지는 아니지만, 지금의 오타메가는 편지가 오는 걸 즐겁게 기다리게 되었다.

물론 해머의 시시한 일상만이 아니라 오타메가가 주목할 만한 정보도 있었다.

"빈민이 매일 줄을 지어 기다리는 병원…………."

유우가 운영하는 야전병원은 북방국가군에서도 작은 화제로 오르고 있었다.

아무리 큰 부상이나 병이라고 해도 바로 치유해준다는 소문이 퍼졌는데, 대부분 냉소를 지을 뿐이었지만 개중에는 진지하게 받아들이는 사람도 있었다.

큰 병을 앓는 환자 중에는 지푸라기라도 잡고 싶은 사람이 당연히 있기 마련이다.

편지를 계속 읽자 젊은 여성에게 경멸당해서 우울하다는 내용도 있었다. 매일 같이 해머를 놀려대는 맹랑한 날라리를 말하는 모양이었다.

"이 여성은 오히려 오뚝이 씨에게 호감이 있는 거 아닌가요……?"

연애에는 아주 둔감한 오타메가였으나 해머의 시시한, 그러면서도 떠들썩한 일상을 읽다 보면 저절로 웃음이 흘러나왔다.

많은 중책을 짊어지고 대륙의 모든 백성을 구하고자 고립무원의 싸움을 계속해온 오타메가에게 해머의 편지는 일종의 힐링 타임인 건지도 모른다.

"아이러니하군요…………. 타천사가 지배하는 마을에 **일상생활**이 있다니…………."

북방국가군을 보면 전란, 빈곤, 전염병, 유민 등으로 가득하다.

약도 살 수 없는 빈민들은 잡초처럼 죽어 나가고, 먹을 게 없는 유민들은 나무껍질까지 벗겨서 달여 먹는다.

그들에게 평온한 일상 같은 게 존재할 리 없다. 있다고 해도 그건 지옥 같은 나날이 하염없이 이어질 뿐인 일상이다.

그런 오타메가에게 파발이 놀라운 소식을 가져다주었다.

유리티아스를 실질적으로 지배하던 잭이 패배했다는 소식이었다.

"천옥의 킹…………?"

오타메가도 그 이름은 알고 있었지만, 일개 용병단이 국가의 정점에 싸움을 건다는 건 너무나도 부자연스러웠다. 그 후에도 끊임없이 속보가 이어지자 오타메가는 이 사건 뒤에 그 마왕이 존재한다는 걸 민감하게 감지했다.

"검은색 롱코트, 다섯 개의 별을 괴멸시킨 소녀, 잭의 실각. 그리고 슬럼 주민들이 성광국으로 이동…………? 도시국가와 고르곤 상회…………."

현지에서 떨어진 장소에 있는 오타메가는 단편적인 정보로 추측할 수밖에 없다. 한가지 확실한 건 잭이 완전히 실각했다는 부분이다.

거기서 도출되는 결론은, 고르곤 상회가 이 사실을 성대히 환영하리라는 것.

'최악의 경우 타천사와 고르곤이 손을 잡았을 가능성이 있군요………….'

오타메가는 단편적인 정보에서 최악의 케이스를 상정했다.

그리고 그 예상은 틀리지 않았다.

"그 사람은 뭘 하려는 건지…………."

오타메가의 머리에 혼란이 퍼졌다.

압정을 펼치는 독재자를 타도하고 학대당하던 슬럼의 주민을 거둔다. 표면적으로 드러난 것만 본다면 마치 영웅의 행적이 아닌가.

홀리 브레이브의 초조함을 뒤로 문제의 이민자 집단이 시시각각 다가왔다.

답을 찾지 못한 채 시간이 흐르고 마침내 당일을 맞게 되었다.

교외에 2천 명이나 되는 이민자 집단이 나타나자 루키시는 시끌시끌해졌다.

확인하러 나온 삼연성도 얼굴을 찌푸리며 집단을 바라보았다.

"오타메가 님. 아무래도 그 집단인 모양입니다…………."

"네, 유리티아스의 문장. 그 땅에 사는 슬럼의 주민들인 것 같습니다."

안경 너머로 오타메가의 눈이 차갑게 빛났다. 대규모 '노예 매매' 집단처럼도 보이지만, 주위를 둘러싼 병사가 너무 질서정연했다.

집단 맨 뒤에는 수송부대까지 딸려있어서 완전히 군대의 이동이었다. 삼연성은 그걸 보고 저마다 감상을 늘어놓았다.

"…………녀석이 백성들을 자기 마을로 데려가는 건 두 번째군요."

리더 격인 카이야는 얼굴을 찡그리며 사실을 짚었다.

"하찮군. 노예로 부려먹는 게 목적이겠지."

시니컬한 알테마는 수염을 쓰다듬으며 말했다.

“사악한 마왕 같으니………. 그런 남자는 빨리 토벌해야 해!”

감정적인 머시룸은 분노를 드러내며 주먹을 쥐었다. 각각의 의견을 들으면서도 오타메가의 머리를 한 명의 소녀가 점령했다.

낯선 복장과 얼어붙을 듯한 기척.

그 소녀가 저명한 다섯 개의 별을 괴멸시켰다는 건 쉽게 상상할 수 있었다. 그리고 오타메가는 소녀 또한 자신을 보고 있다고 느꼈다.

“묘하군요. 저 집단에는 어둠이 전혀 없습니다.”

“…………즉 노예 매매가 아니라는 겁니까?”

오타메가의 말에 카이야가 반응했다.

곧 가혹한 장소로 팔려 가는 것이라면 그들의 얼굴은 비장함으로 가득했을 것이다. 하지만 다들 비장감 같은 건 없고, 오히려 희망으로 넘치는 사람마저 있었다.

“아무래도 저쪽은 제게 할 말이 있는 것 같습니다.”

오타메가는 그렇게 중얼거리더니 이쪽을 향해 다가오는 두 사람에게 걸어갔다.

한 명은 오타메가도 잘 아는 인물인 유리티아스의 대신이고, 그 옆에는 흑요석을 떠올리게 하는 아름다움과 예리함이 느껴지는 소녀가 있었다.

대신은 오타메가의 모습을 보고 기쁘다는 듯 외쳤다.

“오오, 홀리 브레이브님! 오랜만입니다.”

“…………오랜만에 뵙습니다.”

대신이 싱글벙글 말을 걸었지만, 오타메가의 의식은 옆에 있는 소녀를 향해 있었다. 그곳에서부터 흘러들어오는 차가운 기척에 피부에 소름이 돋았다.

렌도 마찬가지로 오타메가를 주시하고 있었다. 서로 대화는 하지 않은 채 무언가를 간파하려는 듯 구멍이 뚫릴 정도로 날카롭게 관찰하고 있다.

"인사는 이만하고, 우선은 관리에게 절차를 밟으러 가봐야겠군요. 홀리 브레이브님, 대화는 다음에 또 합시다."

"기다리고 있겠습니다."

대신은 경쾌하게 루키로 향했다. 아직 복구작업이 진행 중이지만 커다란 파편은 철거되어서 제법 봐줄 만한 경관이 되긴 했다.

대신이 떠난 뒤 렌은 정중하게 인사했고 오타메가도 가슴에 손을 올리며 허리를 숙였다.

"저는 렌이라고 합니다. 당신이 마스터께서 말씀하셨던 홀리 브레이브로군요."

"…………세간에서는 그렇게 불리는 모양입니다. 이 일행은 그분이?"

"네. 굶주림에 고통스러워하는 사람들에게 일자리와 집과 급여를 드릴 겁니다."

"실례지만………… 그 한촌에 저들을 부양할 내력이 있을 것 같지 않습니다."

오타메가가 아는 라비 마을은 마왕이 나타나기 전의 풍경뿐이므로 도저히 이런 대인원을 부양할 수 있는 장소가 아니다.

그들에게 일자리와 집을 마련하고 급여까지 지불한다는 건 황당한 소리였다.

노예로 부려 먹는다고 해도 저들에게 나눠줄 만큼 일감이 대량으로 필요하며, 살기 위해 필요한 최소한의 불과 식량노 마련해야 한다.

살리지도 않고 죽이지도 않고, 노동력으로서 노예를 부린다는 건 말처럼 간단한 게 아니다.

"마스터의 사업에는 막대한 일손이 필요합니다. 앞으로 일자리는 가속도를 더하며 증가하겠죠. 당신에게도 협력을 부탁드리고 싶습니다."

"제가 뭘 할 수 있다는 말씀인가요…………."

렌의 말에 오타메가는 자조적으로 웃었다.

그는 말 그대로 자신의 반생을 빈민 구제를 위해 쏟아부었다.

하지만 허무하게도 대륙을 뒤덮는 전란은 전혀 줄어들 기색이 없고, 빈민과 유민은 늘어나기만 했다. 아무리 각국을 돌면서 먹을 것을 나눠준다고 해도 일시적인 굶주림에서 건져주는 게 고작이었다.

불을 열심히 끄고 있는데 옆에서 계속 화재가 나는 셈이었다.

헛수고라면 이보다 더 헛수고도 없다.

"당신이 지금까지 한 행위는 무척이나 존엄합니다. 하지만 먹을 것을 나눠주는 것만으로는 한계가 있다는 것도 사실이죠. 마스터의 구제는 사업을 벌여서 고용을 창출하는 것. 거기서 얻은 이윤으로 더 큰 사업을 벌이고, 대륙 전체를 바꿔버리는 것입니다."

"대륙을………… 바꾼다?"

스케일이 너무 큰 이야기에 오타메가는 현기증이 일어날 것 같았다.

그건 인간이라는 생물이 이룩할 수 있는 게 아니다. 그야말로 천지를 새로이 창조하는 기적이라도 일어나야만 한다.

"그분은 잭을 타도하면서까지 노동력이 필요했다는 겁니까?"

"마스터 앞에서 어리석은 소인배 같은 건 사라질 뿐입니다."

"하하…………. 여전히 어마어마한 분이군요."

오타메가는 안경을 밀어 올리며 메마른 웃음을 흘렸다. 정치적인 문제도 신경 쓰느라 자신이 망설이며 이루지 못했던 것을 가볍게 해내고 있으니까. 거기에는 정치도 국가도 아무것도 없고, 자신에게 맞서는 자를 가차 없이 치우며 제 뜻대로 밀고 나가는 남자의 모습이 있었다.

"아니, 초고차원적 존재란 본래 그런 법인지도 모르겠군요…………."

오타메가의 그 말에 렌은 반박하지 않았다.

그녀에게도 마스터란 말 그대로 세상을 지배하는 초고차원적 존재. 의문이 끼어들 여지조차 없었기 때문이다.

"마스터께선 당신의 동행을 원하십니다. 무언가를 바꾸고 싶다고 바라신다면 부디 저와 함께 라비 마을로 가시죠."

"무언가를 바꾸고 싶다고요…………."

오타메가의 뇌리에 **선정 의식**이 떠올랐다. 황국에서는 16살을 맞은 남자를 모아놓고 성의의 상자가 다음 홀리 브레이브를 선정하는 의식이 있다.

그날 그는 세상을 바꾸고 싶다고 바랐고, 가난한 사람들을 구제할 수 있기를 기도했다.

'그로부터 벌써 10년인가요………….'

들불처럼 퍼지는 전란과 권력자들의 야심은 멈출 줄을 모른다. 가뭄이나 전염병에 허덕이는 가운데 한창 일할 때의 남자는 병사로 소집되었고, 황폐해진 논밭은 셀 수 없이 많다.

약탈 때문에 마을이 통째로 소멸된 케이스도 있다.

'어딘가에서 낮잠이나 자는 누군가, 라고 했었죠………….'

《………위대한 빛이라고? 그런 건 잠꼬대보다 못한 헛소리에 불과하다. 정말로 그런 대단하신 존재가 있다면 네가 열심히 일할 필요가 어디 있지?》

《그 빛이 만드는 '기적'이란 걸로 지금 당장에라도 빈민을 구원하면 되지 않나!》

완전히 폭언이었지만, 오타메가는 가볍게 치부할 수 없는 내용이었다.

각국을 돌아다니며 계속 고민하던 바이기도 했다.

왜 빛은 대륙을 뒤덮는 이러한 참상을 방치하시는 걸까. 어째서 사람들의 기도에 답하여 모습을 현현하고 구원을 보여주시지 않는 걸까.

"…………확실히 그분은 실제 행동으로 그것을 **보여**주었죠."

오타메가의 눈동자에 비치는, 초라한 슬럼가의 주민들. 그들에게 일자리와 집을 주고 심지어 급여까지 낸다는 건 기존의 상식으로 본다면 말도 안 되는 이야기였다.

"……………………알겠습니다. 그들이 어떤 대우를 받는지 저도 이 눈으로 확인하고 싶습니다."

여태까지 많은 나라를 돌아봤기 때문인지 그는 권력자라고 불리는 존재에게 강한 불신감을 품고 있었다. 오늘 들은 내용이 내일이면 반대로 뒤집히는 일은 일상다반사였으니 자신의 눈으로 확인해야 한다고 결심한 모양이었다.

심지어 이런 빈민 무리를 **끌고 가는** 건 이미 두 번째다. 오타메가의 성격상 도저히 간과할 수 없었고, 이 점에선 완전히 그 마왕의 꿍꿍이대로였다.

홀리 브레이브의 진중한 발언을 듣고 렌도 조용히 고개를 끄덕였다.

"당신은 마스터의 세계를 직접 보고 분명 놀라실 겁니다. 그리고 지극히 바빠지실 테죠."

"…………?"

그런 예언 같은 말에 오타메가는 고개를 갸우뚱 기울였다.

후자는 나중 일이라고 쳐도 전자는 틀림없이 적중할 것이다. 그곳에는 근대적인 병원이 있고, 어떤 병이나 상처도 낫게 해주는 의사가 있다.

게다가 마르지 않는 우물, 끊임없이 물이 솟는 샘, 누워있기만 해도 부상을 치유해주는 신성한 숲까지 있다.

라비 마을은 이미 열거하면 끝이 없을 만큼 '기적'으로 넘쳐흐르는 공간이 되었으며, 여태까지 지녔던 상식이 통하지 않는 세계였다.

　그곳은 이미 **오오노 아키라의** 세계라고 부르는 게 빠를 것이다. 진정한 이세계는 과연 어느 쪽인지, 참으로 흥미로운 이야기였다.

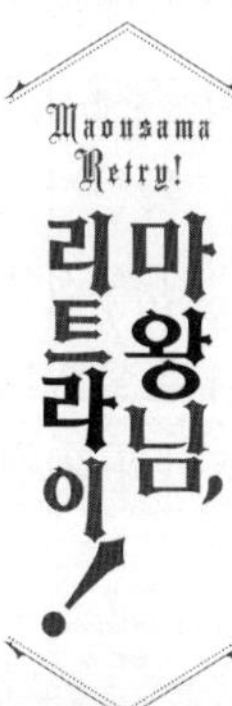
Maousama
Retry!
마왕님,
리트라이!

무대 뒤의 연기자들

펄펄 끓는 냄비라고 표현해야 할까.

마왕이 북방에서 난동을 부리고 있을 무렵 성광국의 귀족들은 불쌍할 정도로 우왕좌왕하고 있었다.

귀족파를 좌우하는 도나가 격문을 날리자 거기에 뇌동한 자들이 일제히 봉기했기 때문이다. 중립은 허락되지 않는 내전의 발발이었다. 일족이나 가문을 지키기 위해 그들은 필사적으로 정보를 긁어모으고 은밀한 만남을 거듭하여 자신이 아는 이야기를 교환했다.

귀족파와 무관파, 어느 쪽이 이길 것인가——.

당초 많은 이가 귀족파로 기울었다는 건 말할 것도 없다. 재력, 병력, 핏줄, 어디를 봐도 무관파에게 승산이 보이지 않았기 때문이다.

하지만 그들의 논의는 끝나지 않았다.

이번만큼은 선택을 잘못했다간 확실하게 멸문하기 때문이었다.

"자네들은 한 가지 중요한 사실을 간과하고 있네. 게이트키퍼의 존재지."

"확실히 그 요새라면…………."

"공성전을 할 때는 농성하는 쪽에 비해 3배의 병력이 필요하다고 들었네."

아마 전쟁 소설이라도 읽은 모양이었다. 묘한 급조 지식을 늘어놓는 사람도 있었지만, 대중의 눈에 현명하게 비치도록 행동하고 있을 뿐이었다.

다만 움직이기 시작한 정세는 멈추지 않았고 모습이 시시각각 변해갔다.

그럴 때마다 그들은 동요했고 논의는 한층 시끄러워졌다.

첫 계기는 사교파를 이끄는 마담의 참전이었다. 그녀는 무관파와 함께 싸우겠다고 표명하고, 마석의 가격을 인상해 민중의 생활을 압박하는 도나의 잘못을 규탄했다.

마담과 아츠의 화해는 이미 널리 알려져 있었기에 이 일 자체에는 놀라지 않았으나, 마담의 동생까지 무단파와 공투를 표명하자 귀족 사회에 충격이 퍼져나갔다.

"설마 예술파까지…………."

"대체 무슨 일이 일어나고 있는 거지?!"

"마담 에비프라이와 적대했다간 세간의 예술가에게 얼마나 욕을 먹을지…………."

"하지만 도나 님은 '물'을 쥐고 있소. 이걸 잊으면 안 된다오."

여기에 외부 지원군의 존재가 알려지자 그들의 뇌는 터져나갈 것 같았다.

서방의 군사 대국인 라이트 황국에서는 불의 정령기사단이 파병되었고, 북방의 황금 사자라고 불리는 제노비아 신왕국에서도 정예병이 도착했다고 한다.

여기에 추가타를 가하듯 스 네오가 동맹 세력에 자금을 댄다고 표명했기 때문에 귀족들은 혼란에 혼란이 거듭되어 녹초가 되었다.

모든 가문에서 재주 좋은 자를 스 네오에 보내 진의를 살펴보았지만, 돌아온 보고는 '100만 닢의 대금화', '진지한 투자'라는 내용뿐이었다.

그들의 혼란과 초조를 짐작하고도 남을 것이다.

귀족파도 새로운 동맹 세력도 저마다 외부 세력을 끌어들였다. 그들은 이런 대규모 내전이 될 줄은 상정하지 못했을 것이다.

그렇게 마구 흔들리는 귀족들의 마음에 결정타를 꽂는 소식이 마침내 도착했다.

무관파가 대패했다는 소식이었다.

————성광국, 중앙————

무관파의 소부대가 물을 구걸하며 걷고 있었다.

물의 마석을 독점하는 도나가 가격을 급격하게 올려서 쥐어짰기 때문일 것이다. 화이트는 각지에 급수소를 설치해서 대항해 보았지만 수가 너무 부족했다.

물을 찾으며 배회하고 급수소에 줄을 이루는 수많은 백성을 전부 구하는 건 불가능했다.

"뭐야, 이런 물 한잔으론 부족하다고!"

"맞아, 우리는 어린아이가 넷이나 있단 말이야!"

"이 새끼가, 순서 지켜! 죽여버린다!"

어느 급수소든 살기등등한 백성들이 몰려들어선 여기저기에서 주먹질이 오가는 형국이었다. 인간의 추악함이라고 해야 할지, 도나의 추악함이라고 해야 할지.

척후 부대로 나와 있던 귀족파의 부대는 그 광경을 보고는 비웃으며 조롱하듯이 급수소에 모여있는 백성들을 습격했다.

"잡초주제에………. 거슬리게!"

"너희 같은 쓰레기가 물을 가져서 뭐하냐!"

"그대로 말라 죽어. 눈이 더러워지잖아!"

그들은 창을 휘둘러서 양이라도 잡듯 목숨을 빼앗아 갔다. 개중에는 활을 겨누고는 동물을 사냥하듯 쏴대는 사람도 있었다.

"잡초를 사냥하는 것도 좋지만, 저건 북쪽 야만인들의 부대 아니야?"

"참 추레한 몰골이구나………."

"선물 삼아서 재들 목을 들고 돌아가자."

번쩍번쩍한 옷을 입은 귀족파의 부대가 무관파의 병사를 쫓았다. 무관파의 병사들은 그 모습을 보자마자 허둥지둥 도망쳤다.

"크하하! 무관파도 몰락했구나!"

"저런 야만인들은 말 오줌이나 마시라지."

각지에서 무관파의 병사들이 패배하고, 그 비참한 도주가 입에서 입을 타고 전해졌다. 그 후 몇 번 대규모 충돌이 있었는데 기세를 탄 귀족파의 군대는 가볍게 승리를 거두었다.

무관파의 열세가 날이 갈수록 짙어지자 기회주의자인 귀족 다수가 도나에게 달려갔다.

여기에 추가타를 가하는 듯한 사건이 일어났다.

황국에서 파견된 기사단이 입장을 선명하게 밝히지 않은 자의 영지를 불태워버린 것이다. 마치 동맹 세력에 가담한다면 죽이겠다는 듯한 야만적인 행위였다.

불의 정령기사단의 과격 행위에 겁을 먹은 많은 가문이 도나에게 종속을 맹세했다.

물론 동맹 세력도 가만히 당하기만 한 건 아니다.

그들도 손을 계속 쓰고는 있었지만 귀족파의 장병이 그들을 상회했다.

실제로 마담의 영지에서 몇 번이나 보급부대가 출발했지만, 귀족파의 병사들이 그걸 도중에 막고는 전부 강탈해버렸다.

도나는 '물'이라는 무기를 써서 공급을 막아버림으로써 싸우기 전부터 무관파를 약체화시킨 셈이었다.

이 무렵에는 황국의 기사단만이 아니라 제노비아의 장병도 각지를 순회하며 보급부대를 덮치고 눈에 띄는 마을에서 약탈하기 시작했다.

마치 성광국의 전역이 말라붙고 불을 질러놓는 듯한 행위였다. 백성들은 외부 세력에게 점령당한 듯한 심경이었을 것이다.

땅을 뒤덮는 원한의 목소리는 멈출 줄 몰랐고, 전국은 귀족파로 크게 기울어가고 있었다.

───────성광국 북부, 게이트 키퍼───────

열세라는 소식이 퍼져나가는 와중에도 요새 내부는 참으로 활발했다.

물 부족에 허덕이고 있다는 건 전부 연기에 불과하기 때문이었다. 지금도 무관파의 장병들은 목욕탕에서 물을 퍼담아 각 가정으로 나르고 있었다.

"팍팍 날라! 물이 얼마든지 나온다고!"

"얏호오오오오오! 몇 번을 해도 꿈꾸는 것 같아!"

"어린애처럼 노닥거리지 말고 빨리 날라!"

"나, 나도 알아…………."

"아하하! 아빠가 또 혼났어!"

운송작업에는 장병만이 아니라 여자와 어린아이도 섞여 있었다. 달군 검을 망치로 두드리며 단조하는 여자도 있고, 아기를 업고 화살촉을 조절하는 어머니의 모습도 있었다.

목욕탕에서 날라온 물을 넘치도록 사용하며 빨래하는 여자도 많았다. 중앙의 여성과는 다르게 북방의 여성은 성미가 거칠고 남자들 못지않게 우악스러운 면이 있었다.

"그나저나 아츠 공은 언제 외부 협력 약속을 받아오신 건지…………."

"1만 닢의 대금화라니. 그걸 봤을 때는 몸이 덜덜 떨렸어."

"그만한 자본이 있으면 장기간의 농성도 견딜 수 있지. 우리의 맹주님은 정말 든든해!"

요새의 홀에는 보란 듯이 대금화를 가득 담은 상자가 높이 쌓여 있었다. 스 네오에서 도착한 선물이자, 주변에는 공화국에서 보낸 군수물자도 있었다.

이전에 마담에게서 받은 막대한 물자도 창고에 엄중히 보관되고 있다. 요새 내부는 전에 없을 만큼 풍족했다.

세간의 평판과는 완전히 다른 상태였다.

그렇게 활기로 가득한 요새의 지령실에서는 밖에서 각종 임무를 수행하고 돌아온 삼보를 아츠가 맞이하는 참이었다.

"고생이 많았다, 삼보."

"무슨 말씀이십니까. 가볍게 밖을 돌아다니고 왔을 뿐입니다."

"희생자를 최소한으로 줄이면서 패주한 척 연기하는 건 쉬운 일이 아니지. 훌륭한 수완이었다."

"녀석들은 사냥이라도 즐기는 것 같은 모습이었습니다. 무구와 깃발을 여러 번 빼앗겨주었으니, 풋내기 귀족 놈들은 배짱이 두둑해져 있을 테죠."

그 대답을 듣고 아츠는 냉소적으로 입꼬리를 올렸다.

물이 부족해서 고통받는 척하며 비참하게 도망친다.

본래 귀족파의 장병은 자존심 덩어리 같은 존재인데, 여기에 성공 경험이 더해지자 감당할 수 없는 괴물이 되어가고 있었다.

그 모습을 있는 그대로 묘사하자면, 브레이크가 고장난 자동차 같은 셈이다. 승리에 취한 군세를 깨부수는 건 아츠에게는 어린아이의 손목을 비트는 것보다 쉽다.

삼보는 도망칠 때 무구와 깃발 등도 허둥대는 척 버리고 와서 그들의 자존심을 크게 만족시켜주는 것도 잊지 않았다.

"그런 놈들에게 등을 보인다는 건 굴욕적이었을 테지………. 이 싸움이 끝나면 모두에게 사과해야만 하겠군."

"아닙니다. 중간부터는 누가 가장 먼저 도망칠지 경주하면서 즐겼을 정도였습니다."

그렇게 대답하며 삼보는 자랑스럽게 가슴을 두드렸다.

삼보에게는 이기기 위해 일시적인 수치를 참는 것쯤은 별것 아닌 일이었다. 반대로 수치를 견디지 못하는 게 귀족파의 장병이다.

그들은 주변에 과시하듯이 어디까지나 용감하게, 우아하게 행동해야만 한다. 그것이 귀족 사회이자 변하지 않는 분위기이기도 했다.

"그나저나 그 목욕탕이라는 건 참으로 놀랍습니다…………."

삼보는 물통을 나르는 수많은 병사들을 내려다보면서 절절히 말했다. 저 기묘한 건물이 나타난 뒤로 요새의 생활이 통째로 바뀌어버렸다.

"보십시오, 아츠 공. 여자들이 매일 목욕과 빨래를 하게 되었습니다!"

"전에 비해 아주 청결한 환경이 되었지."

목욕탕에서 퍼나른 물은 식수나 요리용으로 쓰는 것만이 아니라 매일 하는 빨래에도 쓰였다. 지금은 하루가 끝날 때 목욕하는 게 요새 내의 유행으로 퍼져있었다.

"게이트 키퍼에 이만한 물자가 쌓여 있는 걸 보는 것도 처음이죠…………."

"내 힘이 아니다. 전부 그분의 지시지."

아츠는 그렇게 대답하며 새삼스레 전율했다. 어느새 요새 안에는 버터플라이 가, 스 네오, 키드 상회에서 보낸 지원물자로 가득했으니까.

셋 다 어지간한 수단으로는 움직이지 않는 인물들이다. 이들에게서 협력을 얻어오다니, 마치 마법 같은 협상력이었다.

자세한 사정을 모르는 삼보도 감탄하며 입을 열었다.

"돈도 있고, 물자도 있고, 뜨거운 물도 풍족하고. 지금까지 곤궁했던 게 마치 거짓말 같습니다."

"…………그분이 나타난 뒤로 전부 변했다. 그것도 좋은 방향으로."

사실만 늘어놓는다면 확실히 어마어마한 변화였다. 소금도 부족하던 나날이 지금은 머나먼 옛날처럼 느껴진다.

그런 것들을 모두 합쳐 삼보는 지극히 중대한 말을 입에 담았다.

"……………………정말로, 부활하신 거군요."

굳이 물어보지 않아도 그 말이 무슨 의미인지 아츠는 바로 이해했다.

밤의 지배자. 타천사 루시퍼를 말한다는 것을.

"그분이 주신 붕대는 빈사 상태였던 나를 순식간에 치유했지."

"빛을 잃었던 제 눈도 바로 광명을 되찾았습니다…………."

"라비 마을에는 불가사의한 시설로 가득하다. 온천여관이라 불리는 꿈 같은 공간, 마르지 않는 신성한 샘, 누워있기만 해도 상처가 낫는 숲, 황금의 빛으로 가득한 신전…………."

아츠는 허탈해졌다.

이런 것을 인간이 어떻게 만들고 세울 수 있다는 말인가. 그야말로 위대한 빛의 **기적**이라도 없으면 불가능하지 않은가.

"…………아츠 공은 밤의 지배자를 따르시는 거죠?"

삼보의 질문에 아츠는 긴 침묵을 이어갔다. 그로부터 몇 번을 생각하고 얼마나 고민했는가.

타천사 루시퍼의 재강림이라니, 정상적인 사고를 멈춰버릴 만한 사건이다.

아츠는 망설이면서도 한 마디 한 마디를 깨물듯이 대답했다.

"우리의 생활은 변했지. 그것도 극적으로. 우리를 둘러싼 환경도 변했다."

"그렇죠. 아츠 공과 그 마담이 손을 잡다니, 경천동지할 일입니다."

"이 나라도 변했다. 성녀님도. 귀족파 녀석들만 아무리 시간이 지나도 변하지 않지."

"이대로는 말라 죽는 백성들이 늘어날 겁니다."

"물을 멈춰버리는 어리석은 자와 무한한 물을 내려주는 자. 하나를 선택하라고 한다면 나는 후자를 택하겠다. 그것이 설령 타락한 천사라고 해도."

아츠는 거기까지 말한 뒤 배 속에서 우러나온 무거운 한숨을 내쉬었다. 천사님을 숭상하는 신앙은 잃지 않았기 때문에 믿어볼 마음이 들었던 모양이다.

"저도 아츠 공의 말씀을 따르겠습니다."

"…………정말로 괜찮겠나?"

"복잡한 이야기는 잘 모르지만, 저는 그 의사에게 큰 빚을 졌습니다. 게다가 다른 이들의 얼굴을 보시지요. 다들 신바람이

낳지 않습니까.”

아츠도 삼보 옆에 서서 홀을 내려다보았다. 그곳에는 서로 경쟁하며 물을 나르는 남자들과 그들을 재촉하는 여자들의 미소가 있었다.

서로에게 물을 뿌리며 노느라 푹 젖은 채 웃는 아이들의 모습도 보였다.

“이래 봬도 저는 이기적이랍니다. 이 가난한 땅에 미소와 풍족함을 내려주신다면 타락한 천사님이라고 해도 기꺼이 따를 수 있죠!”

삼보의 속물적인 발언에 아츠도 쓴웃음을 지었다.

하지만 무관파의 귀족들에게서 맹주라고 추대받는 아츠도 그 말에는 고개를 끄덕일 수밖에 없었다. 그는 휘하에 있는 자들을 이끌고, 그들의 생활을 지켜야만 하는 입장이다.

“그럼 슬슬 시작할까요?”

“그래, **진짜 전쟁**이라는 걸 녀석들에게 가르쳐주자.”

두 사람은 그렇게 말하며 웃고는 지령실을 뒤로했다.

한편으로 귀족파는 말 그대로 며칠째 밤낮없이 축제 상태였다.

──────도나의 영지, 케루빔 게이트 키퍼──────

많은 무고한 백성이 피를 흘리며 축성한 요새에서는 연일 축하연이 열리고 있었다.

본래 귀족은 연회에 참가하는 게 일 같은 부분이 있는데, 여기에 매일 같이 승전 소식이 날아오고 있으니 가만히 있을 리 없었다. 그들의 사기는 하늘을 찌를 듯했다.

"이 투구를 보라고. 북쪽 야만인에게서 회수했지."

"무관파 같은 건 게이트 키퍼에서 나오면 잡졸에 불과하구려!"

"내 부대는 놈들의 깃발을 가져왔지."

"…………마담 같은 건 결국 전장을 모르는 여자였군."

"당연하지 않나! 그녀가 보내는 보급부대는 반대로 우리를 풍족하게 만들어주고 있지!"

전리품을 주변에 보여주면서 상대를 철저히 끌어내린다.

그들은 산해진미를 먹는 것보다 아츠와 마담을 모욕하느라 바쁜 듯했다.

"놈들이 소굴에서 기어나오도록 만든 도나 님의 작전이 훌륭했어!"

"음, 아름다운 한 수였지. 스 네오의 보급부대도 북방의 국가들이 막고 있다고 들었네."

"쇠약해진 짐승을 사냥하는 것. 그것이야말로 우리 귀족파의 무대에 걸맞지!"

연이은 승리에 그들은 잔뜩 달아올랐고 와인이 그 여흥에 불을 붙였다. 파티 회장에는 다양한 악곡이 흘렀고 중앙에서는 화려하게 춤추는 남녀의 모습도 있었다.

테이블에 놓인 요리는 전부 서민은 손을 댈 수 없는 것들이었다.

귀족파를 좌우하는 도나와 그 조카인 쿠루마도 불콰한 얼굴로 잔을 나누었다.

"쿠루마야. 네 책략이 훌륭히 성공했구나."

"녀석들을 쥐어짤 수 있었던 건 삼촌의 재력 덕분입니다. 저는 아이디어를 냈을 뿐이죠."

"하지만 이렇게 되니 손맛이 안 나는구나. 녀석들을 조금 과대평가했었나?"

"인간은 물이 없으면 사흘도 버티지 못합니다. 아무래도 야만인도 인간이긴 했던 모양이군요."

"크하하하!"

무관파는 마왕이 설치한 《목욕탕》 덕분에 물이 부족할 일은 평생 없어졌지만, 다른 지역의 백성들에게는 지옥이었다.

물이 부족한 지역에서는 쟁탈전이 벌어졌고, 강도 피해까지 속출하고 있었다. 지금은 모든 마을이 자경단을 결성했지만 사태는 더욱 나빠져 갔다.

제노비아와 황국의 군대 때문이다. 귀족파의 군대는 무관파를 무찌르고 전공을 자랑하는 일이 많았지만, 타국에서 온 그들은 그렇지 않았다.

제노비아의 군대는 귀족파가 아닌 영지에서 약탈을 저질렀고, 황국의 군대는 사타니스트를 적발한다는 명목으로 눈에 띈 마을에 불을 지르며 다니고 있었다.

물 공격, 불 공격, 여기에 외부 강도단이라는 삼중고였다. 현세의 지옥이란 이런 상황을 가리켜 하는 말이리라.

"제노비아에서 온 사냥개도 각지를 요란하게 어지럽히고 있는 모양입니다."

"그것들은 제법 내 입맛에 맞게 움직여주고 있더구나. 어리석은 잡초들은 정기적으로 훈육해주지 않으면 위대한 우리의 자비 덕분에 살고 있다는 걸 잊어버리니 말이다."

도나는 무질서한 약탈을 훈육이라고 지껄였으나, 그 말에 고개를 끄덕이는 쿠루마도 쿠루마였다.

민중 같은 건 채찍으로 때리지 않으면 말을 알아먹지 못하는 가축이라고 생각하는 모양이었다.

"하지만 그 남자는 마음에 안 들어."

"…………레온 장군을 말씀하시는 겁니까? 사정이 있어서 삼촌께 인사도 제대로 못 했다던."

쿠루마는 난처하다는 시선으로 회장을 바라보았다.

문제의 장군은 파티 회장에도 전장에도 나가지 않고 방에 틀어박혀 있었다.

"예로부터 **영웅**이라고 불리는 사람은 특이한 사람이 많으니까요…………."

"영웅 같은 건 우리의 시대에는 필요하지 않다. 아츠와 마찬가지로 그것도 과거의 잡동사니지."

도나는 토하듯이 그렇게 말하고는 못마땅한 얼굴로 입을 다물었다.

그걸 보고 쿠루마는 귓가에 살며시 속삭였다.

"자자, 삼촌. 그 외에도 보고가 있습니다."

"…………보고라고?"

"화이트 님께서 믿고 계실 성당기사단의 단장이 우리에게 넘어왔습니다.”

“뭣?!”

성당기사단이란 신도를 지키고 때로는 성녀의 지회를 받아 움직이는 집단이다. 그런 성당기사단의 단장이 성녀를 배신했다는 보고였다.

“다소 시간은 걸렸지만, 3천의 병사를 데리고 이쪽으로 오고 있다고 합니다.”

“잘했다! 그래야 내 조카지!”

힘차게 일어난 도나는 환한 얼굴로 쿠루마의 등을 두드렸다. 3천이라는 숫자보다 화이트에게 줄 심리적 효과를 높이 평가한 듯했다.

옥좌에서 일어난 도나의 모습을 보고 다들 무슨 일이냐며 주목했다.

“다들 잘 듣도록! 우리 조카가 성당기사단의 단장을 포섭했다. 지금 3천의 병사를 이끌고 급히 이쪽으로 오고 있다더군.”

도나가 승리에 찬 표정으로 알리자 회장 안에 박수갈채가 범람했다.

그들에게는 드디어 분별력이 생겼다는 감각이었다. 성당기사단의 총원은 8천 명이지만, 그들을 이끄는 단장이 사라지면 나머지는 허수아비나 마찬가지다.

“참으로 결단이 느리군…………. 검을 휘두르느라 바빠서 머리는 덜 발달했나 보지.”

“어차피 평민 출신이니.”

"그만하자고, 아군은 아군이야. 번견을 기르는 건 귀족의 소양이잖나."

저마다의 입에서 헛소리들이 마구 튀어나왔다.

도나는 기회를 노렸다는 양 짐짓 뜸을 들이는 말투로 그 자리에 있는 모두를 격려했다.

"무능하고 더러운 놈들이 이 나라를 망쳐놓은 지 오래되었다. 먼 옛날, 지천사님과 함께 악마왕과 맞서 싸웠던 우리의 용맹한 선조께서는 울고 계셨겠지! 우리는 다시 이 고귀한 피를 걸고 봉기해야만 한다!"

""ㅇㅇㅇㅇㅇㅇㅇㅇㅇㅇㅇㅇㅇㅇ!""

도나의 위세 좋은 외침에 제후들은 상기된 얼굴로 취했다.

그들은 제 계보에 강한 자부심을 지니고 있는데, 그 지점을 적절히 자극한 것이다. 당연히 정적이 사라지면 더욱 큰 부가 들어올 것이라는 꿍꿍이도 있었다.

때가 적절히 무르익었다고 본 건지 쿠루마는 멋지게 폼을 잡으며 손가락을 튕겼다.

"그럼 삼촌. **그 일**도 포함해서 뒷일은 맡기겠습니다."

"음…………."

안쪽에서 나타난 여러 명의 여성을 보고 도나는 코를 벌름거리며 파티 회장을 뒤로했다. 다들 외모가 빼어난 여성들로, 그가 강제로 긁어모은 미녀 군단이었다.

도나는 '숙녀 선정'이라면서 정기적으로 여자를 들이기 위한 선별식을 한다.

관리가 영지 내의 여성을 강제로 모아 도나의 저택으로 보낸다.

약혼자가 있든, 결혼을 했든 아랑곳하지 않고 잡아가기 때문에 이 무자비한 선별은 수많은 비극을 낳았다.

넘버즈라고 불리는 아이들도 특히 가난한 계층에서 선별된 집단인데, 이들의 취지는 어떻게 가지고 놀아서 망가지든 상관없는 장난감이었다.

도나가 많은 미녀를 데리고 향한 곳은 기이한 열기로 가득한 한 방이었다.

"잠깐 여기서 기다리도록."

그 말에 여성들은 시선을 내리고 머리를 숙였다.

문을 열자 그곳에는 감옥이 하나 설치되어있을 뿐, 다른 가구는 아무것도 없었다. 그 감옥도 불의 마석으로 만들어낸 특주품이었다.

감옥 안에는 작고 하얀 생물이 누워있었다. 전신을 덮는 체모는 눈이 연상되는 은백색이고 생김새는 페넥 여우를 닮았다.

굶주린 건지 약해진 건지 그 모습에서는 생기가 느껴지지 않았다.

"고집 센 짐승 같으니………. 이제 그만 수정을 내놔!"

이 하얀 동물은 '스노우 페넥'이라고 불리는 희귀종이었다.

극한의 고산지대에 사는 동물인데, 남획되는 통에 지금은 멸종해서 그 모습을 보지 못하게 되었다.

녹지 않는 얼음이라고 불리는 '스노우 크리스탈'을 만들어내기 때문이었다.

과거 유키카제는 붙잡혔던 스노우 페넥을 구출했고 그 보답으로 스노우 크리스탈을 받았는데, 구출 시점에 이미 빈사 상태여서 그대로 숨을 거두었다는 에피소드가 있다.

"뭐, 좋다. 그렇게 싫다면 앞으로도 네 동료를 계속 사냥해 주마."

도나가 그렇게 말하며 불의 마석을 던지자 스노우 페넥의 몸이 크게 튀어 올랐다.

이름에서 보이는 대로 열이 약점이기 때문이었다.

도나는 그 후에도 마석을 미친 듯이 계속 던졌으나 기름진 몸뚱이가 발목을 잡아서 바로 어깨를 크게 헐떡였다.

"더러운 짐승 같으니………. 빨리 수정을 내놔! 그렇지 않으면 너는 계속 붙잡혀있게 된다는 걸 잊지 말라고."

도나는 어깨를 씩씩거리며 열기로 가득한 방을 뒤로했지만, 이 요새에는 스노우 페넥 말고도 감금된 존재가 하나 더 있었다.

매일 같이 반복되는 화려한 파티 회장에서 멀어진 레온은 홀로 테라스에서 별을 올려다보고 있었다. 그 얼굴에는 우울한 빛이 감돌고 있고 마음이 여기에 없다는 듯한 모습이었다.

'나는 이런 곳에서 뭘 하고 있는 건지……….'

유폐된 왕녀를 찾지도 못한 채 조국을 멸망시킨 제노비아의 국경에서 싸우는 나날.

심지어 이번에는 성광국의 내전에 파견되기까지 했다. 그는 성광국과 엮였던 적이 없다 보니 그야말로 아무런 원한도 증오도 기쁨도 없었다.

말없이 밤하늘을 올려다보는 레온에게 **부관이었던** 졸름이 말을 걸었다.

"하이고, 매일 일하느라 어깨가 뻐근하구만. 오늘은 전리품도 많았고요."

"…………네 일은 무고한 백성에게서 재물을 빼앗는 것인가?"

"도나 어르신이 건방진 평민을 훈육하라고 명령하셨으니까요. 이쪽은 눈물을 머금으며 저항하는 남자들을 죽이고 여자는 겁탈하며 약탈에 힘쓰는 나날인 셈입니다."

그렇게 말한 졸름은 어깨를 흔들며 크게 웃었다. 그의 갑옷에는 피해자의 피가 잔득 튀어있었고, 약탈한 목걸이를 자랑하듯이 목에 겹겹이 걸고 있었다.

"당장 약탈행위를 멈춰라. 네가 하는 일은 산적보다 못한 짓이다."

"착각하면 곤란한데요. 지금의 당신은 **일반 병사**잖아?"

그 말에 레온은 이를 악물었다.

제노비아의 전선에서 레온이 빠졌다는 게 알려지면 위험하기 때문에 성광국에 파견된 군대를 지휘하는 건 졸름이었다.

레온의 존재는 철저하게 은닉되어 있으며 지휘권도 아무것도 주어지지 않았다.

"하지만 소문으로 듣던 무관파라는 녀석들, 의외로 때리는 맛이 없어서 참 놀랍네요."

"…………상대의 패주에는 반드시 이유가 있다."

“이유고 뭐고, 녀석들에게 갈 물이 막혀버렸다잖아요. 싸우기도 전에 시체가 될 만도 하죠. 서 있는 것만으로도 버거울 만큼.”

“무관파를 이끄는 장수를 얕보지 마. 우리가 태어나기 전부터 전장에 선 남자다.”

“당신은 방에서 안 나왔으니까 녀석들이 어떤 상태인 건지 모르는 거죠.”

졸름은 킬킬 비웃으며 말했다.

평소엔 레온의 명령을 따라야만 했기에 이 기회에 우롱하려는 생각인 듯했다.

“나는 제노비아에 원한이 있지만, 애석한 병사들의 목숨이 빼앗기는 건 간과할 수 없다.”

“내가 대장이고 당신은 일반병. 나 참, 몇 번을 말해야 이해하는 거야?”

“그렇다면 나를 전장에————.”

“너는 여기서 가만히 있어. 전장에서 쨍알쨍알 잔소리하는 건 듣기 싫다고. 이건 **대장님의 명령**이다. 알겠냐? 어엉?”

졸름은 비아냥을 남기고 어깨를 씩씩거리면서 방에서 나갔다. 이렇게 되면 레온은 어떻게 할 수가 없다.

‘무관파의 장수는 이쪽을 방심하게 만들려는 거야⋯⋯⋯⋯⋯.’

거듭되는 패퇴.

계속 보충되는 보급부대.

쇠약해진 상대의 군세.

약탈로 인해 얻는 수많은 재화.

'승리가 당연해졌을 때야말로 가장 위험하거늘………….'

과거 레온이 섬기던 파르마 왕국도 그랬다. 구국의 영웅이라고 불리는 레온이 승리를 거듭할 때마다 후방의 왕궁은 잔뜩 들떠서 위기감을 잃었다.

왕은 군비를 삭감하고 전선의 충고에도 귀를 기울이지 않게 되었다. 마지막엔 코우메이의 이간책에 당해 레온을 멀리하게 되었다.

승리가 당연해진다는 건 마약과도 같아서, 인간에게서 이성을 빼앗는다고도 할 수 있다.

'어떤 전장에서도 방심한 장병을 제어하는 건 지극히 어려운 일…………. 무관파를 이끄는 장수는 아츠라는 이름이었지. 노회하고 골치 아픈 남자인 모양이군.'

레온이 우려한 대로 훗날 졸름이 이끄는 군대는 괴멸한다.

그의 명운이 다하는 건 조금 더 나중 일이었다.

제노비아와는 별도로 황국에서 파견된 장수도 흡족해하며 와인을 기울이고 있었다.

불의 정령기사단을 이끄는 젊은 장수, 프레이였다. 그의 기사단은 붉은색 갑옷으로 통일되어 있는데, 프레이는 머리카락까지 불타는 듯한 다홍색이었다.

그 눈에는 기세등등한 빛으로 넘쳐나서 한눈에 봐도 자존심이 강해 보였다. 젠체하는 동작으로 잔을 기울인 프레이는 화이트 와인으로 쪄낸 홍합을 입에 넣었다.

테이블 위에는 사슴 고기 파테, 와인을 넣은 토끼고기 스튜, 큰들꿩 통구이, 달걀과 설탕을 듬뿍 사용한 크레이프 등이 놓여 있어 참으로 호화로웠다.

"이등국 치고는 그럭저럭 괜찮은 식사구나."

라이트 황국에는 몇 개의 '명가'가 존재하는데, 저마다 수백만의 농노를 보유하고 있다. 프레이는 그 명가의 도련님이자 태어났을 때부터 모든 것이 어진 남자였다.

이 명가란 참으로 골치 아픈 존재이다. 보유한 농노나 자본도 특출나게 많지만, 명가의 당수들이 회의를 거쳐 황국의 정점인 **교황**을 선출하기 때문이다.

설령 교황이라고 해도 명가의 의사를 무시하고 거부하는 건 몹시 위험하다.

프레이는 황국에서도 으뜸가는 명가로 유명한 뤽상부르 가의 도련님이자, 교황조차 그의 심기를 거스르지 않도록 온화한 미소를 보내는 골치 아픈 존재였다.

그렇게 건드리면 큰일 나는 남자에게 부관이 한 장의 종이를 건넸다.

"프레이 님, 이것이 남부의 리스트입니다."

"으음, 남부는 부유한 논밭과 광산이 펼쳐져 있다라………."

"아마 부유한 지역에는 사타니스트가 존재하지 않을 것 같습니다."

그들은 사타니스트를 적발, 토벌한다는 대의명분을 내걸고 파병되었다. 하지만 그들의 짓은 완전히 마녀재판이었다.

생트집을 잡아서 마을 여기저기를 뒤지고, 끝내는 통째로 태워버린다. 수상한 건 전부 태워버린다는 듯 광포했다.

프레이는 양젖으로 만든 값비싼 치즈를 먹으며 우아하게 머리카락을 쓸어 넘겼다.

"이 나라는 사타니스트를 계속해서 만들어내고 있지. 국토 전역이 **정화 후보야.**"

그들은 '정화의 불'이라면서 황국에게 적대하는 지역을 불바다로 만들어온 기사단이다.

그건 성광국 내라고 해도 변함없는 스탠스인 모양이었다.

"하지만 북부라면 모를까 중앙부에는 귀족파의 영지도 많습니다…………."

"악을 멸하기 위해서는 주저해선 안 되는 법이지. 우리가 지피는 불이 이 세상에 위대한 빛과 안녕을 불러올 거야."

프레이는 취한 것도 아니고 제정신으로 그렇게 생각하고 있었다.

그것을 위해 얼마나 많은 백성이 고통을 맛본다고 한들 그의 마음에는 영향을 주지 않는다. 하물며 이등국가의 백성이 어떻게 되든 프레이에게는 알 바 아니었다.

"부관. 그보다 **그것**은 찾았어?"

"아쉽게도 아직…………."

"내가 고생해서 잡은 매를 놓치다니…………. 그 대신관은 정말 무능하구나."

프레이는 그렇게 말하더니 얼굴을 찌푸리고 잔을 내려놓았다.

각국의 여기저기를 불태우며 상관없는 민중을 처형하면서 이 글을 몰아넣은 건 그들 불의 정령기사단이었다.

아인 포박이나 토벌은 황국에서는 큰 공적으로 인정받기 때문에 황국의 인간은 아인을 보자마자 눈이 뒤집혀서 추적한다.

하지만 부관은 이 이상 프레이가 괜한 짓은 하지 않도록 제지하듯 말했다.

"매를 회수하면 교황 성하께서도 기뻐하실 겁니다."

"……………………부족해."

"그 말씀은?"

"잃은 것이 돌아와도 마이너스가 제로가 된 것뿐이야. 그건 공적이라기엔 가볍지."

"사타니스트 토벌에 더해 매를 회수하면 충분한 공적이 아닙니까."

교황은 프레이의 무모함을 잘 알고 있기에 부관으로 유능한 인물을 붙여주었다.

하지만 프레이의 주제넘은 야심은 멈출 줄을 몰랐다.

"나는 그 불경한 자에게서 성의 상자를 되찾아야만 해——."

"프레이 님, 그건…………."

그 뒤숭숭한 중얼거림에 부관은 말문이 막혔다.

또 병이 도졌다.

프레이는 자신이야말로 홀리 브레이브에 걸맞다고 어린 시절부터 믿었으며, 주변 사람들도 영합하듯이 아부하며 부추겼다.

모든 것을 손에 넣었던 도련님이 자만에 빠지는 것도 무리가 아니었다.

하지만 고대의 오파츠인 성의의 상자가 그런 걸 헤아려줄 리가 없었다. 상자가 선택한 건 명가의 도련님이 아니라 무명의 빈민 소년이었다.

그 '선정 의식'으로부터 10년————.

결과를 보면 상자의 선정은 옳았다고 할 수밖에 없다. 홀리 브레이브로서 선택받은 오타메가는 권력자에 항거하며 백성을 위해 계속 싸우고 있으니까.

프레이처럼 선민의식의 의인화 같은 남자가 선택받았다간 이 대륙은 어떻게 되었을까.

"그 무능한 자에게, 그 빈민에게, 그 추한 남자에게 내 성의 상자를 빼앗기다니…………!"

투덜투덜 저주를 뱉는 프레이였지만 오타메가가 선택받은 건 신성한 의식의 결과였고, 아무리 명가의 도련님이라고 해도 그걸 뒤엎을 수는 없다.

그는 아무런 죄도 없는 마을에 불을 지르는 건 잘하지만 군사적 재능은 전무했으며, 눈에 띄는 공적도 세우지 못한 채 끙끙 앓고 있었다.

그런 초조함을 보이는 프레이에게 쿠루마가 살며시 다가왔다. 이쪽도 성광국을 대표하는 도련님이었지만, 프레이와는 다르게 교활했다.

"그 모습을 보아하니 큰 공적을 원하고 계시나 보군요."

"…………도나의 조카인가. 네놈이 뭘 안다는 거지?"

"지금의 홀리 브레이브가 방해된다는 것쯤은 알죠."

"네놈…………."

쿠루마가 본 프레이는 완전히 어린아이였다.

실력도 없는데 지위만 높고, 분수에 맞지 않는 야심만 가득해서 초조해한다. 마치 이용당하기 위해 태어난 것 같은 존재였다.

"타국인인 제가 봐도 그 의식은 이해할 수 없었습니다. 선택받은 명가의 인간이 아니라 무명의 빈민이 홀리 브레이브로 인정받다뇨."

"그래, 그 말대로야…………. 그 빈민 자식, 무언가 꾀를 부린 게 틀림없어!"

"본래의 장소에, 본래 지녀야 할 분에게, 그 상자를 되돌려놔야 합니다. 추레한 빈민이 홀리 브레이브를 참칭한다니, 귀국에게도 수치스러운 일이죠."

프레이를 부추기는 쿠루마의 말을 들은 부관의 안색이 바뀌었다.

괜한 소리 하지 말라면서.

"쿠루마 님, 거기까지 하십시오. 타국 사람이 우리나라의 의식에 대고 이러쿵저러쿵──."

"아니, 그의 말이 맞아. 부관. 너는 가만히 있어."

"프레이 님…………!"

부관의 말을 가로막듯이 프레이가 턱짓했다.

저쪽에 가 있으라는 지시인 모양이었다. 상관의 명령에 거역할 수 없어 부관은 미련을 질질 흘리면서도 거리를 벌렸다.

"그래서? 도나의 조카는 나에게 뭘 하라는 건지?"

"아무도 불평할 수 없는 큰 공적을 세워서, 그 대신 성의 상자 수여를 요청하면 됩니다."

"나쁘지 않은 제안이지만, 그 공적이 뭔데?"

"이 내전에서 가장 큰 전과, 신도를 함락시키는 주인공이 되는 거죠."

"신도를………… 함락…………?"

마치 악마의 속삭임이었다.

확실히 타국의 수도를 함락시키면 대단한 공적이 되겠지만, 딱히 교황은 프레이에게 그런 명령을 내린 적이 없다.

사타니스트 토벌, 그리고 불순분자 소탕이 그가 받은 임무였다. 신도에 쳐들어가서 함락시키는 건 본래의 임무에서 완전히 빗나간 일이었다.

"이 아이디어는 어떠십니까?"

"확실히 신도를 함락시키면………… 성하께서도 나를 인정하실 수밖에 없지…………."

"실례지만 교황께선 혜안을 잃으셨습니다. 선택받은 핏줄이 아니라 이해할 수 없는 선출을 중요시하여 **본래의 홀리 브레이브인 당신**이 이런 곳에 머물러계시니까요."

"…………………음."

"교황께서 눈을 뜨실 수 있게 해드립시다. 때로는 몸을 던지고, 때로는 듣기 싫은 충언도 하는 것. 이건 본래의 홀리 브레이브인 당신밖에 할 수 없는 일입니다."

"네, 말이 맞아⋯⋯⋯⋯. 나는 너무 **착하게** 굴었어⋯⋯⋯⋯."

그 말을 끝으로 프레이는 어깨에서 힘이 빠진 듯 회장을 떠났다. 부관은 그 뒤를 쫓아가려고 했으나, 무슨 말을 해도 소용없다고 깨달은 건지 쿠루마에게 항의했다.

"이 자식, 무슨 생각이냐! 그런 식으로 프레이 님을 부추기다니!"

"부추기다뇨. 저는 솔직하게 말씀드렸을 뿐입니다."

"목적이 뭐냐! 우리의 임무에 신도 공략 같은 건 포함되어 있지 않거늘!"

"실은 삼촌께서 싫어하시거든요."

뭐가 재미있는 건지 쿠루마는 등을 굽히고 웃기 시작했다. 그는 도나에게 신도를 공략해서 성녀와 백성을 인질로 잡으면 무관파도 항복할 것이라고 진언했었다.

하지만 화이트가 있는 신도에 직접 병사를 보내는 건 도나도 피하고 싶었던 모양이다.

너무 과격한 짓을 했다가 미움받는 건 싫다는 이유임이 틀림없다. 그런 시시한 사정을 듣고 부관은 한층 분노했다.

"그런 하잘것없는 사정 때문에 우리를 이용하겠다는 말이냐!"

"이것도 삼촌의 일생일대의 사랑을 위해서입니다. 황국 여러분께서 부디 두 팔 걷고 도와주시지요."

쿠루마는 그 말을 끝으로 폭소하면서 부관을 두고 가버렸다.

프레이도 프레이지만, 그를 부추긴 쿠루마도 쿠루마였다.

부관은 이를 갈며 프레이를 쫓아갔으나 아쉽게도 그는 충고를 듣는 타입이 아니라 아무리 설득해도 이미 늦었다.

그 무렵, 화려한 파티 회장과 한참 떨어진 지하에서는 아주르가 식사를 나르고 있었다.

그가 향하는 곳은 넘버즈라고 불리는 아이들의 감옥이었다.

녹슨 쇠 비린내와 고래기름의 찌든 냄새로 가득한 공간이었다.

그리고 썩은 고기와 오물 냄새.

화려한 파티장에 비해 이곳은 시간이 멈춰버린 듯 고요했다.

도나가 장난감으로 긁어모은 100명의 소년·소녀들은 귀족파의 제후들에게 다양한 형태로 소비되어 이미 10명도 채 남지 않았다.

남은 아이들도 반쯤 죽어있는 수준이고, 이제는 식사에 손을 대지도 않는다.

1초라도 빨리 죽는 것만이 희망이기 때문이다. 실제로 머리를 벽에 박아서 자살한 사람도 과거에 있었으나, 지금은 자살방지용으로 목줄을 이어놔서 자해조차 불가능했다.

"이 요새는 곧 큰 전쟁의 무대가 됩니다."

아주르의 그 목소리에 반응하는 아이는 없다.

대답할 기력도 없는 거겠지만, 너무 맞아서 고막이 찢어진 아이도 있었다. 아무도 소리를 내지 않는 공간에 아주르의 목소리만이 울렸다.

"여러분의 피난소를 계속 찾아봤지만 제힘으로는 실패했습니다."

한쪽 다리를 잃은 아이, 안구가 도려내진 소녀, 이상성벽이 있는 제후가 남성기를 잘라버린 소년 등이 아주르에게 시선만 보냈다.

재미 삼아 얼굴 가죽을 벗기고 대신 돼지 껍질을 꿰어 붙인 소녀는 뒤척거리지도 않는다.

이 감옥에는 생명이라는 게 고갈되어있는 것 같았다.

"지금은 이런 옷을 입고 있지만 저는 암살이 생업이었습니다. 남의 목숨을 빼앗고 상대의 심장을 멈추는 게 일상이었죠."

그건 누군가에게 들려주기 위한 것도 아닌 독백.

마지막 참회였던 건지도 모른다.

"저는 하루하루 망가져 갔던 건지, 감정을 잃고 목숨이라는 걸 깃털처럼 가볍게 느끼게 되었습니다. 끝내는 세상에서 색채까지 사라졌죠."

허무한 독백이었지만 아주르의 마음의 소리이기도 했다. 과거도 현재도 미래도 그에게는 전부 잿빛 세계에 불과했다.

"인간의 마음을 잃어버린, 이런 저이지만…………… 당신들을 보면 가슴이 아픕니다. 사라져가는 생명을, 온도를………… 분명히 느낍니다."

심장의 고동을 확인하듯 아주르는 가슴 언저리를 세게 움켜쥐었다.

감정을 잃고 얼어가던 심장이긴 했지만, 그곳에는 아직 희미한 고동이 느껴졌다.

"작은 주인님께 당신들의 해방을 부탁드렸습니다. 이뤄질지 아닐지는 미지수지만, 목숨을 걸 가치가 있다고 판단했습니다.
부디 건강하시길.”

아주르의 말을 듣고 안구를 잃은 소녀의 눈에서 눈물이 흘렀
다. 이런 상태가 되어도 아직 자신들을 염려해주는 사람이 존재
했음을 느끼고.

아주르가 떠난 뒤, 감옥에 오열 같은 소리가 흘러나왔지만 그
건 어떤 감정에서 나온 것이었을까.

다음 날. 화려한 팡파르와 함께 불의 정령기사단이 출진했고
이들은 훗날 악명을 날리는 ‘빛의 폭주 사건’을 일으키게 되지
만, 이때는 아직 아무도 알지 못했다.

그리고 그 기사단과 악연이 있는 소녀도 결단을 하나 내리려
하고 있었다.

————라비 마을, 야전병원————

“정말 괜찮은 거지?”

“…………부탁드립니다.”

유우는 확인하듯이 상대의 눈을 들여다보았지만, 그런 유우에
게 이글은 말없이 고개를 끄덕였다. 그 조용함과는 반대로 눈에
는 강한 결심이 깃들어 있었다.

“날개를 치유하는 건 나도 난생처음이야………….”

“신세 집니다.”

유우는 날개를 만지며 원래는 어떤 형태였는지 면밀히 확인했
다. 아무리 파손되었어도 신의라고 불리는 유우라면 원래대로

돌려놓는 건 어렵지 않았다.

그녀는 잃어버린 팔다리나 망가진 내장만이 아니라 선천적인 질환까지 치유하니까.

──────온갖 병과 상처를 완치시킨다──────.

오오노 아키라는 유우에게 그런 특수 능력을 부여했는데, 그 외에 매드 사이언티스트, 매드 닥터라는 설정도 꼭꼭 채워 넣는 바람에 지금의 유우는 인간의 몸을 얼마든지 만져댈 수 있었다.

그녀가 소지한 《기록개찬》 스킬도 더해지면 인간의 마음마저 자유자재로 가지고 노는 악마 같은 존재라고 할 수 있다.

유우의 손가락이 각종 의료기기로 변하고, 그게 날개에 닿는 순간 수술은 싱겁게 끝났다.

"이게 매의 날개………. 아름다워…………."

"키리노 씨, 감사합니다."

은색으로 빛나는 날개를 보고 유우는 황홀한 목소리를 흘렸으나, 이글은 들뜬 기색도 없이 조용히 머리를 숙였다.

그 모습을 보고 유우는 확신한 듯 입을 열었다.

"황국의 기사단과 악연이 있나 보네."

"……………네."

"그들과 싸우기 위해 날개를? 장관님께서 네게 그걸 허락해주셨나?"

"…………이건 제 문제예요."

이글은 여태까지 엮였던 악연에 마침표를 찍으려는 것이겠지만, 유우에게는 다소 곤란한 이야기이기도 했다.

장관의 **완벽한 계획**에 문제가 발생할지도 모른다─────.

물론 그 남자에게는 계획의 기억도 없고 처음부터 문제투성이였다. 무계획으로 여기까지 온 게 인간계의 기적이다.

그때 기다렸다는 양 마왕과의 《통신》을 마친 타하라가 찾아왔다.

"…………이 타이밍에 당신이 왔다는 건 처음부터 흐름에 들어있었단 거구나."

"뭐, 그렇게 말하지 말라고. 항상 그렇잖아."

실실 웃는 타하라를 힐긋 본 이글은 말없이 일어났다.

그 얼굴에는 신비하게도 온화한 미소가 번져 있었다.

"이런 저를 받아들여 주셔서 마을 분들께 감사드립니다."

완전히 각오가 되어있기에 나온 미소였을 것이다. 그걸 본 타하라와 유우도 이건 감금이라도 하지 않는 한 뛰쳐나갈 것이라고 판단했다.

이글은 노래하듯, 과거 마왕이 입에 담은 말을 그대로 읊었다.

"그 사람이 말했습니다……. 중간이 얼마나 비참하든, 몇 번을 진다 한들, 마지막에 이기면 된다고. 자신의 의지가 있는 한, 재도전의 기회는 얼마든지 있다고."

그 말을 듣고 타하라와 유우도 진지한 얼굴이 되었다.

각자 생각하는 바가 있었기 때문임이 틀림없다.

두 사람 모두 딱히 무적인 게 아니라 패배도 알고 있다. 오히려 성 함락이나 국가 붕괴도 직접 목격한 몸들이다.

타하라는 만감을 담아 이글을 지지하듯 말했다.

"…………장관님의 감사한 전언이다. 힘껏 후려 패고 와라, 책임은 지마, 라시더라."

"감사합니다!"

그 말을 끝으로 이글은 야전병원을 나서다 현관에서 기다리고 있던 루나와 마주쳤다.

이미 마차까지 대기시켜놓은 게 준비는 완벽하다는 모습이었다.

"루나………… 왜…………."

"하인의 생각쯤은 이미 다 간파했거든! 황국과 싸울 거면 나도 같이 싸워줄 테니까 고마워해!"

"루나, 그들은 위험해. 죽을지도 모른다고………….."

"굼벵이인 너와는 다르게 나는 슈퍼 엘리트하고 강한 성녀님이니까 문제없어."

평소와 다름없는 태도에 이글도 쓴웃음을 지을 수밖에 없었다.

게다가 황국의 기사단이 각지를 어지럽히고 있는 현재 상황을 생각한다면 이글이 없었어도 루나는 출진했을 것이다. 성녀란 본래 백성을 지키고 인도하는 존재니까.

다만 단순히 성광국이라고 해도 터무니없이 넓다. 상대방이 어디 있는지 모르면 루나도 출발할 수가 없다.

"그래서, 황국 녀석들은 어디에 있는 거야? 정보는 있어?"

"…………나는 그 기사단을 잘 알아. 그들은 반드시 신도로 향할 거야."

눈에 띄고 싶어 하고 거만한 프레이의 모습을 떠올린 건지 이글의 얼굴이 일그러졌다. 그 기사단의 폭주가, 정화라는 이름을 붙인 불꽃이 얼마나 많은 생명을 빼앗았는지.

"신도를 공격한다니 절대 용서 못 해………. 가자, 이글!"

"응!"

이렇게 한 대의 마차가 흙먼지를 날리며 신도로 향했다.

싸움은 끊이질 않고 마이너스 연쇄도 계속된다. 복잡하게 뒤얽힌 각각의 실을 시원스럽게 베어버리려면 **그 남자**의 등장을 기다려야만 할 것이다.

재강림의 밤

이글과 루나가 여행을 떠나기 조금 전.

성광국의 각지에서 전화가 퍼지고 있지만 남부와 동부에는 아직 미치지 않았다. 특히 풍요로운 남부 논밭 지대를 보고 있으면 목가적인 분위기마저 흘렀다.

"자, 오늘도 술래잡기 게임을 시작할까."

각종 물자를 실은 짐마차 무리를 앞에 두고 타하라가 지시를 내렸다. 마담 대신 타하라가 지휘를 쥐고 있기 때문이었다.

"잘 들어, 적을 발견하면 바로 도망치는 거야. 아마 이 지점에서 습격할 테니까."

마부와 인부들은 진지한 표정으로 설명을 들었지만, 잘 생각해 보면 기묘한 이야기이기도 했다. 운반하는 물자를 지키지 말고 도망치라는 소리니까.

타하라는 적의 색적 능력 범위의 아슬아슬한 지점에 보급 부대를 보내서 그걸 강탈하게 만들고 있었다. 딱히 아츠와 상의한건 아니었으나 비슷한 전략을 생각한 모양이었다.

"여, 영주 대행님. 정말 도망쳐도 되는 겁니까? 나중에 벌을 받는 건……."

"성대하게 울면서 도망쳐줘. 녀석들도 당신들의 목보단 자랑하기 좋은 전리품을 우선할 거야. 그게 이 나라의 귀족이지."

타하라의 지시는 명쾌했고 적이 습격할 지점까지 짚어주었다. 그걸 알면 도망 자체는 그리 어렵지 않았다.

"자, 너희 부대는 이쪽 산길을 빠져나가서────."

상대의 자존심을 채워주는 승리를 계속 주기 위한 기묘한 지시가 이어진다.

딱히 타하라도 미쳐서 이런 지시를 내리는 건 아니고 여러 개의 노림수가 있었다. 먼저 무관파와 동맹관계인 마담이 아무것도 하지 않고 손을 놓고 있으면 상대방은 불신을 품을 것이다.

따라서 타하라는 적이 불신하지 않도록 대놓고 전장도 전략도 잘 모르는 여귀족이라는 이미지에 맞춰서 지휘하고 있었다.

아니나 다를까 귀족파는 연이은 승리에 취해서 폭주하기 시작했다.

각지에서 일어나는 약탈, 방화, 잡초 청소라는 이름의 민중 학살 행위. 여기에 물의 마석까지 천정부지로 가격을 올려댔다.

성광국의 백성들에게는 목숨을 우롱당하는 상황이다. 타하라의 의도대로 귀족파나 외부 세력은 민중의 증오를 한 몸에 받게 되었다.

중간중간 담배 휴식을 넣으며 타하라는 긴장감 없는 표정으로 하늘을 올려다 보았다.

'나 참, 쉬운 상대라서 다행이야. 이걸로 **민심**은 완전히 이쪽으로 기울었군.'

지극히 자연스럽게 민중은 신세력의 승리를 바랄 것이다. 귀족파가 승리하면 이런 비극이 계속 반복될 테니까.

신세력이 승리한 뒤 어떤 정권이 탄생한다고 해도 '귀족파보다는 낫다'고 생각할 게 틀림없다.

완전히 계획대로였다.

타하라는 담배 연기를 뱉으며 마왕이 여태까지 깔아둔 포석을 새삼 돌아보았다.

'온 고울 낚시. 삼보 치료. 버터플라이 자매 농락, 아츠와 동맹. 성녀 루나와 성녀 화이트 농락. 동부 재개발을 통한 상인 회유, 노동자에게 뿌린 돈.'

열거하다간 끝이 없지만, 훌륭하게 계산된 **국가 점령**이였다.

그것만이 아니라 적에게도 빈틈없이 대처해놓았다.

귀족파의 수장인 도나를 도발해 거듭 망신을 주면서 초조함과 분노를 조장했고, 결국 그는 폭주하듯 결기하여 적대 세력만이 아니라 백성들에게도 칼을 들이밀었다.

그 결과는 참으로 비참했다. 민중은 재산을 빼앗기고, 물을 빼앗기고, 불에 타버리는 지옥 같은 상황에 몰렸으니까.

'당신의 목적이 뭔지 알아, 장관님. 민중은 지금—— **영웅**의 존재를 갈망하고 있지.'

물론 그 남자에게 그런 목적은 없지만, 흐름이 유리티아스와 같다고 말할 수 있었다. 해결이 막막한 혼란과 가난, 사회 붕괴를 앞에 두면 종종 민중은 자기들을 구해주는 영웅이 나타나길 바란다.

성광국의 지금 상황은 곧 유리티아스에게도 찾아올 게 틀림없다.

타하라와 유우는 그 목적(?)을 보조하기 위해 성광국 내에 《정보조작》을 사용한 소문을 하나 유포해두었다.

————타천사님께서 재강림하여 민중을 학대하는 존재에게 천벌을 내리리라————

마왕이 타천사님이라는 소문이 퍼지고 때로는 본인도 그런 식으로 행동하는 걸 확인한 두 사람이 이 세상의 신앙을 거꾸로 이용한 모략이었다.

성광국의 민중은 《위대한 빛》이나 《천사》를 믿으며 그들에게 기도했지만, 생활은 전혀 좋아지지 않았고 격차는 벌어지기만 했다.

생각해 보면 마지막 천사가 소멸한지 2천 년이나 되는 세월이 흘렀다.

2천 년이다.

그 동안 바친 기도는 결코 작지 않을 것이다.

인간이란 신기하게도, 이렇게 되면 《위대한 빛》에 저항하여 싸운 존재에게 일종의 존경심이나 동경을 품고 영웅 같은 환상을 보게 된다.

역사상 악당으로 분류되던 인물이 시간이 지나 재평가되는 것과 비슷하다고 할 수 있다.

'어디, 귀족파 여러분? 지금처럼 증오를 잔뜩 가져가 주시라.'

타하라는 내심 웃으면서 마왕에게 《통신》을 날렸다.

천벌을 내린다는 소문이 퍼진 남자는 낮잠에서 막 눈을 뜬 참이었다.

──────유리티아스, 여관──────

《…………음, 회담은 문제없이 끝났다. 당수님은 참 괜찮은 청년이더군.》

《크하핫! 울던 어린애도 뚝 그치게 만든다는 당수님이 장관님 앞에서는 그냥 괜찮은 청년이구나?》

타하라의 귀에는 **악당**으로서 차원이 다르다고 말하는 것처럼 들렸다.

각종 보고를 받으며 마왕은 고르곤이 추측한 내용을 거리낌 없이 유용해서 그럴싸하게 말을 맞추는 것도 잊지 않았다.

그 모습은 아슬아슬한 줄타기를 이어가는 사기꾼과 비슷했다.

《이런 말도 좀 그렇지만, 당신은 행동 하나에 책략을 너무 많이 쑤셔 넣는단 말이지. 휘둘리는 주변 사람들도 생각해달라고.》

'뭔 소리야, 휘둘리는 건 나라고!'

마왕은 순간적으로 소리칠 뻔했으나 고르곤의 지혜에 편승한 지금은 그런 말을 할 수 있을 리 없었다. 마지막에는 근엄하게 '고려하마'라고 말을 흐리는 형국이었다.

《도나는 여전하지만, 황국과 제노비아 녀석들도 놀러 왔어. 약탈에 방화에 아주 신나게 돌아다니더라.》

그 말을 듣고 마왕은 암담한 기분으로 천장을 올려다보았다.

완전히 진짜배기 전쟁이 시작되고 말았다. 전부터 귀족파라고 하는 녀석들이 불길한 움직임을 보이고 있다는 건 들었지만 영 실감이 나지 않았었다.

이 남자는 도나와 만난 적도 없고 귀족파에 대해선 아무것도 모르니까.

《그리고 루나 아가씨의 친구가 유우에게 날개 치료를 상담하러 온 모양이야.》

《…………호오.》

《심각한 얼굴이었다던데. 내가 봤을 때 분명 뛰쳐나갈걸. 아무래도 이쪽에 파견된 기사단은 악연이 있는 상대인 것 같아.》

황국에서 파견된 불의 정령기사단과 이글과의 악연을 듣고 마왕도 생각에 잠겼다. 애초에 처음 만났을 때부터 그녀는 황국 집단에 붙잡혀서 심한 짓을 당한 상태였다.

불의 정령기사단에게 쫓겨서 모든 걸 빼앗긴다. 이글의 인생은 이걸 계속 반복했다.

'몇 년씩 쫓긴 데다 린치까지 당하고, 끝내는 책형이라………. 나였다면 빡쳤지.'

자기에게 일어난 일이라고 생각해 보면 웃을 수 없는 이야기였다.

이 남자라면 100배의 폭력으로 상대에게 갚아줄 것이다.

항상 고개를 조금 숙이고 어두운 얼굴이던 이글의 표정을 떠올린 마왕은 안절부절한 기분이 들었다.

'그 아이에게는 그 아이밖에 모르는 아픔이 있을 거야………. 가해자들과 어떤 결론을 내릴지는 남이 참견할 수 있는 일이 아니지.'

현대에서도 법으로는 처벌하지 못하는 악당이나 범죄는 널리고 깔렸다. 그런 범죄자들 때문에 많은 피해자가 울면서 잠들 수밖에 없는 게 현실이다.

피해자가 스스로 검을 들고 맞서겠다면 이 남자는 그걸 부정하지 않는다.

'……근데 황국이라고? 그 녀석들은 또 싸움을 걸어온 거냐!'

그제야 그 부분을 깨달은 건지 마왕의 가슴에 불쾌감이 치솟았다. 기묘한 고철이 시비를 걸어서 치워버린 지 얼마나 됐다고 또 왔다니 끝이 없다.

'…………그래, 그렇단 말이지. 그렇게 싸우고 싶다면 이쪽도 **호전적인 스타일**로 받아주마!'

마왕의 눈에 수상한 불꽃이 켜졌다.

동시에 타하라에게 과감한 지시를 전달했다.

《…………사양할 필요 없다. 힘껏 후려 패고 오라고 전해라. 책임은 내가 지마.》

《휘익~~♪ 이렇게 든든한 말도 없지. 그리고 루나 아가씨 말인데………….》

《그 녀석이라면 같이 뛰쳐나가겠지. 마음대로 하라고 해.》

이전의 소동을 떠올린 건지 마왕도 쓴웃음을 지었다. 자중하라고 해봤자 그 루나가 얌전히 말을 들을 리가 없었다.

《그리고 유우가 보고서를 정리해놨나 봐. 나도 도나의 요새를 뒤져봤는데, 대충 4만은 모여있더라고.》

《…………제법 모아놨군. 어쨌거나 온천여관에서 보고서를 읽어보지.》

통신을 마친 마왕은 희희낙락 떡을 굽고 있는 미츠히데에게 말을 걸었다.

그녀는 여기에 두고 갈 생각이었다.

"잠시 볼일이 생겼다. 여기에서 느긋하게 기다리도록."

"끄응, 그건 얼마나 걸리는 일이오?"

"글쎄, 아직 모르………… 잠깐, 코트 붙잡지 마!"

"말은 그리 해도 혼자 있는 건 외롭소이다."

드디어 동향인을 만났다는 마음이 큰 모양이었다.

그 마음은 이 남자도 모르는 바가 아니다.

"좀 중요한 이야기를 해야 해. 일이 끝나면 내 마을에 초대하마."

"끄응…………."

지난 소동에 이어 피비린내 나는 문제에 끌어들이기만 해서는 체면이 말이 아니다. 도나와의 전쟁은 미츠히데에겐 아무런 관계도 없는 일이자 자신이 처리해야 하는 일이라고 생각하는 모양이었다.

"가기 전에 적어도 어떻게 불러야 하는지 가르쳐주시오."

"어?"

지난 회담에서 킹이라는 이름을 부정했던 참이기에 마왕도 대답이 궁했다.

미츠히데 앞에서 마왕이라는 이름을 대는 건 영 거부감이 있었고, 쿠나이라고 해도 '궁내(쿠나이)'로 받아들이고 황실이 있단 식으로 오해할까 두려움을 느꼈기 때문이었다.

머뭇거리는 마왕을 앞에 두고 미츠히데는 툭 입을 열었다.

"그럼 쉽게 '우에사마(上樣)'라는 건 어떻소이까?"

"망나니 쇼군*이냐고!"

"……………………역시 쇼군가와도 무언가 관계가."

"없다고! 아 됐어, 넌 그냥 킹이라고 해!"

마왕은 발작하며 외친 뒤 도망치듯 《전이동》으로 사라졌다. 덕분에 '고귀한 분이라는 가설'은 불식되기는커녕 더 깊게 뿌리 내리는 결과가 되었다.

'아무튼, 마을에 돌아오는 것도 오랜만이네………….'

마왕의 시야가 순식간에 온천여관의 집무실로 전환되었다.

그곳에는 이미 타하라와 유우가 각종 서류를 펼쳐놓고 마왕이 도착하길 기다리고 있었다.

"돌아왔다."

"장관님, 고생하셨습니다."

"이번에는 진짜 거칠었더라?"

유우가 건네는 꽃을 받아든 마왕의 얼굴에 온화한 미소가 번 졌다.

이번에는 물기를 머금은 듯 촉촉하게 반짝이는 흑장미 꽃다 발이었다. 꽃말은 뒤숭숭한 게 많아서 '당신은 영원히 나의 것', '절대 스러지지 않는 사랑', '영원' 등이다.

그런 꽃말 같은 건 조금도 모르는 마왕은 태평하게 칭찬했다.

"네게서 꽃을 받으면 마을에 돌아왔다는 실감이 드는군."

"감사합니다."

---

*일본의 유명한 시대물 드라마. 주인공이 '우에사마'라고 불린다.

"…………보라색도 좋지만, 나는 이 검은색도 마음에 든다. 유우, **다음에도 기대하마.**"

"장관님…………♡"

유우가 꽃을 키운다는 평화로운 취미를 계속하고 있다는 게 기뻤던 모양이었다. 마왕은 진심으로 안도하며 기쁘다는 듯 말했다.

독특한 분위기를 조성하는 두 사람을 보며 타하라는 '아이고……' 하고 머리를 부여잡았다.

저 흑장미는 한때 대신관이었던 것이 토양인데, 그의 괴사한 살점이 피워낸 꽃이었다. 그걸 아는 타하라는 등골이 서늘해지는 대화에서 시선을 돌렸다.

"그럼 보고서를 받기로 할까."

유우가 내민 보고서를 받은 마왕은 차분히 페이지를 넘겼다.

무슨 방법으로 조사한 건지 그곳에는 도나의 요새가 세부적인 부분까지 그려져 있었고, 모여있는 군세도 상세히 기록되어 있었다.

게다가 귀족파의 무장, 비축한 식량, 대략적인 미술품 목록도 들어간 걸 보고 마왕은 살짝 현기증을 느꼈다. 애초에 보고서 자체가 육법전서만한 두께이기도 해서 마왕은 이해하는 걸 빠르게 포기했다.

"그래, 흥미로운 보고서로군——."

"네, 장관님을 위해 정성껏 심………… 조사했습니다."

마왕은 엄숙한 손놀림으로 페이지를 넘기며 생각에 잠긴 듯한 표정을 지었다.

내용은 전부 흘려넘기고 있었지만 그렇게 대충 넘기면서도 성화의 개수와 성화가 있는 장소에는 주목했다.

"유우, 성화는 어떻게 되었지?"

"죄송합니다. 성화에 관해서는 토양………… 아니, 정보가 부족했습니다."

"그런가…………."

마왕은 무슨 토양을 말하는 건지 고개를 갸웃거렸지만 깊게 파고들진 않았다. 알아봤자 쓰레기에게 잘 어울리는 결말이라고 눈썹 하나 까딱하지 않았을지도 모른다.

이 남자는 본래 여자나 어린아이를 괴롭히는 쓰레기에게는 지극히 냉담하다. 그 점에서 그 폭주족을 만들어낸 일면을 진하게 갖추고 있었다.

'이건………….'

적당히 흘려읽던 마왕의 손이 멈췄다. 도나가 숙녀 선정이라는 이름으로 영지 내의 아름다운 여성을 긁어모은다는 항목이었다.

'무슨 나라의 왕인지 황제인지가 했던 짓이잖아…………. 광역 민폐라니까.'

역사상 비슷한 짓을 하는 권력자가 이따금 존재한다. 마왕은 그걸 보며 쓴웃음을 흘렸으나, 다음 항목에서 표정이 사라졌다.

'넘버즈…………. 이건 뭐지…………?!'

거기에는 어린아이를 납치해서 향락의 연회를 열고 있다는 기록이 적혀있었다.

도나의 개인 밀리건이 실토한 각종 진술을 기반으로 넘버즈가 겪은 비통한 최후나 그 실정이 묘사되어 있었다.

밀리건은 견딜 수 없는 고통에서 도망치기 위해 아는 걸 모조리 고백한 모양이었다.

그 내용은 보통 사람이었다면 구역질이 날 만한 수준이었으나, 취조한 사람이 유우였기 때문에 담담한 문장이 사실을 나열해놓고 있었다.

"왜――――."

나에게 알리지 않은 거냐고 말할 뻔한 마왕은 가까스로 입을 다물었다.

이제 와서 두 사람에게 이런 걸 캐물어봤자 트집에 가깝다.

더 자세히 말하자면, 마법을 막는 물건이나 마도구를 찾는 게 급선무였고, 도나는 우선순위가 낮았다.

그런 마왕의 심정 같은 건 모르는 타하라는 머리를 긁적이며 태평하게 말했다.

"귀족파 녀석들이 신나게 어그로를 끌어 주고 있더라. 이쪽은 참 다행이지. 이대로 계속 난동을 부려주면 잠만 자도 지지를 모을 수 있을 거야."

그 말을 듣고 유우도 재미있다는 듯 웃었다. 그녀에게는 어리석은 벌레가 알아서 불을 향해 뛰어드는 셈이었다.

"어그로를 끌다니, 탱커로서는 우수하네. 머리는 텅 비었지만."

"그러게 말이야. 장관님, 당분간 내버려 두면서 최고의 타이밍에 나서자고.”

어그로를 잔뜩 끌게 방치해서 민중에게 한계가 왔을 때 맞선다. 그게 타하라와 유우가 그리는 전략이었고, 마왕도 같은 생각이라고 인식했다.

하지만 돌아온 대답은 정반대였다.

“아니, 당장 간다. 타하라, 성궁에 갈 준비를. 화이트와 만나겠다.”

“억?! 자, 장관님, 이렇게 빨리 나서면 모처럼………….”

“유우, 나를 전과 똑같이 개찬하도록.”

“네? 아니, 저기, 죄송하지만 장관님.”

“—————너희들, **못 들었나?**”

마왕의 노기를 품은 말투에 타하라와 유우가 부리나케 일어났다. 그 모습은 마치 벼락을 맞은 것 같았으며 피부에는 소름이 쫙 돋아나 있었다.

그것은 저항할 수 없는—— ‘창조주’의 목소리.

머리로 생각하기도 전에 모든 세포가 그 명령을 따르기 위해 반사적으로 움직인다. 두 사람이 나간 뒤 집무실에는 인위적으로 만들어낸—— 타천사 루시퍼가 강림했다.

자신의 모습을 거울로 확인한 마왕, 아니, 타천사가 비웃었다.

“역겨운 놈들을 날려버리는 것도 ’기적’이란 범주에 들어가려나?”

마왕이 그렇게 중얼거린 그때 준비를 마친 타하라와 유우가 쭈뼛거리면서 집무실 문을 열었다. 그 모습은 영락없이 부모님에게 혼난 자식 같았다.

타하라는 조심스러운 자세이긴 해도 자신이 도출한 결론을 확인했다.

"……………장관님, 화이트 양을 데리고 한바탕 연극을 하려는 거 맞지?"

"음."

그건 몇 단계를 건너뛴 대화.

이번만큼은 마왕의 생각과 타하라의 예상이 일치했다.

화이트 앞에서, 그것도 타천사의 모습으로 신나게 폭주하는 놈들을 일소하면 효과적이라고 판단한 모양이었다.

마왕은 만약을 위해 마을에 남는 콘도에게 《통신》을 날렸다.

《우리는 잠시 서쪽에 간다. 이 마을에 접근하는 수상한 자가 있다면 가차 없이 처리해라.》

《느에, 네헵!》

버벅거리는 대답을 들으며 전원이 손을 잡았다. 타천사 루시퍼와 희대의 스나이퍼, 그리고 백의를 입은 악마로 만들어진 고리였다.

이 세 사람이 한 전장에 나타나는 건 상대에게는 완전한 악몽이었다. 그곳이 어떤 전장이라고 한들 일대를 평평하게 쓸어버릴 것이다.

"자, 추악한 돼지를 출하하러 갈까──."

그 말과 함께 집무실에서 세 사람의 모습이 사라졌다.

성광국, 아니, 이 대륙의 운명을 좌우할 결전의 순간이 다가

오고 있었다.

————성광국, 성궁————

국가의 중심인 성궁이 마구 흔들리고 있었다.

마침내 도나가 야심을 드러내 주변 귀족을 끌어모았기 때문이다. 영지 내에 세운 요새에는 계속해서 귀족파의 사병들이 집결했다.

그 규모가 어마어마하여 누가 어떻게 봐도 모반이라고 판단하지 않을 수 없었다.

서쪽 귀족만이 아니라 중앙이나 남부에서도 도나에게 달려가는 자가 나타났고, 성당기사단의 단장마저 3천 명이라는 병사와 함께 배신했다는 소식이 막 들어온 참이었다.

원래 귀족파 일색이었던 서쪽만이 아니라 중앙에도 균열이 발생하자 성궁은 현재 형언할 수 없는 혼란에 빠졌다.

"화이트, 아츠가 5천의 병사를 이끌고 남하를 시작했다는구나!"

"그렇습니까…………!"

성궁 깊은 곳에서 화이트와 할멈은 홍수처럼 밀려드는 정보에 일희일비하고 있었다.

하지만 기뻐할 수 있는 정보는 너무나 적었다.

수비의 중심이었던 성당기사단의 다수가 배신했으니까. 남은 5천 정도로는 신도 방위만으로도 버거울 것이다.

무엇보다 물의 마석이 막히는 바람에 빈민층이 바로 쇠약해졌다.

유복한 자라면 다소 비축도 있을 테지만 폭도가 되어버린 백성이 그런 집을 집단으로 습격하는 케이스도 늘어났다.

"추악한 도나 놈…………. 백성에게서 물을 빼앗다니, 악마가 따로 없구나!"

할멈은 지팡이를 휘두르며 분개했지만 상황은 아무것도 달라지지 않았다. 각지에 급수소를 설치하고 비축용 마석을 방출하고 있으나 민중의 히스테릭한 패닉은 퍼져나가기만 했다.

이미 식량을 사들이는 소동도 발생했고 혼란이 극에 달하고 있었다.

"황국과 제노비아의 군대도 어떻게든 막아야만 합니다……."

그렇지 않아도 국내는 벌집을 쑤신 것처럼 난리가 났는데 여기에 외부 세력이 창궐하고 다녔다. 황국은 정화라는 이름으로 여기저기에 불을 지르고 다녔고, 제노비아의 군대는 영락없이 산적 집단이었다.

무거운 침묵이 흐르는 방 안에 평소와 다름없는 모습인 퀸이 나타났다.

"얼굴 한번 칙칙하네…………. 술은 없어?"

"퀸, 농담은 나중에 해! 지금은."

"술이라도 마실 수밖에 없잖아. 지금은…………."

퀸은 평소처럼 원탁에 발을 올리고 목뒤에서 깍지를 꼈다.

그 날카로운 안광도 그렇고, 농담을 하는 얼굴이 아니었다. 퀸을 누구보다 잘 아는 화이트는 무언가 생각이 있는 것 같다고 마음을 바꿨다.

여느 때는 잔소리를 할 할멈도 말없이 퀸에게 시선을 보냈다.

"퀸, 무슨 생각을 하는 거야?"

"자네의 그 얼굴………. 무언가를 **기다리고** 있는 게로구나?"

"상대의 군대는 약 5만. 이 전쟁은 도나의 목을 따지 않는 한 안 끝나."

퀸의 밑에는 108기나 되는 목숨 아까운 줄 모르는 기병대가 있다. 이들이 나서서 자잘한 싸움에 몇 번 승리를 거둔다고 한들 대세는 뒤집히지 않을 것이다.

퀸과 부하들은 싸울수록 소모되지만, 상대는 5만이나 되는 대군이니 얼마든지 보충이 된다. 이래서는 그리 머지않은 미래에 바닥을 보일 게 눈에 선하다.

할멈은 그 말을 듣고 무언가를 깨달은 건지 험악한 표정이 되었다.

도나가 요새에서 나오는 건 성궁으로 쳐들어올 때 정도일 것이다. 그건 즉 대세가 정해지고 귀족파의 승리로 끝난 뒤라는 소리이다.

"전쟁이 끝나고 성궁으로 쳐들어올 때 친다는 말이냐. 그래서는 너무 늦는단 말이다."

"………적어도 이 손으로 찢어죽이지 않으면 분이 안 풀려."

퀸의 그 말에 두 사람은 아무 말도 돌려주지 못하고 침묵했다. 모든 게 끝난 뒤에 도나를 죽인다고 해도 근본적인 해결은 되지 않는다.

쿠루마가 뒤를 이어받아 귀족파의 치세를 착착 펼쳐갈 뿐이다.

어떻게 굴러가든 막막한 미래였지만, 할멈은 만약을 위해 화이트에게 말했다.

계속 망설이면서 알려주지 않았던 사실을.

"수치도 모르는 도나 놈……. 자네의 신병을 요구하더구나."

"저를요?"

"아마 자네를 아내로 들여서 지배의 정당성을 주장하고 싶은 게야."

"…………그렇습니까."

사실 도나의 꿍꿍이는 성공할 가능성도 있었다. 자신을 희생하는 대신 이 혼란이 끝난다고 한다면 마음 착한 화이트는 그대로 따랐을 미래도 있었으니까.

주저하는 화이트를 보고 퀸은 토하듯이 말했다.

"하지 마, 언니. 그런 돼지 새끼가 시키는 대로 해 봤자 제대로 된 결말은 안 와."

————네 말대로 그 돼지는 지상에서 사라진다————.

무거운 침묵이 이어지는 방 안에 칠흑의 깃털이 떨어졌다.

당황하며 고개를 들자 그곳에는

성단에 걸터앉아 당당히 다리를 꼰 남자가 있었다.

화이트는 그 모습을 보고 희색을 띄웠지만 할멈은 '흐억!' 하고 짧게 소리치더니 그대로 다리가 풀린 듯 엉덩방아를 찧었다.

아무리 퀸이라고 해도 말문이 막힌 건지 그대로 의자와 함께 뒤로 쓰러졌다.

뚫어지듯 검은 날개를 거듭 확인하며 입을 뻐끔거렸다. 그 날개에서 여태껏 느낀 적이 없는 **칠흑의 기척**이 났기 때문이다.

"조금 소란스러운 장소지만, 무도회에 초대하러 왔다————."

그 말이 얼마나 든든한지. 화이트는 절망으로 가득하던 국면이 그 한마디만으로 뒤집힌 셈이었다.

"…………루시퍼 님!"

그 목소리에, 그 모습에 화이트는 참지 못하고 달려가 그대로 끌어안았다.

그 광경을 보고 옆에 있던 유우는 말없이 눈을 가늘게 떴다. 타하라는 '나랑은 상관없는 일이지'라는 듯 휘파람을 불고는 먼 산을 쳐다봤다.

절대 휘말리고 싶지 않은 모양이었다.

"저기, 성녀님…………? 장관님께선 바쁘시거든. 빨리 준비해. **당장.**"

"꺅! 누, 누누누구세요? 당신은!"

유우가 무시무시한 힘으로 화이트를 떼어내더니 얼음 같은 눈빛으로 준비를 재촉했다.

준비라고 해봤자 화이트는 이해할 수 없었다.

옆을 보자 건장한 남성도 있다는 걸 깨닫고, 이들이 조금 전 포옹을 보고 있었다는 생각에 미치자 쥐구멍에라도 들어가고 싶은 심정이 되었다.

마왕은 일련의 소란을 일부러 무시한 뒤 착착 지시를 전달했다. 전원에게 세심한 설명을 했다간 날이 저물 거라고 판단한 모양이었다.

"퀸이라고 했던가…………. 서쪽 소란이 끝날 때까지 성궁에서 예측 불능의 사태에 대비해라. 화이트는 나와 함께 오도록. 이 기회에 귀찮은 녀석들을 일소하겠다."

"그, 그건 도나를 말씀하시는 겁니까? 그들은 수만의 군대를…………."

"아무리 많은 인원을 모았다고 한들 우리 앞에서는 계란으로 바위 치기지."

마왕이 그 말을 끝으로 턱짓하자 전원이 손을 잡았다. 타하라는 빨리 이 자리를 벗어나고 싶은 건지 곧장 도나의 요새를 머리에 떠올리고 《전이동》을 사용했다.

남은 건 어안이 벙벙한 할멈과 무언가 생각에 잠긴 퀸이었다. 특히 알멈은 너무나 큰 충격에 계속 말문이 막혀버렸다.

"말도 안 돼………. 그런 검은 기척을 지닌 존재라니………."

마왕이 장비한 건 《타천사의 날개》라는 아이템이었다. 할멈이 봐도 퀸이 봐도 도저히 웃어넘길 수 없는 물건이었다.

그 기척이 사라진 지금도 할멈의 몸은 계속 떨렸다.

"타천사, 라고…………. 설마, 전승에 나오는…………."

"진정해, 할멈."

"헛소리! 진정할 수 있을 리가………… 커헉, 콜록!"

머릿속은 여전히 혼란스러웠지만 몇 가지 의문이 풀렸다. 마왕을 자칭하는 남자가 어떤 존재였는지, 누가 화이트에게 《천사의 고리》를 내려주었는지.

퀸도 비슷한 생각을 했던 모양이었다.

할멈이 낸 결론과 똑같은 내용을 입에 담았다.

"언니처럼 꽉 막힌 인간을 어떤 놈이 꼬셨나 했는데…… 그래, 고대에 칭송받던 타천사님이었단 말이지? 하하, 이거 걸작이잖아!"

"퀸, 웃고 있을 때냐…………. 이건 나라를 뒤흔들 일대 사건이란 말이다!"

"흔들고 뭐고, 이미 걸레짝이잖아. 아마 얼간이 루나도 저놈에게 반한 거겠지."

"헛소리! 성녀된 몸으로서 악의 화신에게 반하다니 그게 무슨 말이냐아아아아아!"

도나는 머릿속에서 날아가 버린 건지 할멈이 절규했다.

성광국이 믿는 세 천사는 《위대한 빛》을 따르며 악마들과 사투를 벌인 존재로, 성녀는 그들을 섬기는 몸이다.

그런 성녀가 하필이면 《위대한 빛》에게 정면으로 맞서며 밤을 지배했다고 불리는 타천사에게 마음을 주었다니, 우스갯소리도 되지 않았다.

"저게 루시퍼라…………. 아주 느끼한 놈이네. 제로 님의 발끝에도 못 미쳐."

"헛소리를 하고 있을 때냐! 타천사가 이 성궁에까지 침입했단 말이다!"

그 말을 하며 할멈의 등을 타고 싸늘한 것이 흘렀다.

퀸도 같은 걸 깨달은 건지 중대한 사실을 흘렸다.

"…………할멈, 성궁에는 마(魔)의 존재는 들어올 수 없어. 그렇지?”

실제로 침입 이전의 문제였다. 성궁에 가까이 오기만 해도 마(魔)에 속한 자들은 능력이 크게 저하되며, 건드렸다간 《성속성과 광속성》 파동으로 불타버린다.

성궁, 그것도 가장 깊은 곳에 있는 성단실에 침입하는 건 물구나무를 서도 불가능하다.

“뭐, 뭔가의 잘못인 게야…………. 타천사가 성궁에 들어오다니………….”

할멈은 고장난 것처럼 중얼거렸으나 퀸은 의외일 정도로 냉정했다.

그 고지식한 언니와 철부지의 의인화 같은 루나를 동시에 함락하다니 보통 남자는 절대 불가능하다고 확신했기 때문이다.

“그래, 얼간이 루나가 말했던 **마왕**이 바로 루시퍼였단 거지.”

루시퍼에게는 다양한 이명이 있는데, 그중 하나가 마왕이었다.

퀸은 그걸 떠올리고는 깊이 생각에 잠긴 표정을 지었다.

“되살아난 악마왕을 마왕이 없애버렸다는 소문도 있었고…….확실히 상대가 신이라고 해도 그 남자라면 싸움을 걸만해.”

퀸은 한 명의 무인으로서 타천사의 바닥을 알 수 없는 힘을 느꼈다. 과거 성궁 앞에서 대치한 상급악마를 아득히 초월한 존재다.

퀸은 말없이 성단실을 나와 부관 후지를 불렀다.

“누님, 무슨 일 있습니까?”

“싸우러 갈 준비해. 내 코가 알려주고 있어.”

그 말을 듣고 후지는 바로 부하에게 전령을 날렸다. 퀸에게는 독특한 감이 있는데, 싸움이라는 분야에서는 특히 빗나간 적이 없다.

퀸의 부하와 남은 성당기사단의 면면이 신도를 단단히 수비하기 위해 분주히 달렸다.

한편 도나가 자랑하는 대요새의 정면 입구에 네 명의 남녀가 불쑥 나타났다.

타천사의 모습을 한 마왕과 두 명의 측근, 마지막으로 화이트이다. 고작 넷이서 성에 쳐들어간다는 건 비극을 넘어선 희극이지만 그 얼굴에는 두려움이 없었다.

자신들의 승리를 처음부터 확신하고 있기 때문이다.

거금을 쏟아서 만든 거대한 성문, 올려다봐야 할 만큼 높은 성벽을 앞에 두고 마왕은 비웃음을 터트렸다.

"아하하핫! 성광국에서 제일가는 실력자의 요새라고 들었는데, 참으로 조잡한 건물이 아닌가."

그 발언은 딱히 허세도 도발도 아니었다.

이 남자가 만들어낸 난공불락의 '불야성'과 비교하면 너무나 초라한 요새였기에 홍소가 터져나온 것이다.

주위를 한차례 확인한 건지 타하라는 담배에 불을 붙이며 태평한 표정으로 말했다.

"장관님, 딱히 함정 같은 건 없어. 뭐라고 할까, 평화롭네."

"흠. 주변에 함정은 물론 투명 화선도 자동 조총도 없고, 지뢰도 배리어도 없군. 하다못해 바다에 전함 한 척 정도는 띄워놓았다면 좋았을 것을.”

“푸하하! 전함이라니, 당신도 무모한 소릴 다 하네!”

마왕이 성큼성큼 성문으로 걸어가자 그 모습을 본 병사들은 눈을 깜빡였다. 기묘한 날개가 달린 남자가 다가오고 있으니 혼란스러워하는 것도 당연했다.

“야, 저거 뭐냐………? 지금 안에서 가면무도회라도 하고 있던가?”

“흠, 늦게 온 제후인 건지도 모르지.”

“하지만 뒤에 있는 사람은……… 화이트 님을 닮지 않았어?”

“아, 도나 님에게 항복, 아니, 시집왔다는 건가.”

암흑 속에서 성벽 위에 서 있던 병사들이 좋을 대로 떠들어댔다.

귀족파의 맹주이자 다음 왕인 도나가 화이트를 정처로 맞이한다는 내용은 이미 발표되어 있었으니 항복하러 찾아왔다고 생각한 것이다.

그렇게 판단하는 것도 어쩔 수 없었다. 정확하게 말하자면 여기에는 일반인은 없고, 일반병사까지 모두 특권계급이었다.

윗사람이 오만하면 아랫사람도 오만한 게 세상의 섭리다.

따라서 그들은 자신의 승리를 의심하지 않는다. 귀족파라고 불리는 상급 국민 말고는 잡초에 불과하고, 실제로 여태까지는 그렇게 인식하며 살 수 있었다.

“애들아! 화이트 님이 항복하러 오셨다!”

“우리 귀족파의 승리야!”

"도나 님께 알려야지. 오늘 밤이 첫날밤이라고."

"사흘 밤낮을 귀여움받으려나. 성녀라고 해도 어차피 그냥 여자잖아."

그런 목소리에 성벽이 폭소로 덮였다.

위에서 쏟아지는 조소를 무시하듯 마왕은 성문 앞에 서더니 다리를 앞으로 퍽 찼다.

질 좋은 강철로 만들어진 문이, 각종 마법으로 강화된 문이 두부처럼 산산이 부서지며 두려움을 자극하는 굉음이 퍼졌다.

"뭐야아아아아아아?!"

"잠깐, 무, 무슨 일이 일어난 거야?"

성문 주변에서 주둔하고 있던 병사들이 일제히 시끄러워졌다. 무슨 일이 일어난 건지는 알 수 없지만 철벽을 자랑하는 문이 갑자기 날아갔기 때문이다.

문을 걷어찬 당사자는 성안에 들어가자마자 두 팔을 벌리더니 연극이라도 하는 말투로 노래하듯 말했다.

"쓰레기들의 집으로 잘 어울리는 '돼지우리'가 아닌가. 제군들에게는 만나서 반갑다는 인사와 잘 가라는 인사를 동시에 건네도록 하지."

마왕의 말에 타하라는 무릎을 치며 폭소했고 유우도 무심코 웃음을 터트렸다.

실제로 두 사람이 봐도 여기는 아담했다.

성문 주변에 있던 병사가 잇달아 호각을 불자 군대가 구름처럼 모여들었지만, 마왕과 측근의 표정은 변함없이 태연했다.

타하라는 말없이 마왕의 왼쪽 전방에 서더니 군대를 향해 푸르게 빛나는 눈길을 던졌다.

유우도 오른쪽 전방에 서서 뱀 같은 안광으로 '먹이'를 바라보았다.

"루시퍼 님⋯⋯⋯⋯."

화이트만은 다소 동요를 느끼는 건지 마왕의 왼팔에 달라붙어 불안한 눈으로 올려다보았지만, 마왕의 대답은 어마어마했다.

오른손을 높이 치켜들더니 무시무시한 스킬을 발동시킨 것이다.

그건 과거 회장에서 일어난 '불야성 공방전' 때 마왕이 발동시킨 스킬.

때로는 대제국으로 배신한 플레이어가 발동시키는 스킬이었다.

만 명의 군대조차 깨부수는 파멸적인 힘의 해방── 솟아나는 검은 충동에, 희열에, 마왕은 수없이 겪은 공방전을 떠올린 건지 사악한 미소를 지었다.

"나는 지상으로 떨어진 샛별! 새벽에 승리를 거두는 자──!"

─────결전 스킬 '파군(破軍)의 검' 발동!─────

마왕이 오른손을 내리그은 순간, 폭발적인 검은 파동이 주위로 퍼져나가며 눈을 뜨고 있기도 어려울 만큼 매서운 폭풍이 휘몰아쳤다.

그건 자신을 포함해 시야 안에 있는 아군을 극한까지 강화하는 스킬. 공격·방어·민첩에 +22의 효과를 주는, 말 그대로 '결전 스킬'이었다.

칠흑보다도 더욱 깊은 무수한 검은 깃털이 주위로 떨어지는 가운데 타하라와 유우가 튀어나갔다.
훗날 역사서에 '재강림의 밤'이라고 기록되는 광란의 연회가 시작되었다.

후기

8권을 구매해주셔서 대단히 감사합니다!

작가인 칸자키 쿠로네라고 합니다.

이번에는 사생활이며 코로나로 정신이 없어서 발매가 조금 늦어졌습니다. 죄송합니다.

내년에는 빨리 낼 수 있다면 좋겠지만, 현재는 머리가 새하얀 폐인 상태입니다.

이건 1년 정도 술을 마시면서 휴양하지 않으면 어떻게 안 될 것 같네요. 젠장, 이것도 다 코로나가 나쁜 거야……. 코로나 이놈. (술을 홀짝홀짝)

그런 고로 이번에는 마왕님의 지략이 빛을 발했네요! 즐비한 강적들을 착착 우롱하는 모습에는 감동마저 느껴졌습니다.

착각만으로 사람은 이렇게까지 이해할 수 없는 영역에 도달할 수 있군요. 집필하면서도 웃음이 멈추지 않았습니다. 역시 저 남자는 타고났다니까요. 개그 같은 의미로 무언가를.

그리고 이번 권의 보스로 등장한 고르곤 씨는 사실 2권에 먼저 등장했었습니다. 아쟈리콩도 슬쩍 나왔었고요.

오랫동안 보지 못한 캐릭터들도 어딘가에서 또 등장할지도 모릅니다.

이번 권의 히로인은 미츠히데라고 해야 할까요…………. 미츠히데도 성가신 타입이라 마왕의 고생은 앞으로도 계속됩니다.

미츠히데는 렌도 고생시킬 것 같지만요.

그리고 다음 9권에서는·········· 드디어 귀족파와 결전을 벌입니다.

여기까지 오는 게 참 길었네요.

다양한 캐릭터의 다양한 결말을 그리게 될 것 같습니다. 다음에도 내용을 거의 다 새로 쓰게 될 것 같으니 기대하면서 기다려주세요.

연말에는 만화판 최신간도 발매 예정이니까 그쪽도 함께 즐겨주시면 좋겠습니다.

그 외에도 트위터에서 종합 계정이 각종 이벤트를 열고 있으니까 팔로해 주시면 감사합니다.

그럼 다음 9권에서 만나요.

[마왕님, 리트라이!] 8

2024년 10월 15일 1판 1쇄 발행

저 자 칸자키 쿠로네
일 러 스 트 이이노 마코토
옮 긴 이 현노을
발 행 인 유재옥
담 당 편 집 정영길

이 사 조병권
출판본부장 박광운
편 집 1 팀 박광운
편 집 2 팀 정영길 박치우 정지원 조찬희
편 집 3 팀 오준영 이소의 권진영
디 자 인 랩 팀 김보라 차유진
디지털사업팀 박상섭 김지연 윤희진
라이츠사업팀 김정미 맹미영 이윤서
영업마케팅팀 최원석 이다은
물 류 팀 허석용 백철기
경 영 지 원 팀 최정연
인 쇄 제 작 처 ㈜코리아피엔피
발 행 처 ㈜소미미디어
등 록 제2015-000008호
주 소 서울시 마포구 토정로222, 403호 (신수동, 한국출판콘텐츠센터)
판매 및 마케팅 (070) 8822-2301

ISBN 979-11-384-2973-3 (04830)
ISBN 979-11-6389-652-4 (세트)